Matti Rönkä
Zeit des Verrats

Weitere Titel des Autors:
Russische Freunde
Entfernte Verwandte

Titel in der Regel auch als E-Book erhältlich

MATTI RÖNKÄ

Zeit des Verrats

KRIMINALROMAN

Aus dem Finnischen
von Gabriele Schrey-Vasara

LÜBBE PAPERBACK

Lübbe Paperback in der Bastei Lübbe GmbH & Co. KG

Titel der finnischen Originalausgabe:
»Tuliaiset Moskovasta«

Für die Originalausgabe:
Copyright © 2009 by Matti Rönkä
Published by arrangement with Gummerus Kustannus Oy

Für die deutschsprachige Ausgabe:
Copyright © 2012 by Bastei Lübbe GmbH & Co. KG, Köln
Textredaktion: Anja Lademacher, Bonn
Umschlaggestaltung: Johannes Wiebel, punchdesign, München
unter Verwendung von Motiven von Sinisa Botas / Shutterstock;
Alexey Kashin / Shutterstock
Autorenfoto: Olivier Favre
Satz: Siebel Druck & Grafik, Lindlar
Gesetzt aus der Adobe Caslon Pro
Druck und Einband: GGP Media GmbH, Pößneck

Printed in Germany
ISBN 978-3-7857-6069-7

5 4 3 2 1

Sie finden uns im Internet unter: www.luebbe.de
Bitte beachten Sie auch: www.lesejury.de

Prolog

Der Mann war eigentlich völlig unscheinbar. In seinem Beruf war das durchaus von Vorteil.

Die große Nase, die hellen Augen und der Mund befanden sich da, wo sie hingehörten, und das Gesicht hatte nichts an sich, was einem im Gedächtnis haften blieb. Auch die Kleidung des Mannes war grau und unauffällig, und die Brille war stets vom gleichen Modell, er suchte im Regal mit den Sonderangeboten nach einem dünnen Metallgestell, in das er ungetönte Gläser einsetzen ließ.

Seine braunen Haare waren kurz geschnitten. Ich vermutete, dass er sich nicht um die Fragen des Friseurs scherte, sondern nur brummte, Waschen sei nicht nötig, und dann stur in der »Welt der Technik« las, weder über das Wetter plaudern wollte noch über die Spiele der Eishockeymannschaft HIFK.

Oder vielleicht war er Fan eines anderen Eishockeyvereins, SaiPa zum Beispiel. Die Mannschaft, die so heißt wie ich, Kärppä, zählte wohl nicht zu seinen Favoriten.

In einer anderen Situation hätte ich über diesen Gedanken gelächelt. Jetzt nicht. Der unauffällige Mann, der mir gegenübersaß, war Marko Varis, Ermittler bei der staatlichen Sicherheitspolizei Supo.

»Ich interessiere mich nicht für unbezahlte Rentenversicherungsbeiträge oder Steuerschwindel. Wir reden hier von großen Dingen, Kärppä, in Großbuchstaben«, drohte Varis, sprach allerdings leise. »Geplante Sabotage. Gegen die Interessen Finnlands gerichtete Tätigkeit im Auftrag eines fremden Staates. Oder Einmischung in die inneren Angelegenheiten eines mit Finnland befreundeten Landes, Gefährdung seiner Sicherheit ...«, führte Varis aus. Es klang wie eine alte politische Liturgie.

Ich blickte auf einen Punkt über seinen Augen und wartete schweigend.

Der zweite Polizist, Teppo Korhonen, stand am Fenster. Er faltete eine Raute in die Jalousien und blickte durch die Öffnung auf den Hof, drehte sich dann wieder zu uns um.

»Ich stimme Kaisa voll und ganz zu. Du Hermelinchen steckst bis zur Bartspitze in der Kacke. Und da hilft dir kein WWF und kein Birdlife Finland oder wie diese Grünpieper heißen«, laberte Korhonen mit bierernstem Gesicht.

»Lass den Scheiß, Korhonen«, murrte Varis.

»Das mag er nicht«, flüsterte Korhonen laut. »Varis. Natürlich wird er Kaisa genannt, nach der Skiläuferin. Aber die Leute von der Supo haben keinen Sinn für Humor.«

»Teppo, verdammt noch mal! Ihr Kripoflaschen könnt es euch nicht leisten, große Töne zu spucken, und du schon gar nicht«, wies Varis ihn in scharfem Ton zurecht.

»Na, immerhin hab ich eine feste Stelle mit Pensionsanspruch. Aber in Viktors Fabrik scheint Flaute zu herrschen.« Wieder blickte Korhonen auf den leeren Hof. »Hast du die Ressourcen auf neue Märkte allokiert? Oder ist die Produktion von Fertigbauelementen nicht mehr deine Kernkompetenz?«

Ich überlegte, ob ich überhaupt antworten sollte. Kriminalhauptmeister Teppo Korhonen hatte die Angewohnheit, drausloszureden, ohne echtes Interesse für das, was andere zu sagen hatten.

»So spät am Abend wird nicht mehr gearbeitet«, sagte ich. »Einige meiner Leute sind auf Montage, Fertighäuser zusammenbauen. Und dann habe ich noch ein paar Renovierungsaufträge, an der Grenze und drüben in Karelien.«

So genau hätte ich gar nicht zu sein brauchen. Korhonen kannte meine Tätigkeit. Er verfolgte Berufs- und Gewohnheitskriminalität – speziell die Machenschaften von Zuwanderern aus der ehemaligen Sowjetunion. Und auch ich kannte Korhonen. Der Polizist war beinahe mein Freund. Schlimmer noch: Ich war ihm zu Dank verpflichtet.

Korhonen ließ die Lamellen der Jalousie zurückschnellen, setzte sich auf das niedrige schwarze Ledersofa und legte die Füße auf den Tisch. Ich mochte die Einrichtung meines Büros in der Industriehalle nicht. Mein ehemaliger Geschäftsführer hatte in jeder Hinsicht zu viel Aufwand betrieben, nur mit seiner Effektivität hatte er gegeizt. Für sein Büro hatte er eine dunkle Holzvertäfelung, teure Möbel und ein Signallicht an der Tür verlangt. Mir hätten Secondhand-Schreibtische und Anklopfen genügt. Diplomingenieur Jaatinen hatte denn auch gehen müssen, ohne goldenen Händedruck.

»Mach mir keinen Kratzer auf den Tisch«, moserte ich. Korhonen grinste zufrieden.

»Guck an, du hast also gemerkt, dass ich neue Schuhe anhabe.« Er hob seine spitzen braunen Treter, damit ich sie bewundern konnte, und ließ sie dann wieder auf den Tisch knallen.

»Ach je, unser Teppo spielt mal wieder Mannequin.«

»Halt dich aus der Modewelt raus, mein lieber Viktor. Oder sollen wir einen Schwulen engagieren, der dich stylt? Aber über dem netten Geplauder vergessen wir am Ende noch, weshalb wir hier sind. Yes, yes, back to business, sagt Eliot Ness.«

Korhonen nahm die Füße vom Tisch und setzte sich gerade.

»Viktor, in deiner Geschichte gibt es eine ganze Menge Lücken. Es klingt nicht unbedingt glaubhaft, dass irgendein Typ in dein Büro spaziert und sagt: ›Hallo Viki, long time no see. Hör mal, lass uns das globale Hungerproblem lösen und nebenbei ein paar unangenehme Zeitgenossen abmurksen. Und wenn du nach Hause kommst, gleichst du das Demokratiedefizit in Russland aus und stoppst den Klimawandel.‹«

»So war es nicht«, sagte ich.

Varis hob die Hand, stoppte Korhonens Redefluss.

»Wie war es denn dann? Am besten erzählst du uns alles.« Varis lehnte sich vor wie ein empathischer Therapeut: Sprich dir nur alles von der Seele, das erleichtert.

Wieder sah ich Varis ausdruckslos an, eine Spur zu lange. »Gut, ich rede, aber nur, weil ich nichts damit zu tun habe. Ich bin doch völlig unpolitisch.«

Ich begann mit den Worten, dass ich nicht überrascht war, als Arseni Kasimirow mein Büro betrat. Ich hatte gewusst, dass er kommen würde.

»Hattest du einen präkognitiven Traum?«, fiel mir Korhonen prompt ins Wort.

»Geträumt hatte ich auch von ihm«, antwortete ich geduldig.

»Du bist eine Wahrsagerin. Solltest dich mit einem Zelt auf den Markt stellen«, spöttelte Korhonen.

Ich brachte ihn mit einem Blick zum Schweigen. »Ich war ihm schon früher begegnet. Bei der Armee, vor Jahren. Während der Spezialausbildung. Und dann sind wir uns im letzten Sommer über den Weg gelaufen, in Petrozawodsk. Inzwischen weiß ich, dass es keine zufällige Begegnung war.«

Korhonen spitzte die Lippen. »So langsam verliere ich den

Faden. Liefer mal ein bisschen Hintergrund. Und eine Chronologie wäre eine wunderbare Überraschung.«

Ich wusste, dass »wunderbar« in seinem Wortschatz ausschließlich für Frotzeleien reserviert war, ging aber nicht darauf ein.

»In Petrozawodsk hat er sich Wronskij genannt«, erzählte ich.

1

Das Grundstück lag auf einer Halbinsel, die sich in den Saimaa-See schob. Es war aus jeder Richtung schwer zugänglich. Die letzten Kilometer auf der Forststraße musste ich vorsichtig fahren, damit die Ölwanne meines Mercedes nicht über die Steine schrammte, die sich in den Grasbüscheln verbargen. Die Straße endete in einer Kehre, wo die Holzlaster beladen wurden und wenden konnten.

»Da wächst kräftiges Jungholz«, erklärte Viljo Ripatti beflissen. Der alte Landwirt fürchtete, ich würde es mir anders überlegen und das Grundstück doch noch ablehnen. Der Kahlschlag sah tatsächlich traurig aus. Weidenröschen, wilde Himbeeren und mannshohes Gras hatten das Gelände erobert. Einige Ebereschen standen noch, aber alles halbwegs wertvolle Holz war bis zum letzten Klotz gefällt worden.

Der Anblick überraschte mich nicht. Ich hatte die Grundstücksparzellen auf der Karte studiert und Kopien des Waldbauplans bekommen. Vor Ort wollte ich mich lediglich vergewissern, dass das Uferareal weit genug von den Nachbarn entfernt lag, verborgen und friedlich. Ich kaufte keinen Nutzwald, sondern ein Grundstück für ein oder zwei Ferienhäuser, für Kunden aus St. Petersburg. Und die wollten ihre Ruhe haben.

Doch das wusste Viljo Ripatti nicht.

»Das Faserholz kann schon in zwanzig Jahren gelichtet werden«, pries er den nachwachsenden Wald.

»Was ist mit dem Weg? Ist dafür eine Wegedienstbarkeit registriert?«

»Nein. Kein Durchgangsverkehr. Er führt nur hierher auf unser Land. Beziehungsweise auf Ihres …«, erklärte Ripatti eilig. »Am nordöstlichen Rand gibt es eine Strecke für Motorschlitten. Im Winter. Da fahren die Leute aus dem Feriendorf entlang«, fügte er hinzu, wie um seine Aufrichtigkeit hervorzuheben.

»Aha«, sagte ich. Die Leute wurde man los. Man konnte ihnen die Durchfahrt verbieten oder den Mietvertrag für die Strecke kündigen, falls es einen gab. »Und das Jagdrecht, ist das verpachtet?«

»Sind Sie Jäger? Als Landbesitzer dürfen Sie sicher an der Elchjagd teilnehmen«, freute sich der Bauer.

Ich verneinte und stellte keine weiteren Fragen. Die örtlichen Jäger und Sammler würden ungestört bleiben, und die zukünftigen Bewohner der Ferienhäuser würden keinen Anteil an der Beute fordern. Wer mit Erlaubnis im Wald umherstreifte, würde automatisch auch darauf achten, dass am Ufer alles in Ordnung war, er würde es merken, wenn sich Unbefugte auf dem Grundstück herumtrieben.

Selbstverständlich würden in den Villen Sicherheitsanlagen installiert werden, das wusste ich, obwohl die Häuser bisher nur auf den Zeichenblättern des Architekten existierten.

Wir gingen ans Ufer. Ein kleiner Birkenwald bot Schutz vor dem Wind, und hinter den Uferfelsen erstreckte sich der weite, saubere See. Ripatti wiederholte noch einmal, dass ich eine Sondergenehmigung für die Uferbebauung bekommen würde, das habe er sich von der Kommune bestätigen lassen.

Ich auch.

Wir fuhren zurück in das Ortszentrum. Die Hauptstraße verlief über einen zum Ufer abfallenden Hügel und war von einigen würfelförmigen Supermärkten und Banken gesäumt, ausnahmslos aus Betonelementen gefertigt. Dazwischen waren wie aus Versehen einige schöne alte Häuser stehen geblieben, und die Holzkirche schlummerte friedlich hinter einer Steinmauer.

Ich hielt vor einer der Banken. Wir hatten uns hier getroffen, und Ripatti hatte seinen Wagen auf dem Parkplatz der Bank zurückgelassen, auf einem Stellplatz, der dem Schild zufolge für die Mitarbeiter reserviert war.

Viljo Ripatti war mit Leib und Seele Kunde der Genossenschaftsbank. Auf der Fahrt hatte er ausgiebig über seinen Werdegang als Landwirt gesprochen und das vorsichtige Verhalten seiner Bank in den Turbulenzen der Kasinowirtschaft gepriesen. Jetzt marschierte er geradewegs in das Büro des Filialleiters, rief den Schalterangestellten kurz zu, der Kaufabschluss sei getätigt und der Termin reserviert.

Der Filialleiter war ein junger Mann, breitbügelige Brille, das Hemd ein wenig zu kariert für die gestreifte Krawatte. Seine Haare hatte er mit irgendeinem Gel so verklebt, dass sie in allen Richtungen vom Kopf abstanden. Der Leiter gab Ripatti die Hand, als fürchte er, das Alter sei eine ansteckende Krankheit, hielt ihm nur schlapp die Finger hin und zog sie gleich wieder zurück. Mich musterte er mit größerem Interesse, schnupperte, ob ich nach Reichtümern roch oder zumindest nach einem Mann, der über Geld verfügte.

»Ich sehe mal nach, ob die Mädchen die Papiere schon fertig haben«, sagte er und ging in die Schalterhalle. Ich dachte bei mir, dass er vermutlich gar nicht fähig war, den Kaufvertrag selbst aufzusetzen, nicht einmal anhand einer fertigen Vorlage. Spätestens beim Ausdrucken würde es Probleme geben, einen Papierstau oder Ähnliches, und er müsste den EDV-Experten aus dem Pausenraum holen.

Der junge Filialleiter kehrte zurück, versicherte, die Papiere seien gleich fertig, und fragte, ob uns ein Kaffee schmecken würde. Ich lehnte dankend ab. Ich rechnete damit, dass der Mann über Hedgefonds, die Finanzkrise in den USA und die unzureichende Leitzinssenkung des FED plaudern und Begriffe einstreuen würde, die man am Ufer des Saimaa-Sees nur brauchte, wenn man das Handelsblatt las.

Na ja, internationalen Handel treiben wir hier ja auch, dachte ich schließlich versöhnlich.

Ein etwa fünfzigjähriges »Mädchen« brachte die Unterlagen, erläuterte sachkundig den Inhalt der Bögen und kreuzte die Stellen an, wo wir unterschreiben sollten. Ich vermutete, dass sie die kompetentere Führungskraft gewesen wäre. Der Leiter dankte der Frau, schickte sie weg und blätterte in den Papieren, als sähe er dergleichen zum ersten Mal.

»Scheint alles in Ordnung zu sein. Die Kaufsumme wurde dem Vorvertrag entsprechend auf ein Sperrkonto überwiesen ...«

»Mir hätte ein Handschlag genügt«, warf Ripatti ein. Man sah dem Bauern an, dass er es gewöhnt war, sich ein wenig größer zu machen, den Rücken zu straffen und mit tiefer Stimme zu sprechen, der kleine Mann.

»Und Käufer ist die VH-Trading, sehen wir uns mal die Prokura an ... Ja, in Ordnung, zeichnungsberechtigt ist Viktor Kärppä. Wenn ich noch einen Blick auf den Ausweis werfen dürfte ...«, sagte der Filialleiter. »Nur eine Formalität, die Kärppä-Unternehmen sind mir ja bekannt. Ich war früher in Lappeenranta, in der Immobilienabteilung. Damals haben wir Ihnen ein ähnliches Ufergrundstück in Rautjärvi vermittelt. Stehen dort schon die Villen für die Urlauber aus dem Nachbarland?«, fragte er schmeichlerisch.

»Ja«, sagte ich und unterschrieb.

Ich ahnte, ohne hinzusehen, dass Viljo Ripattis Stift in der Luft verharrte, über dem letzten Bogen. Der Daumen des Landwirts knipste die Mine des Kugelschreibers rein und raus.

»Das hatte mein Traum also zu bedeuten«, seufzte Ripatti und setzte endlich seinen Namen doch noch unter den Kaufvertrag. Auch seine Handschrift war übergroß. »Ich hätte kapieren müssen, wer hier auf Uferwälder aus ist. Geld im Rücken und einen Mercedes unter dem Hintern. Fragen hätte ich sollen, wer dieser V. Kärppä ist … oh, oh zum Teufel, Viktor«, sagte er eher gequält als fluchend.

Ich hätte gern erwidert, Sie haben aber nicht gefragt, doch ich wollte den Bauern nicht weiter beschämen. Er hörte in Gedanken bereits das Gerede der Nachbarn, das Gewisper der Lions-Brüder und des Vorstands der Handelsgenossenschaft oder wer weiß welcher Viehprüfungsgesellschaft, dem Vernehmen nach habe nun auch der Viljo Ripatti seine Halbinsel an die Reichen aus Russland verkauft. Und dann wäre man bald bei den Abwehrkämpfen von Tali-Ihantala im Krieg gegen die Sowjetunion angelangt und würde sich darüber auslassen, dass das Opfer der gefallenen Helden vergeblich war, weil manche Menschen heutzutage aus Geldgier ihr Vaterland verschacherten.

Andererseits hätte ich mich auch verteidigen und den Bauern fragen können, bin ich wirklich ein schlechterer Mensch, nur weil ich jenseits der Grenze geboren und aufgewachsen bin? Und wenn ich euch gut genug bin, fast ein Finne, wo will man die Grenze ziehen? Genau wie ihr legen sich auch die Russen abends ins Bett und träumen, schauen am nächsten

Morgen zum Fenster hinaus, wieder ein neuer gesegneter Tag und derselbe alte Himmel.

Doch ich schwieg und ließ Viljo Ripatti mit seinem Gram alleine. Die traurige Miene und die gekrümmte Haltung hatte ich schon einmal an ihm gesehen, als er mir erzählt hatte, wie er seine Kühe aufgeben musste, wie er und seine Frau auf den Wagen vom Schlachthof gewartet hatten und ins Haus geflohen waren, als die letzte Färse verladen wurde.

»Hätte ich das gewusst, dann hätte ich nicht verkauft«, klagte Ripatti.

»Viljo, Geld stinkt nicht«, versuchte der Bankdirektor ihn mit den falschen Worten zu trösten. Ich dachte bei mir, dass ich diesen jungen Schnösel ohne Gewissensbisse schlagen könnte. Oder seine Frau vögeln, während sie am Telefon besprachen, was einzukaufen war. Vergiss den Käse und den Rucola nicht.

Ich schlug nicht zu und verteidigte mich nicht, sondern packte den Kaufvertrag in meine Aktentasche, gab dem Landwirt und dem Filialleiter die Hand und marschierte hinaus.

2

Die Fernstraße sechs in Richtung Norden war fast leer. Ich beschloss, zu fahren, wie es mir gefiel, ohne Eile. Höflich ließ ich eine Horde Motorradfahrer passieren, die in einer nicht ganz ungefährlichen Kurve dröhnend vorbeizogen. Ich war beinahe stolz auf mich, weil ich die Geduld aufbrachte, eine sichere Gerade abzuwarten, als ich hinter zwei Lastern hing.

Gleich hinter Lappeenranta hielt ich an einer großen ABC-Station, um zu tanken und Lebensmittel zu kaufen. Ich traf in Kitee ein, bevor die minimale Abenddämmerung einsetzte.

Meine Bauarbeiter-Crew errichtete am Rand des Ortszentrums eine Reihenhaussiedlung, in der ich bereits zwei Dreizimmerwohnungen an Abnehmer in St. Petersburg verkauft hatte. Die Käufer waren keine Geldprotze, aber wohlhabend genug, um Wert auf eine Zweitwohnung in Finnland, in sauberer Umgebung zu legen.

Ich machte mir keine Sorgen über die unverkauften Wohnungen, die Bruttomarge der Firma oder das Tempo des Kapitalumlaufs, obwohl auch in diesem Geschäftsbereich die ersten Anzeichen der Rezession zu sehen waren. Aber ich arbeitete hier nicht auf eigenes Risiko. Und nicht mit eigenem Geld.

Die Euros kamen aus St. Petersburg. Von dem Geld kaufte ich auf meinen Namen Parzellen, Baugrundstücke und auch alte Häuser und Eigentumswohnungen. Auf den leeren Grundstücken errichtete ich nach den Wünschen der Abnehmer Blockhauspaläste oder Häuser im amerikanischen Stil mit umlaufender überdachter Terrasse. Bei den fertigen Häusern und Reihenhausteilen renovierten meine Leute die Wände und Fußböden, verlegten etwas dunklere Kacheln und buntes Parkett. Ich befasste mich mit Präzisionsbau, auf Bestellung, und wurde in der Regel im Voraus bezahlt.

Ich wusste sehr wohl, dass ich in erster Linie mein vertrauenerweckendes Gesicht vermietete, das den Kaufabschluss gewährleistete. Nicht alles in dieser Businesswelt schmeckte mir, doch ich konnte immerhin sagen, dass es sich um ehrliche Geschäfte handelte. Oder um legale, nach den in Finnland geltenden Paragraphen. Nach der Herkunft der russischen Gelder fragte ich nicht.

Die Bauleute waren gerade dabei, ihre Arbeit zu beenden. Sie machten lange Tage, von früh um sieben rund um die Uhr bis abends und auch noch länger. Sie waren zu viert, ein kleiner Trupp, der keinen Polier brauchte. Antti Kiuru, ein Ingermanländer, der schon seit Langem für mich arbeitete, verstand sich bestens darauf, die Bauzeichnungen zu lesen, gab auch den anderen Anweisungen und besorgte das Zubehör.

Letzteres war allerdings selten nötig. Die Reihenhäuser wurden aus Bauteilen zusammengesetzt, die in Helsinki produziert worden waren. Nägel, Eisen und Beschläge, Badezimmermöbel, Elektrozubehör ... alles wurde mit den Wandelementen und Dachstühlen zu dem fertig gegossenen Fundament transportiert, wo die Einzelteile zusammengebaut wurden. Die Profilbleche für die Dächer kamen maßgefertigt direkt von der Fabrik, ordentlich in Plastik verpackt.

Antti Kiuru rollte gerade den Druckschlauch des Naglers auf, als ich eintrat. Er war hochgewachsen und bewegte sich, als müsse er sich jeden Schritt überlegen. Ein wenig mühsam richtete er sich auf. Mir ging durch den Sinn, dass auch Antti älter wurde, er musste bald sechzig sein.

»Na, Herr Direktor«, grüßte Antti und zündete sich eine Zigarette an. Wie immer trug er eine alte Anzughose und ein Flanellhemd, an dem die obersten Knöpfe offen waren, sodass die Sonne ihm ein rotes Dreieck auf die Brust brannte.

»Es geht voran«, stellte ich fest. Alles deutete darauf hin, dass die Männer nicht faul herumgelegen und Wettkämpfe im Präzisionsspucken ausgetragen hatten.

Antti sagte, ohne zu prahlen, sie seien dem Zeitplan voraus. Sie hätten sich überlegt, dass sie den Freitag freinehmen und erst am Dienstag wieder an die Arbeit gehen würden. Dann könnten die Jungs ein langes Wochenende in Karelien verbringen, und auch er, Antti, hätte Gelegenheit, seiner Familie in Vantaa ein wenig länger zur Last zu fallen.

Ich stimmte zu, obwohl Antti Kiuru nicht um Erlaubnis gebeten hatte. Ungesagt blieb, dass die Familie nur aus Anttis Frau Olga bestand, denn Eino, der eine der beiden Kiuru-Söhne, hatte sich dem Drogenhandel verschrieben und war spurlos verschwunden, und sein Bruder Matti war inzwischen auch schon erwachsen, kam allein zurecht und leistete gerade seinen Wehrdienst ab.

Die Männer hatten als Erstes die Wohnung an der Südseite so weit fertiggestellt, dass sie dort schlafen konnten. Im Wohnwagen wurde es für vier Leute rasch ungemütlich. Es war doch etwas anderes, wenn man fließendes Wasser hatte, wenn einige Lampen brannten und die Küchenmaschinen funktionierten. In das Esszimmer hatten sie sogar einen alten rustikalen Esstisch mit zwei Bänken geschleppt. Immerhin waren die Fußböden sorgfältig mit Baupappe abgedeckt, sodass auf dem Parkett keine Spuren zurückbleiben würden.

»Die Sauna ist bald heiß und das Teewasser kocht auch gleich«, sagte Antti und richtete geschäftig ein Zimmer für mich ein. Ich holte meinen Schlafsack aus dem Wagen. Es war Ausschussware der schwedischen Armee, aus einem Schrottladen, der solche überzähligen Dinger verkaufte, und für die derzeitigen Temperaturen allzu mollig. Ich legte meinen Proviant auf den Tisch, Brot, Käse und Wurst sowie einige Tomaten, und forderte die Männer auf, sich meine bescheidenen Mitbringsel schmecken zu lassen. Dann schraubte ich eine Flasche Wodka auf, und nach zweimaliger Aufforderung goss Antti jedem ein Glas ein. Mehr zu trinken, erlaubten sich die Männer nicht.

Ich ging mit Antti in die Sauna. Die jüngeren Bauarbeiter sagten, sie würden erst nach uns baden. Sie scherzten miteinander und begannen, ihr eigenes Ding zu machen, nannten Antti Opa. Wir saßen schweigend auf der Schwitzbank. Antti Mihailowitsch war kein großer Schwätzer, und auch ich war mit meinen eigenen Gedanken beschäftigt.

Ich lag bäuchlings auf dem geöffneten Schlafsack und tippte auf dem Laptop. Ich hatte eine Abneigung gegen Computer, gegen ihre seltsamen Befehle, überraschend abstürzende Programme und das leise Rattern der Festplatte. Dennoch musste ich zugeben, dass ein tragbarer Rechner und ein drahtloser Breitbandanschluss für meine Bedürfnisse genau das Richtige waren. Auch jetzt hatte ich nur den Laptop aufgeklappt und das Klötzchen mit dem kurzen Kabelstummel in seine Buchse gesteckt, und schon konnte ich Bankangelegenheiten erledigen und meine Mails lesen.

Ich hatte es längst aufgegeben, mich über Spam zu wundern, obwohl mir nicht einleuchtete, warum man die Spermamenge vergrößern sollte. Soweit ich es verstand, steigerte es den Genuss der Beteiligten in keiner Weise, wenn ein ganzer Deziliter Samenflüssigkeit zum Einsatz kam. Wer zum Teufel glaubte daran, dass ein Penis durch Gymnastikgeräte zum Wachstum angeregt wurde? Und in St. Petersburg hatte ich genügend Apothekertätigkeit im Kleinformat gesehen, um keine Viagra-Tabletten im Internet zu bestellen. Im günstigsten Fall bestand die Lieferung aus blau gefärbten Kalktabletten.

Marja hatte mir eine Mail geschickt, deren Inhalt zur Gänze in die Re-Zeile passte. Ruf an, stand da, ohne Abmilderung oder Erklärung. Ich selbst hätte hinzugefügt, »wenn du Zeit hast« oder »nichts Dringendes«.

Mein Bekannter bei der Polizei, mein Beinahe-Freund Teppo Korhonen, hatte eine Rundmail verschickt, in der Schwule, Schweden und Tierschützer veräppelt wurden. In meiner Antwort dankte ich ihm dafür, dass er mein Vertrauen in die Toleranz und Vorurteilslosigkeit der finnischen Behörden gestärkt hatte. Außerdem äußerte ich die Vermutung, dass die Typen vom Datenschutz bei der Helsinkier Polizei mit großem Interesse verfolgten, was der Kriminalhauptmeister einem eingewanderten Geschäftsmann mitzuteilen hatte.

Nutze deine Dienstzeit, um zu arbeiten, Gruß, Ein unzufriedener Steuerzahler, schloss ich.

Ich musste lächeln. Korhonen würde meine Frotzelei genießen. Er würde mir den Ball zurückspielen mit der Frage, welche steuerähnlichen Zahlungen ich denn wohl entrichtete. Im letzten Steuerjahr habe er seines Wissens deutlich mehr ans Finanzamt abgeführt als ich. Wenn er richtig in Fahrt kam, würde er seine Verwunderung darüber zum Ausdruck bringen, dass er, ein von der Steuerbehörde als gut verdienend klassifizierter Staatsbeamter, in einer Sozialwohnung lebte und einen alten Renault fuhr, während ich, arm und mittellos, ein prächtiges Eigenheim und einen Mercedes besaß.

Ich trödelte herum, aber schließlich musste ich doch zu Hause anrufen. Ich wollte Annas Stimme hören, bevor die Kleine schlafen ging.

»Der Herr hat es mal wieder so eilig, dass er nicht dazu kommt, bei seiner Familie anzuklingeln«, begann Marja.

»Stimmt«, sagte ich und dachte, was hat dich daran gehindert, selbst anzurufen.

»Wahnsinnsstress in der Firma. Schon wieder zwei Mädchen krank. Ich musste ein Attest verlangen. Es geht doch nicht, dass die Mädchen einfach wegbleiben, wenn sie keine Lust auf Arbeit haben«, klagte Marja. »Könnte jemand in dem Heim in Mankkaa vorbeigucken ... da ist eine Duschkabine kaputt. Der alte Rikkilä ist so tatterig, er hat es irgendwie geschafft, die Tür von der Duschkabine abzureißen.«

Ich versprach, gleich am nächsten Morgen in meiner Werkstatt anzurufen und einen meiner Männer vorbeizuschicken. Gab es sonst noch etwas?

»Es geht mir gut, danke der Nachfrage, Bussi-Bussi«, sagte Marja gehetzt.

»Schlafen die Kinder schon?«

»Die sind beim Abendbrot.«

»Gib mir mal Anna.«

»Dann beschmiert sie den Hörer mit Brei.«

»Na, wisch ihr halt das Gesicht ab. Nun gib sie mir schon.«

In der Küche waren Geklapper und gedämpfte Stimmen zu hören. In Gedanken sah ich Anna auf ihrem Hochstuhl sitzen, ein Lätzchen um den Hals. Mitunter hielt der Löffel vor dem geöffneten Mund an, weil die Kleine sich in ihren

Gedanken verlor und erst nach einer Weile plötzlich wieder zu sich kam. Das Telefon wurde angehoben, jemand pustete hinein.

»Ist das Erkki?«, neckte ich.

»Nein, ich bin Anna.«

»Ach was, du bist Erkki, das höre ich doch an deiner Stimme.«

»Nein, Anna«, gurrte das Mädchen.

»Anna klein, Schwämmelein, schläft jetzt gleich, warm und weich. Die Nacht ist leis wie Butterreis.«

»Mehr, Papi-i-i, mehr.«

»Kartoffelbrei, Honigei und Allerlei. Alles in den Kessel, dazu ein kleiner Sessel. Rafft die Segel, schaut nach dem Pegel. Die Ruder hoch, wir schlafen doch. Danke für das Essen.«

»Papi ist ganz plem-plem«, sagte Anna. Sie hatte offenbar genug, denn das Handy polterte auf den Tisch.

Gleich darauf war Marja wieder dran und schimpfte: »Musstest du die Kleine so aufdrehen? Was glaubst du, wie schwer es ist, sie zum Einschlafen zu kriegen! Und jetzt will Erkki dich auch noch sprechen.«

Ich wartete, bis ich wieder Atemgeräusche hörte.

»Na, großer Mann, was gibt's?«

»Nichts weiter.«

»In der Schule alles in Ordnung?«

Der Junge schwieg eine Weile. »Ein bisschen haben die mich wieder geärgert.« Der Seufzer blieb irgendwo über dem Küchentisch hängen.

»Verdammt«, sagte ich, um klarzustellen, dass ich die Sache ernst nahm. »Soll ich mit dem Lehrer sprechen? Oder mit irgendwem sonst in der Schule?«

»Nein.«

»Vielleicht würde das auch nichts helfen. Die dich da ärgern, sind einfach dumme Blödköpfe.«

»Genau«, sagte Erkki so überzeugend wie ein Abo-Werber. Sie sind uns als Kunde so wichtig, dass ich befugt bin, Ihnen ein Superangebot zu machen, Brigitte-Sabine-Küchenbiene plus Wunder der Technik sechs Monate lang für nur einmal zehn und drei Euro und ein praktisches Kehrblech gratis dazu.

»Na, versuch es durchzustehen. Und das schaffst du auch.«

So, wie ich redete, hätte ich glatt Abo-Werber ausbilden können.

Marja meldete sich wieder zu Wort, sie klang etwas versöhnlicher. Ich erzählte ihr, dass ich nach Petrozawodsk fahren musste und mein Handy möglicherweise ein paar Tage lang keinen Empfang haben würde.

»Pass auf die beiden auf, und auf dich«, sagte ich zum Schluss.

»Du auch. Fahr vorsichtig.«

In den Worten schwang ein leises Echo, ein Hauch von der alten Marja mit.

Von dem Mädchen, das mich unter ihrer Mütze und dem dichten dunklen Haar angeschaut hatte wie ein Fuchsjunges. Inzwischen war sie wohl ein ausgewachsener Cityfuchs.

Meine Frau. Nun ja, verheiratet waren wir nicht. Meine Mitbewohnerin. Meine Freundin. Die Mutter meiner Tochter.

Ich probierte die Worte aus. Marja war einfach Marja, so war es am besten.

Aber sie hatte sich sehr verändert.

Schon gegen Ende ihres Studiums war sie irgendwie härter geworden. Sogar mit ihrer Familie hatte sie sich beinahe überworfen. Ich ahnte, dass ich daran nicht ganz unbeteiligt war. Einem Bauernpaar aus Südostfinnland fiel es nicht leicht zu akzeptieren, dass ein Rückwanderer mit der Tochter das Bett teilt. Marja hatte ihre Wahl verteidigen müssen. Oder ihre Selbstständigkeit, ihr Recht auf eigene Entscheidungen. Aber eine Mutter war eine Mutter und ein Vater war ein Vater, man konnte sie nicht einfach verstoßen.

Vor zwei Jahren hatte Marja eine Geschäftsidee entwickelt. Die Bevölkerung alterte, für alte Leute gab es nicht genug Helfer und nicht genug Einrichtungen, wo sie wenigstens halbwegs selbstständig leben konnten. Marja ließ sich von mir ein Reihenhaus in Espoo bauen, das den Normen für Pflegeheime entsprach, besorgte sich die Genehmigungen und Diplome, stellte Migrantinnen und zwei finnische Krankenschwestern ein und machte meine zuverlässige Sekretärin Oksana Pelkonen zur Assistentin.

Das Pflegeheim Abendstern war von Anfang an voll belegt, und auf der Warteliste standen weitere zahlungskräftige Senioren. Inzwischen betrieb Marja nach demselben Konzept bereits drei Wohnheime. Oder »Einheiten für ein Wohnen wie zu Hause«, wie sie es nannte.

So ähnlich empfand ich auch unser neues Haus. Meine alten Möbel waren mit unserem früheren Zuhause verbrannt, aber der Geschirrschrank aus Nussbaum oder der Sofatisch mit seinen Intarsien hätten vor Marjas Augen wohl ohnehin keine Gnade gefunden. Ganz gleich, in wie hohen Tönen ich den spiegelartigen Glanz des Schranks gepriesen hätte, und die reich verzierten Beine des Tischs, graziös wie die Tatzen einer Raubkatze. Marja wollte kühle Farben, helles Holz, seltsam glatte, einfarbige Tassen, Tischtücher mit großflächigen Mustern.

Auch mit Erkki war sie manchmal zu streng. Es war nicht Erkkis – oder eigentlich Sergejs – Schuld, dass er verstoßen, verwaist war. Ich musste für ihn sorgen, für meinen entfernten Verwandten, das war klar.

Eine schlechte Mutter liebt nur ihre eigenen Kinder, das hatte meine Mutter immer gesagt. Und sie hatte recht gehabt, fast immer und in fast allen Fragen.

Aber es war leicht für mich, Marja aus der Ferne Vorwürfe zu machen.

Ich goss mir den Rest aus der Wodkaflasche ein und studierte den Grundstücksmarkt an der Ostgrenze. Die Kommunen boten auf ihren Webseiten billiges Bauland an den Seeufern an wie Sauerbier.

3

Die Melkmaschinen der Kolchose brummen gleichmäßig, ich weiß, dass es Morgen ist. Aleksej und ich schlafen im breiten Bett, ich liege an der Wand, hinter dem Rücken meines großen Bruders. Gleich wird die Tür knarren, dann kommt Oma und sagt, na los Jungs, fangt mal an, euch zu lupfen. Ich weiß nicht, was lupfen bedeutet, kein anderer sagt das außer Oma, jeden Morgen, auf Finnisch, und jeden zweiten Morgen fügt sie seufzend hinzu, euer Schlafplatz ist so schön warm. Im Winter lächeln wir heimlich darüber, denn auf dem Wassereimer liegt oft eine Eisschicht.

Ich weiß, dass auch Mutter bald kommt, um von der Getreidesuppe zu essen, die Oma gekocht hat, und dass sie frisch gemolkene Milch mitbringt. Mutter ist Hauptbuchhalterin der Kolchose, und wir wohnen jetzt hier, in dem aus grauen Ziegeln gebauten Kolchosenheim. Wir haben noch kein Haus in der Stadt, aber ein Zimmer und eine eigene Küche und fließendes Wasser, und Vater ist mit seinem Regiment nach Norden abkommandiert. Im Herbst kommt er zwei Wochen auf Urlaub, und danach wird er vielleicht nach Sortavala versetzt. Fährt er dann mit dem Panzer zur Arbeit, überlege ich und merke, dass hier etwas schief ist und falsch, all die Menschen sind doch schon tot, außer Aleksej und mir.

Ich wachte auf und begriff, dass die Melkmaschine der Kompressor des Naglers war und dass nicht meine Oma durch die Tür spähte, sondern Antti Kiuru.

»*Dobroe utro*«, wünschte er mir einen guten Morgen. »Vom Wecken war keine Rede gewesen, aber ich habe mit den Jungs schon ein paar Stunden gearbeitet, und jetzt essen wir eine Kleinigkeit, also, wenn du frühstücken möchtest ...«

Ich stand auf, reckte mich, ging auf die Toilette und wusch mir das Gesicht. Am Kinn schoben sich Bartstoppeln ans Licht, doch ich schob die Rasur hinaus. In Petrozawodsk musste ich mein Äußeres ohnehin in Ordnung bringen.

Früher hätte ich ein schlechtes Gewissen gehabt, wenn meine Männer früh aufstanden und arbeiteten, während ich noch eine Runde schlief und dann sauber gekleidet über die Baustelle stolzierte. Inzwischen war es mir egal. Die Männer erwarteten gar nicht, dass ich Mörtelsäcke schleppte.

Ich aß mit den Männern, wünschte ihnen schöne Tage, packte meine wenigen Sachen und fuhr ab.

Auf der finnischen Seite des Grenzübergangs schien immer noch alles voller Holz zu sein. Tausende Kubikmeter Fichtenstämme füllten ein provisorisches Lager, die Güterwagen waren bis an den Rand mit Birkenholz gefüllt, und ein Dutzend Holzlaster wartete auf die Zollabfertigung.

Nachdem der Grenzschützer einen flüchtigen Blick auf meine Papiere geworfen hatte, fuhr ich über eine offene Fläche zu der neuen Kontrollstelle auf der russischen Seite. Sie war aus rotem Backstein gemauert. Die Träger der Schutzdächer waren aus dunkelgrauem Stahl. Schwalben witschten in ihre Nester hoch oben in den Dachstühlen. Die blau-weißen Windsäcke hingen schlaff herab und demonstrierten die Windstille des ungewöhnlich heißen Tages.

Die Leutnantin fertigte die Wartenden ab, ohne sich zu hetzen. Sie war blond und schön, ein wenig zu stark geschminkt. Und sie hatte nichts unternommen, um ihrem

Arbeitsplatz hinter der Glasscheibe, einem sauberen, kargen Verschlag, ein wenig Gemütlichkeit zu verleihen. Auf dem Tisch stand ein neuer Computer, alle Firmenaufkleber noch an ihrem Platz, die Tastatur makellos rein. Die Leutnantin gab meine Personaldaten ein, überprüfte unter einem Leuchtgerät die Echtheit meines Passes und griff dann zum traditionellen Stempel. Feierlich drückte sie ihn auf meine Papiere und schrieb anschließend Namen und Zahlen auf Listen aus gelblichem Papier.

Früher hatte man sie gebraucht, all die Papiere und Bestätigungsvermerke. Oder zumindest lebte man in der Furcht, dass in den *bumagas* irgendeine Unterschrift fehlte oder der Stempelabdruck verwischt war. Diese Unruhe hatte mich lange begleitet. An der Kontrollstelle der Verkehrsmiliz oder im Hotelfoyer, wenn ein Mann in Lederjacke seinen Ausweis zückte und nach den Papieren fragte, hatte sie mich mit kalten Fingern im Nacken gepackt. Ich hatte mir befehlen müssen, meinen Namen in der finnischen Form anzugeben, Viktor Kärppä, nicht Gornostajew, und immer daran zu denken, dass ich mit einem finnischen Pass unterwegs war.

Die Grenzschutzoffizierin wünschte mir in russisch gefärbtem Finnisch einen schönen Tag. Ich bedankte mich auf Russisch bei der Genossin Leutnant. Dafür, dass ich die Sterne auf ihren Epauletten erkannt hatte, belohnte sie mich mit einem strahlenden Lächeln.

Draußen wartete eine finnische Reisegesellschaft neben ihrem Bus auf die Erlaubnis, die Grenzstation zu betreten. Die Leute wirkten wie Mitglieder einer Missionsgesellschaft oder eines wohltätigen Vereins, der gebrauchte Kleidung und Spielzeug für Karelien sammelt. Ich überlegte, ob sie sich überhaupt nicht darüber wunderten, dass ein Transporter nach dem anderen neue Pkw nach Russland brachte, während sie in ihrem alten Bus Gesangbücher und abgetragene Trainingsanzüge transportierten.

Zwei Kinder balancierten auf dem Rand der Plattform. Ich schätzte, dass sie Geschwister waren. Das kleinere Kind, ein ernst und entschlossen dreinblickendes Mädchen, versuchte, seinen großen Bruder aus dem Gleichgewicht zu bringen, und merkte nicht, dass der Junge sich hinter dem Rücken mit einer Hand am Pfosten festhielt.

»*Lastoschka*«, sagte ich zu dem Mädchen und zeigte auf die hin und her schießenden Vögel. »So heißt die Schwalbe auf Russisch.« Die Leute von der Reisegesellschaft drehten die Köpfe und starrten mich an, als wäre ich ein böser Onkel. Was fällt dem ein, mit fremden Kindern zu reden? Ich ging zu meinem Wagen und dachte, dass die Ausreise aus Finnland jedes Mal auch angenehm war.

Eine Heimkehr.

4

Die beiden Enden der Fliege des Kellners im Hotel Sewernaja hingen ebenso müde herab wie sein Schnurrbart. Der Mann wartete demütig, bis alle am Tisch ihr Besteck schräg auf den Teller gelegt hatten, zum Zeichen, dass sie mit der Vorspeise fertig waren. Dann begann er, die Teller auf seinem Arm zu stapeln, und gab seinen Kollegen mit einem Kopfnicken das Signal, die Hauptspeise aufzutragen.

»Die Aussichten sind vielversprechend, schlicht und einfach vielversprechend«, dröhnte Anatoli Koljukow, ohne einen Blick für den sorgfältig gedeckten Tisch. Er schob die Blumenvase beiseite, wobei sie die Butter streifte, die in kunstvollen Spiralen auf einem kleinen Teller angeordnet war. Dann öffnete er seine Aktentasche und holte eine Broschüre von der Größe einer Straßenkarte heraus, die auf Hochglanzpapier Phantombilder des Hotel- und Einkaufszentrums zeigte, das an der Andropow-Straße entstehen sollte.

Anatoli Michailowitsch Koljukow war einer meiner Geschäftsfreunde. In seinem Auftrag hatte ich in der Nähe von Käkisalmi zwei Ferienhäuser hochgezogen, so groß wie kleine Paläste, aber solider gebaut, und ich hatte Zubehör für die Fabrik in Wiborg besorgt, wo Koljukow Schutzbezüge für Autositze und Lenkradschoner aus Leder nähen ließ.

Mir war nicht klar, warum er mich zu seiner Geschäftsverhandlung eingeladen hatte. Mit seinen zigtausend Quadratmetern war der Auftrag viel zu groß für mich, und eine Verteilung auf Subunternehmer konnte in dieser Phase noch nicht vorgenommen werden. Auf der anderen Seite des Tisches saßen drei Männer, die sich auf dem Weg in die mittleren Jahre befanden, im korrekten Anzug, alle gleichermaßen ausdruckslos. Sie hörten schweigend zu, während Koljukow sein Projekt anpries. Bei der Begrüßung hatte ich ihre Namen nicht mitbekommen. Sie hatten leise gesprochen und jeden Blickkontakt vermieden. Ihre kurz geschnittenen Haare waren dunkel, ihre Haut hatte einen hellen Ton. Auf der Karte der ehemaligen Sowjetunion wusste ich sie nicht einzuordnen. Irgendwo aus dem Süden, schätzte ich.

»Ich erwarte, ich verspreche ... nein, ich garantiere dreißig Prozent Rendite nach drei Geschäftsjahren«, kam Koljukow zum Höhepunkt seines Angebots. Die potenziellen Geldgeber saßen weiterhin schweigend da wie bei der Beerdigung des stummen Seduchow. Mit diesen Männern hätte ich auf dem Markt nicht um den Preis einer Arbuse gefeilscht, aber umso genauer aufgepasst, dass sie beim Abwiegen die Waagschale nicht mit dem Finger nach unten drückten.

Als Hauptgericht gab es lauwarmes, fades Rindersteak, dazu Bier, das dieselbe Temperatur hatte wie das Fleisch. Das Restaurant war fast leer. An einem langen Tisch an der Wand bestellte eine zehnköpfige Gruppe finnischer Männer Schnaps. Ich vermutete, dass es sich um Kriegstouristen handelte, die im Bus zu den alten Schlachtfeldern fuhren, in den Schützengräben herumkrochen und an den Gedenkstätten eine Schweigeminute einlegten.

Auf der Bühne standen Verstärker bereit, doch die überlaute Musik kam von der Platte. Eine Videoanlage warf Alla Pugatschowa in Riesengröße auf drei Leinwände. Als das Lied endete, wurde die Pugatschowa durch Fotos von südlichen Sandstränden ersetzt, und eine junge Frau erklomm die Bühne. Sie griff zum Saxophon und spielte zu Hintergrundmusik vom Band. Niemand im Restaurant hörte ihr zu, und sie schien es zu wissen. Sie spielte für sich selbst, durchaus gekonnt, aber so, als wiederhole sie eine Hausaufgabe.

»Viktor und ich gehen uns mal rasch die Nase pudern«, tönte Koljukow. Ich folgte ihm zur Toilette. Koljukow war ein großer Mann, in jede Richtung. Sein schwerer Brustkorb und der minenförmige Bauch stellten seine Hemdknöpfe auf eine harte Probe. Der feste Dauerknoten der Krawatte wurde vom Doppelkinn fast verdeckt.

Ich vergewisserte mich, dass alle Kabinen leer waren. Ein junger Mann, der sich gerade die Hände wusch, warf mir im Spiegel einen kurzen Blick zu. Ich lehnte mich an die Kachelwand und sagte, ich hielte zwar viel von Hygiene, doch jetzt sei es ratsam, mit dem Geplätscher aufzuhören und sich die Hände im Restaurant am Tischtuch zu trocknen. Der Mann verschwand blitzschnell. Wenn ihn jemand fragte, würde er behaupten, auf der Toilette niemanden gesehen zu haben.

»Was soll die Kacke?«, fragte ich, bevor Koljukow irgendetwas sagen konnte.

Mein Geschäftsfreund nahm ein Papierhandtuch und tupfte sich den Schweiß von der Stirn. Auch sein Kopf war rund, wie ein Basketball mit schwarzen Locken.

»Ich dachte, ich sollte über irgendeinen Auftrag passender Größe verhandeln. Für so einen Riesenklotz sind die großen Unternehmen zuständig, YIT oder Skanska. Unsereins würde verdammt nochmal ein halbes Jahr brauchen, allein um die Waschräume zu kacheln, selbst wenn alle meine Leute Überstunden machten«, fuhr ich fort.

»Naja, ich wollte bei den Verhandlungen jemanden bei mir haben, dem ich trauen kann«, gestand Koljukow.

»Zum Teufel mit dir! Einen stummen Gorilla wolltest du? Hättest du mir das gleich gesagt, dann hätte ich eine Sonnenbrille aufgesetzt und mir eine Möhre in die Hose gesteckt, damit sich was wölbt. Ich hab ja nicht mal eine Waffe.«

»Gefährlich ist es überhaupt nicht, aber du gibst der Sache einen guten Touch. Du bist repräsentabel und siehst finnisch aus und …«

»Dann hättest du besser gleich ein Fotomodell angeheuert«, schnaubte ich. »Was sind das eigentlich für Leute, deine prospektiven Kunden?«

Koljukows Miene war stets unternehmerhaft besorgt, doch nun breitete sich ein listig-hoffnungsvolles Lächeln auf seinem Gesicht aus.

»Große Burschen. Große Gelder«, flüsterte er. »Irgendwann wechselt die Macht, da lohnt es sich, auf das richtige Pferd zu setzen. Glaubst du etwa, die Petersburger Ponys halten über längere Strecken durch? Vollblüter kommen von anderswo.«

»Was für eine Scheiße redest du da? Wir sind hier nicht beim Trabrennen, und Fohlen kaufen wir auch keine.«

»Die haben Geld. Moskauer Geld. Und amerikanische Dollars. Internationales Business.«

Dann sah Koljukow sich um, als wolle er sich vergewissern, dass wir allein waren. Die letzten Worte sprach er nicht einmal mehr flüsternd, sondern formte sie nur mit den Lippen.

»Juden«, wiederholte ich in meiner Verwunderung laut, und Koljukow bedeutete mir nervös, still zu sein.

Nachdenklich saß ich auf dem Klodeckel. Ich hatte Koljukow an den Tisch zurückgeschickt, hatte ihm gesagt, ich bliebe noch, um mein richtiges Geschäft zu verrichten, und bräuchte dabei keinen Assistenten. Dann hatte ich die Tür verriegelt. Auf die graugrüne Fläche war ein Aufkleber der Unterhaltungskünstler von Luumäki gepappt, darunter hatte jemand eingeritzt: *Reiska was here.*

In was zum Teufel zog Koljukow mich hinein?

Ich hoffte, dass er mit den kleinen Petersburger Ponys die Geschäftsmänner der Petersburger Kasse gemeint hatte. Sie teilten das Gebiet und die lokale Geschäftstätigkeit untereinander auf. Jeder Anteilseigner finanzierte die Aktivitäten in seinem Revier und kassierte dort ab, bei legalen und illegalen Geschäften und allem, was dazwischen lag. Ihre Tätigkeit hatte nach meinen Maßstäben schwindelerregende Dimensionen, aber zu ihnen hatte ich Kontakte, bis an die Spitze. Und von diesem Spiel verstand ich genug, um abspringen zu können, wenn es zu wild wurde.

An die schlimmere Alternative wagte ich kaum zu denken. Mit den »Petersburgern« konnte auch die oberste Legion gemeint sein, die unter Putin aufgestiegene Gruppe, deren gemeinsamer Nenner ihre Vergangenheit in Leningrad und später St. Petersburg war, bei vielen auch die Tätigkeit im Sicherheitsdienst, in der Epoche des KGB oder des FSB.

Auch der Teddybär Medwedjew gehörte zu dieser Flut von Männern, die gegenseitig füreinander bürgten. Neuerdings schwoll sie an, floss von den obersten Etagen der Administration auch auf die unteren Ebenen und verdrängte diejenigen, die nicht dazugehörten.

Von diesem neuen Politbüro wollte ich mich fernhalten, in Deckung bleiben, mich unsichtbar machen.

Ich starrte auf die Toilettentür. Mein Gedächtnis katapultierte mich in das Jahr 1987, zur Parade zu Ehren der Revolution auf dem Roten Platz. Die Führung des Landes und der Partei auf dem Podest vor dem Mausoleum, in derselben Reihe die Vorsitzenden der Schwesterparteien und Präsidenten der sozialistischen Staaten, dampfender Atem im Frost. Und ich marschierte in den Reihen der jungen Sportler, ohne zu wissen und zu verstehen, unfähig, auch nur zu ahnen, dass die Schar, die dort oben winkte, bald fallen und die Sowjetunion nicht mehr existieren würde.

Verdammt. Das war auch schon mehr als zwanzig Jahre her.

Ich zwang mich, von der Kremlmauer nach Petrozawodsk zurückzukehren und an die Tischgesellschaft zu denken, die mich im Speisesaal des Sewernaja erwartete.

Es fiel mir schwer, zuzugeben, dass mich auch Koljukows jüdische Partner misstrauisch machten. Und was noch verwerflicher war: Ich misstraute ihnen und scheute vor ihnen zurück, gerade weil sie Juden waren.

Im Sowjetland wurden die Kinder in den Schmelzofen der Völker geworfen; in den Festreden und auf den Bildern arbeiteten alle Seite an Seite, mit den gleichen Chancen. Dennoch wusste jeder Finne, Deutsche, Armenier oder Este im Sowjetreich es besser. In den Papieren eines richtigen Sowjetbürgers stand als Nationalität Russisch. Bei der Tauglichkeit der anderen gab es graduelle Unterschiede, je nach der Zeit und der Situation, auch je nach Bedarf.

Die Juden waren immer ein Kapitel für sich gewesen. Man empfand sie als fremd, und doch spielten sie im Orchester die erste Geige, leiteten als Wissenschaftler Institute und spielten besser Schach als alle anderen.

Da musste irgendetwas faul sein.

Die Erinnerung an die Parade im Frost war so intensiv gewesen, dass es mir vorkam, als seien die Fenster beschlagen und auf dem Wasser im Klobecken liege eine Eisschicht. Jetzt musste ich jedoch voller Wärme lächeln. Ich erinnerte mich nämlich an eine alte Tante aus der Nachbarschaft, Olga Birjukowa, die bei all ihrer liebevollen Großmütterlichkeit die Hauptschuld an meiner Judenphobie trug.

Ich war bei Tante Olga gewissermaßen in Tagespflege gewesen, wenn Mutter mich nicht in den Kindergarten der Kolchose bringen wollte. Die Tante bewohnte ein Zimmer im Obergeschoss, wo ich den Tag verbrachte. Ich saß auf dem Bettrand, malte oder schnitt Pappfiguren aus, während Olga spann. Ihr Spinnrad surrte, verlockte einen beinahe, die Finger zwischen die Speichen zu stecken.

Einmal hatte Olga Besuch von einer Verwandten aus ihrer alten Heimat, der Ukraine, und beim Teetrinken wurde die Unterhaltung lebhaft. Zwischendurch erinnerten sich die beiden Tanten an meine Anwesenheit und senkten die Stimme. Ich spielte weiter, schnappte aber Worte und Sätze über betrügerische Menschen auf, über etwas Grausames und Hinterhältiges.

Zwi Migdal, hatte Olga gewispert, so getan, als spucke sie aus, pfui, um das lauernde Übel abzuwenden. So eine Organisation hat es gegeben, glaub mir, einen Geheimbund der Juden. In der alten Zeit haben sie junge Frauen aus den Bauerndörfern mit dem Versprechen auf eine lukrative Heirat angelockt, aber pah!, die Ärmsten wurden wer weiß wohin verfrachtet, als Freudenmädchen.

Ach Herrgottchen, die ukrainische Tante hatte die Hände über dem Kopf zusammengeschlagen und noch eins draufgesetzt. Man braucht gar nicht in den Erinnerungen zu kramen und den Staub der Geschichte aufzuschütteln. Odessa war seit jeher und ist auch in diesem gesegneten Moment in der Hand der Judengauner.

Am Abend konnte ich es kaum erwarten, meiner Mutter zu erzählen, was ich von Tante Olga und ihrem Besuch gehört hatte. Mutter wurde so wütend, dass sie mir die Rute zweimal über den nackten Hintern zog. Ich schämte mich und war zutiefst erschüttert. Wie konnte Mamutschka so etwas tun! Die Birkenrute lag doch nur zur Abschreckung auf dem Fensterbrett, als Mahnung. Zum Schlagen war sie nicht da. Und ich hatte nicht einmal fragen können, was ein Freudenmädchen war. Das Wort klang nicht traurig, aber ich ahnte dennoch Schlimmes.

Nachdem ich eine Weile geschluchzt hatte, streichelte Mutter mir den Rücken. Ihre Hände fühlten sich warm und schwer an. Die Juden sind ein wenig anders als wir, hatte Mutter gesagt, in einem Ton, der klarstellte, dass über das Thema nicht weiter gesprochen würde. Jetzt iss dein Abendbrot und dann ab ins Bett.

Die Tür zur Toilette ging, aus der Nebenkabine war Plätschern zu hören. Ich ließ die alten Geschichten ruhen. Doch ich wusste, dass unter den Neureichen viele Juden waren.

Ich korrigierte mich: Die Oligarchen hatten sich ihr Startkapital aus der Konkursmasse der Sowjetunion unter den Nagel gerissen, als Ölvorkommen, Gasfelder und Schmelzhütten privatisiert worden waren. Zwischenzeitlich hatte man sie nach altem Muster aus dem Weg geräumt, wegen Steuerhinterziehung angeklagt und in Lagern jenseits des Ural dahinvegetieren lassen. Oder bedrängt, bis sie ins Ausland zogen, wo sie in irgendeiner Fußballmannschaft mitspielen konnten.

Und fürchten mussten, dass jemand kam und sie umbrachte.

Ich stand auf und wusch mir das Gesicht mit kaltem Wasser. Es roch so stark nach Chlor, dass mir die Augen brannten. An der Tür zum Speisesaal schlugen mir die Töne des Saxophons entgegen. Ich ging ruhig zurück an unseren Tisch und wusste, dass mein Gesicht nichts verriet.

Aber ich hatte immer noch Angst.

5

Die Frau saß am Küchentisch, einen Laptop vor sich. Sie stützte die Ellbogen auf den Tisch, starrte ihre Berechnungen auf dem Bildschirm an, sprach ab und zu halblaut vor sich hin und tippte Korrekturen ein. Sie trug einen Rock und einen beinahe respektabel wirkenden Blazer. Die Pumps hatte sie abgestreift und hockte mit untergeschlagenen Beinen da wie ein kleines Mädchen auf der Schulbank.

Das Haus war neu, aber auf alt getrimmt, passend zu den Grundstücken, die sich im Labyrinth der Kieswege verbargen, zu den Gärten, in denen alte, schon zu Bäumen herangewachsene Fliederbüsche und kleine Fußballtore standen. Von außen ähnelte das Haus dem kleineren Gebäude, das früher an dieser Stelle gestanden hatte und von dem das Feuer nichts übrig gelassen hatte als einige verkohlte Balken, eine traurige Grube, die einmal ein Keller gewesen war, und zwei Öfen, die aus den Mauern geragt hatten wie schwarze Knorren.

Manchmal sehnte sich die Frau nach dem alten Haus, schmerzlich und schneidend wie nach anderen ehemaligen und unwiederbringlich verlorenen Dingen. Aber sie freute sich über die neue, helle Küche, die selbsttätig schließende Tür zum Kühlraum und den lauschigen Patio auf der Gartenseite.

Die Tür vom Esszimmer zum Garten stand offen. Die

Frau erhob sich, strich den Rock glatt und füllte ein Glas mit Weißwein aus der Schlauchpackung. Sie hätte auch eine Flasche aufmachen können, eine bessere Sorte. Ihr Mann, der Pfennigfuchser, war nicht da. Er tadelte sie zwar nicht ausdrücklich, guckte aber missbilligend.

Ich verdiene inzwischen genug, mehr als genug, um meine Getränke und was ich sonst noch konsumiere, selbst zu bezahlen, dachte die Frau und holte eine Schachtel Zigaretten aus der Handtasche. Sie ging hinaus. Die Rillen in den thermisch behandelten Planken des Patio drückten sich in ihre Fußsohlen. Mit leisem Lächeln versuchte sie, Ringe zu blasen. Das mag er auch nicht, der alte Sportler.

Die Frau drückte die Kippe aus, versteckte sie unter einem Stein an der Hecke und rieb die Finger an den Weißdornblättern ab, um den Geruch loszuwerden. Sie ging ins Haus, beugte sich über die Spüle und trank Wasser direkt aus dem Hahn, spülte den Mund aus. Dann trat sie leise an die Tür zum Kinderzimmer, spähte hinein und hielt den Atem an, damit der Zigarettengeruch den schlafenden Kindern nicht in die Nase stieg.

Anna schnaufte leise, sie lag auf dem Bauch im unteren Bett. Sie hatte nicht mehr im Gitterbettchen schlafen wollen, hatte darum gebettelt, mit Erkki ein Zimmer teilen zu dürfen, dabei hätte sie ein eigenes Zimmer bekommen können. Platz war ja genug.

Na, man fühlt sich beim Einschlafen eben sicherer, wenn man den Atem eines anderen hört, dachte die Frau, erinnerte sich an ihre kleine Schwester, die immer aufgeschreckt war, wenn die Birkenzweige im Wind geschaukelt hatten und Schatten über die Wände tanzten. »Und die Nacht strich am Fenster vorbei«, hatte ein Mann im Radio gesungen«. Das hatte sich irgendwie bedrohlich angehört.

Anna dachte sicher, sie sei die kleine Schwester, obwohl Erkki nicht ihr Bruder war.

Aber was war Erkki eigentlich?, überlegte die Frau und betrachtete den kleinen Jungen im oberen Bett, der vor einem Jahr zu ihnen gekommen war. Zurückgeblieben, als seine Mutter verschwunden und auf Abwege geraten war. So hatte es ihr Mann jedenfalls vermutet, vielleicht sogar gewusst.

Das alles ist so ungeordnet, dachte die Frau. Erkki heißt eigentlich Sergej und ist nicht unser Sohn, aber dies hier ist sein Zuhause. Und obwohl es eigentlich dasselbe Zuhause war, sagte die Frau am Telefon immer, ich bin hier im neuen Haus. Und der Mann war zwar der alte, aber er war nicht ihr Ehemann. Annas Vater, das ja, aber was ist er eigentlich für mich?, überlegte die Frau. Ein alter Sportler, wiederholte sie in Gedanken. Oder ein ehemaliger. Mein ehemaliger Mann, der Gedanke schlich sich ein, und die Frau erschrak.

Sie setzte sich wieder an den Computer, überprüfte ihre Tabellen noch einmal und speicherte sie ab. Dann nahm sie das Handy und suchte nach der Nummer. Das Freizeichen surrte anders als in Finnland. Die Stimme des Mannes bat darum, eine Nachricht zu hinterlassen, und wiederholte dasselbe auf Finnisch. Die Frau unterbrach die Verbindung.

Das Glas war auf dem Gartentisch stehen geblieben. Die Frau holte es und füllte es mit kühlem Wein. Sie setzte sich an den Küchentisch und starrte auf ihr Handy. Ihre Finger zitterten ein wenig, als sie den Empfänger eingab und eine SMS tippte. *Hallo Liebling, hoffentlich piepe ich dich nicht zur falschen Zeit & am falschen Ort an. Wären morgen ein paar Drinks denkbar? Marja.*

Die Frau befahl sich, die Nachricht abzuschicken, bevor sie es sich anders überlegen konnte. Weg war sie, nicht mehr zurückzuholen.

Wie ein Gedanke. Wenn man ihn einmal gedacht hat, ist er eine bleibende, wahre, unwiderrufliche Tatsache.

Die Frau wusste, dass sie vor Aufregung lange wach liegen und unruhig schlafen würde.

6

Das Telefon vibrierte. *Marja ruft an*, stand auf dem Display. Ich steckte das Ding wieder in die Tasche.

»In Kontupohja haben wir das Krankenhaus renoviert. Da wurden 156 Klos eingebaut, in einem Rutsch. Von zwei Klempnern. Die haben gesagt, ab jetzt ist Gustavsberg für sie ein Schimpfwort. Wir haben ausschließlich Importware verwendet«, prahlte Koljukow. Er erinnerte mich an einen Nachbarn damals in Sortavala, der sein Grundstück abmaß und auf eine Stelle hinter dem schiefen Plumpsklo zeigte und jahrelang immer wieder erklärte, da zimmern wir vielleicht eine Sauna.

Koljukows dröhnende Stimme schallte durch das Restaurant. Er hatte darauf bestanden, dass wir nach dem Essen noch eine Flasche Schaumwein bestellten oder ein paar Hundert Gramm Wodka, falls der uns lieber wäre. Die jüdischen Geschäftsmänner waren einverstanden gewesen. Sie tranken vorsichtig, aber immerhin tranken sie mit, plauderten locker und waren angenehme Gesellschafter.

Der Angriff überraschte mich. Der Mann kam von hinten und machte mich rasch kampfunfähig, zog meinen rechten Arm hinter die Stuhllehne und fixierte ihn mit dem Knie an der Schmerzgrenze. Gleichzeitig würgte er mich. Mein linker Arm war frei, doch den Angreifer bekam ich damit nicht zu fassen. Zudem hatte auch er eine Hand frei, und in der hielt er vermutlich eine Waffe. Der Schluss lag mehr als nahe. Der Mann war ein Profi, bestens geschult.

»Vova, Vova«, säuselte eine heisere Stimme an meinem Ohr. »Du bist verweichlicht. Lässt dich von einem alten Mann so überraschen.« Die Stimme kam mir entfernt bekannt vor. Sie klang ein wenig schlaff und gedehnt. Als ich die Luft aus meiner Lunge entweichen ließ, lockerte der Angreifer seinen Griff.

Ich drehte den Kopf und sah ihn an. Er war kleiner als ich, wirkte fast schmächtig, trotz seines Kugelbauchs. Die schwarzen, bereits schütteren Haare waren glatt zurückgekämmt und fielen hinten über den Kragen. Im Gesicht hatte er Aknenarben, und die braunen Augen waren wässrig wie früher, vor fast zwanzig Jahren. Der Spitzbart war neu. Er ließ den Mann wie einen falsch gefärbten Doppelgänger Lenins aussehen.

»Arseni Kasimirow!« Nun erinnerte ich mich. Wir waren gemeinsam bei der Spezialausbildung gewesen, in derselben Einheit der zweiten separaten Spezmaz-Brigade der 7. Armee im Militärbezirk Leningrad.

»Wronskij«, berichtigte mich Arseni.

»Was?«

»Ich nenne mich neuerdings Wronskij. Nur Wronskij. Tatsächlich ist das der Name meiner Familie. In der Sowjetzeit hatten wir einen russischeren Namen, weil wir Grusier nicht so beliebt waren. Na ja, populär sind wir heute ja auch nicht, in der Zeit Georgiens«, sagte er leise, freudlos.

Mein Geschäftspartner Koljukow klatschte entzückt in die Hände. »Die Welt ist klein! Ihr kennt euch? Wronskij war nämlich der Mittelsmann bei diesen Verhandlungen«, erklärte er hocherfreut.

Wronskij wandte sich an die Tischrunde und winkte wie ein Hofmarschall.

»Ich hatte mit meinen Partnern ein Treffen im Restaurant an der Uferpromenade und würde euch gern dazuholen. Inzwischen habt ihr genug ernste und langweilige Gespräche geführt. Und nun gibt es sogar noch einen weiteren Grund zum Feiern. Das Wiedersehen mit einem alten Freund. Viktor, long time no see. Gehen wir«, sagte Wronskij.

Die Abendsonne wärmte den Hügel, der zum Onegasee abfiel, und die Uferstraße war voll von Mädchen, die sich zur Schau stellten, von jugendlichen Cliquen, die einen Gitarrenspieler umringten, und von kleinen Jungs, die noch nichts begriffen.
Der Schwips summte angenehm in meinem Kopf. Dennoch befahl ich mir, weniger zu trinken. Ich war nicht gern betrunken, schon gar nicht in Gesellschaft von Leuten, denen ich nicht hundertprozentig traute.
Verstohlen musterte ich Wronskij. Er trug einen teuren Anzug und ein korrektes Hemd ohne Krawatte, doch sein Outfit ließ ihn nicht überzeugend oder stark erscheinen, zumindest in meinen Augen nicht.
Ich hatte schon bei der Armee eine gewisse Scheu vor Arseni gehabt. Er drängte sich auf, brauchte Hilfe, kam einem zu nahe. Bei Märschen und Geländeübungen konnte er nicht mithalten und bat die anderen, seine Ausrüstung zu tragen. Vor den Theorieprüfungen erbettelte er sich Vorlesungsmitschriften und Zusammenfassungen, unterwürfig, ohne sich für seine Schwäche zu entschuldigen.
Das stand im Widerspruch zum Geist der Spezialausbildung. Wir sollten härter sein als andere, allesamt gleichermaßen unzerbrechliche Steine. Mitunter fragten wir uns, wieso Arseni nicht zu einer normalen Infanteriedivision abkommandiert wurde.
Ich entdeckte noch einen zweiten Grund für mein Miss-

trauen. Und leicht geniert musste ich zugeben, dass es der schwerwiegendere Grund war, obwohl es eigentlich nicht so sein durfte. Arseni Kasimirow alias Wronskij war schwul. Ich hatte es geahnt, wegen seines übertrieben obszönen Geredes über Frauen und seiner verstohlenen, zu lange verweilenden Blicke in der Sauna. Bei unserer Fete zum Ende des Kursus hatte er sich, betrunken wie er war, zu eng an seine Stubenkameraden gedrängt, und Gerasimow hatte ihn verprügelt. Ich erinnerte mich immer noch daran, wie der große Mann Arseni mit harten Schlägen traktierte und ihn trat, als er bereits am Boden lag, darauf achtend, dass er ihm Schmerzen zufügte, aber keine Knochen brach. Arseni war zusammengebrochen, ohne sich zu wehren, beinahe als hätte er die Tortur genossen.

Wir anderen hatten Gerasimow Einhalt geboten, hatten dann vereinbart, dass über den Vorfall nicht gesprochen wurde und Arseni seine Ausbildung ehrenhaft beenden konnte. Nach der Abschlussfeier am nächsten Tag hatte ich ihn nicht mehr wiedergesehen.

»Na, Vova, ich habe gehört, dass du ein ansehnliches Business betreibst«, holte Wronskij mich aus der Vergangenheit zurück.

»Ich komme zurecht«, gab ich mich bescheiden. Man durfte nie prahlen, das Geld ströme zur Tür und zu den Fenstern herein. Im Übrigen zeigte meine geschäftliche Wetterprognose auch gar keine Sturmfluten dieser Art. »Und was machst du?«

Wronskij lächelte, rückte mir wieder eine Spur zu nahe, so kam es mir jedenfalls vor. »Ich bin zum Privatsektor übergewechselt. Sicherheitsservice, internationaler Handel. Bauprojektfinanzierung. Ich war lange in Tiflis, jetzt bin ich hauptsächlich in Moskau tätig«, erklärte er. »Wir könnten uns gegenseitig von Nutzen sein. Alte Bekannte sind doch etwas anderes als das neumodische Networking.«

Ich nickte mühsam.

Wronskij sah mich an, ein Lächeln auf den dünnen Lippen. »Viktor ... immer noch wachsam und vorsichtig. Und da wir gerade von Vertrauenspersonen reden, hier kommen meine Partner. Das hier ist Julija Fedorowa, meine Assistentin.«

Die Frau war jung, blond, verlegen und schön. Sie gab mir die Hand, lächelte schüchtern.

»Und Bekari ... Kaladze ... Bekari ist mein Fahrer und ... hilft bei Verhandlungen.« Wronskijs Worte verrieten mir, dass der Mann Georgier war und nur beim Vornamen genannt wurde.

Bekari war groß und kräftig. Er hatte starke Hände, deren Finger er knacken ließ, millimeterkurzes Haar und kalte, leere Augen.

Er roch nach Gefahr.

Wir verließen das Restaurant. Wronskij schlug einen Abstecher nach Kindaszero vor, ins Haus eines Bekannten, wo es eine hervorragende Sauna gebe. Nicht weit von hier, ein kleines Dorf bei Prääsä, auf Finnisch heißt es Kintasjärvi, erklärte er, als ich sagte, der Ort sei mir unbekannt.

Heißer Dampf und samtweiches Seewasser, dort könne man Staub und Hektik der Stadt bestens abspülen. Und Frauen ließen sich auch besorgen, fügte er augenzwinkernd hinzu. Ich erwiderte, bislang hätte ich es noch nicht nötig gehabt, käufliche Gesellschaft in Anspruch zu nehmen, und außerdem würde nur ein ausgemachter Dummkopf in Anwesenheit einer bezaubernden *djewuschka* über solche Dinge reden. Julija sah mich lange an, befremdet oder geniert.

Koljukow meldete sich als Erster zum Saunaausflug und meinte, vielleicht ergäben sich dabei neue gemeinsame geschäftliche Projekte. Auch ich sagte, na gut, wer hat es schon eilig in einer endlichen Welt. Allerdings bestand ich darauf, dass wir in meinem Wagen fuhren, denn ich wollte von dem Dorf aus direkt nach Hause fahren, eines Tages, wenn mir danach zumute war.

Wronskij beorderte Bekari ans Steuer, der, wie er sagte, erstens nüchtern und zweitens ein auf Gebirgsstraßen geschulter Fahrzeuglenker sei. Tatsächlich war mir aufgefallen, dass Bekari keinen Alkohol getrunken, sondern schweigend und ausdruckslos vor einem Glas Saft gesessen hatte. Wronskij sagte, seinen Jeep könne er später aus Petrozawodsk holen lassen. Und das Haus in Kindaszero diene ihm ohnehin als Stützpunkt, wenn er in dieser Gegend zu tun habe.

Koljukows Verhandlungspartner verabschiedeten sich höflich und erklärten, sie müssten am nächsten Morgen früh abreisen. Es blieb offen, wohin. Sie schüttelten Wronskij als Letztem die Hand, verbeugten sich höflich vor Julija und nickten Bekari zu.

Wir gingen die Uferpromenade entlang. An einer Bude konnte man mit Luftgewehren schießen, als Ziele dienten auf dem Wasser schwimmende Flaschen.

Ich packte den neben mir gehenden Wronskij, als wolle ich ihn umarmen, griff mir die Pistole, die hinten in seinem Hosenbund steckte, drehte mich um und schoss fünfmal schnell hintereinander. Vier Flaschen zersprangen klirrend. Das Geräusch der Schüsse verhallte über der breiten Bucht, ohne Echo.

Ich warf dem Budenbesitzer, der hinter seiner Theke erstarrt war, einen Geldschein hin. Er hob in Panik sein Luftgewehr, erschrak selbst über seine drohende Geste und warf sich zu Boden. Ich nahm einen der Teddybären, die als Preise ausgesetzt waren, und gab ihn Julija.

»Einer ging daneben«, brummte ich und reichte Wronskij seine Pistole.

Er starrte mich an. Dann zwang er sich zu grinsen. »Vitja, willst mir beweisen, dass du noch ganz der Alte bist. Wir könnten wirklich ins Geschäft kommen.«

Wir gaben uns die Hand. Wronskij hatte anbiedernd und schmeichlerisch geredet, doch ich wusste, dass er mich respektierte, und sei es nur aus Angst. Freundschaft hatte wenig Bedeutung. In geschäftlichen Angelegenheiten musste man auch mit Menschen zusammenarbeiten können, die einem weniger sympathisch waren. Und ich war von meinen engsten Vertrauten betrogen worden, eine bittere Lehre.

Eine Horde Motorradfahrer brauste die Otto-Ville-Kuusinen-Straße herunter, wendete am Ufer und donnerte den Abhang wieder hinauf. Die Nummernschilder waren finnisch. Auf den Lederwesten sah ich das Clubabzeichen, ein Wappenkreuz.

7

Ich war allein in der Sauna. Koljukow und Wronskij hatten es nur kurz in der Dampfstube ausgehalten, und Bekari hatte über das Ganze nur den Kopf geschüttelt. Wronskij hatte gesagt, er halte auch nicht so viel davon, in der Hitze zu schmoren. Er hatte eine Weile auf der untersten Bank gehockt, war dann schwimmen gegangen und nicht zurückgekehrt.

Koljukow wiederum hatte erklärt, er halte sich an das Prinzip, dass ein weißer Mann nicht zwischen Eisbrocken planscht. Im See könnten zudem allerlei Raubfische schwimmen, die sein Glied als delikaten Imbiss betrachten würden. Darauf hatte ich erwidert, sein Pimmel sei unter seinem Bauch doch überhaupt nicht zu sehen, außerdem würde von dem Schniepelchen ohnehin höchstens eine winzige Maräne satt. Koljukow hatte gutmütig gelacht, sich einen Eimer Wasser über den Kopf gegossen und gesagt, nun habe er die *banja* erprobt und für gut befunden, je länger er hier sitze, desto weniger Zeit bleibe ihm zum Saufen.

Jetzt saß ich also allein in der wohligen Hitze, begoss mich ab und zu mit Wasser und schlug mir Rücken und Beine mit einem frischen Birkenquast. In der Sauna konnte man kaum aufrecht stehen, und durch die Tür musste man fast kriechen. Das sowieso schon niedrige Gebäude war außerdem mit der Zeit immer tiefer in die Uferböschung gesackt. Die Brennnesseln, die an der Wand wuchsen, berührten die Dachrinne.

Die Gartenparzelle der Nachbarn war mit dicken, rostigen Stahlplatten umzäunt. Von der Startbahn eines deutschen Behelfsflugplatzes aus dem Krieg, hatte man mich aufgeklärt. Diese Platten fanden sich so ungefähr in jedem Haus.

Eine Brücke aus einigen Brettern führte zu einem kurzen Badesteg. Das Ufer schien flach zu sein, daher traute ich mich nicht, zu springen, sondern stieg vorsichtig ins Wasser. Doch meine Füße stießen erst auf den weichen Grund, als mir das Wasser bis fast ans Kinn reichte. Am Ende des Stegs lag ein Boot vertäut. Schwimmer und Ruderer hatten eine schmale Rinne durch das Schilfgras gebahnt. Ich schwamm langsam am Ufer entlang. Seerosen und Wasserfuß streiften meine Beine. Das Wasser war warm, es schmeckte und roch nach Erde und Schlamm.

Der See wuchs allmählich zu. Schneller als in der Sowjetzeit, dachte ich. Damals wurden nicht alle abgelegenen Feldstreifen bebaut und schon gar kein Dünger eingesetzt, dessen Nährstoffe nun von den Äckern ins Wasser rannen.

Ich hatte mir ein Handtuch um die Hüften gewickelt und saß auf der Bank draußen vor der Sauna, als Julija kam. Sie hatte ihre hochhackigen Schuhe ausgezogen, ließ sie an der Hand baumeln und scheuchte mit der anderen Hand die Mücken von ihren nackten Waden. Ein erfreulicher Anblick.

Während der Fahrt hatten wir uns ein wenig unterhalten. Koljukow als größter von uns hatte den Beifahrersitz eingenommen, hinten hatte Julija zwischen Wronskij und mir gesessen. Ihr Bein hatte sich an meins gedrückt, sodass ich seine Wärme spürte.

»Ist die Sauna schon frei?«, fragte Julija.

»Ich zieh mich schnell an, dann kannst du rein«, antwortete ich.

»Bleib ruhig sitzen.«

Julija schlüpfte in den kleinen Vorraum. Bald hörte ich den Ofen zischen. Ich trank mein Bier. Die Tür knarrte und Julija kam heraus, in ein Badetuch gewickelt, ging zum Steg, ließ das Tuch fallen und glitt ins Wasser. Sie war schön.

Julijas Haare lagen wie eine schwimmende Schleppe auf dem Wasser. Sie schwamm eine Runde, watete dann ins Flache und stemmte sich zurück auf den Steg, ohne sich zu genieren oder ihre Nacktheit zur Schau zu stellen. Sie drehte ihre Haare zu einem dicken Tau und drückte das Wasser heraus, das ihr über den Rücken auf die Pobacken lief. Ihre Hüften waren im Verhältnis zum Oberkörper und zur Taille ein wenig ausladend. Beim Shopping ärgerte sie sich vermutlich über ihren Hintern: In der Hose sehe ich furchtbar aus. Ihre Oberschenkel waren kräftig, ihre Knöchel ebenfalls. All das würzte ihre Schönheit mit anrührender Plumpheit.

Julija wickelte das Badetuch um sich und setzte sich neben mich. Sie trank einen Schluck von dem Bier, das ich ihr anbot. Ich wusste nicht, was ich sagen sollte. Es kam mir so natürlich vor, einfach nur still nebeneinanderzusitzen. Es fehlte nur noch ein Kuckuck, dessen Rufe uns die Anzahl der glücklichen Jahre, die Lebenszeit oder die Kinderzahl prophezeit hätte.

»Die Katze frisst Gras«, sagte Julija plötzlich. »Meine Oma hätte behauptet, das bedeutet, dass es morgen regnet.«

»Das hat meine Mutter auch immer gesagt. Allerdings war es bei ihr wohl ein Hund«, entgegnete ich und bereute meine Worte sofort. Meine verstorbene Mutter war sicher so alt wie ihre Oma, wenn nicht gar älter, und daraus ergab sich unausweichlich, dass Julija mich für uralt halten würde.

»Warst du schon mal in Finnland?«, versuchte ich mich durch einen Themenwechsel zu retten.

»Ja. Schon zweimal. Mit Wronskij und mit ein paar Freundinnen, zum Einkaufen bei Stockmann. Da hat man uns von oben herab behandelt, aber unser Geld war ihnen gut genug. Und am Abend in der Bar hat man uns alle möglichen Anträge gemacht. Zum Glück habe ich nicht alles verstanden. Halten die Finnen alle Russinnen für Huren?«

»Ziemlich viele denken so«, gab ich zu.

»Andererseits ist es hier auch nicht leicht, anständige Männer zu finden«, seufzte Julija und vermittelte mir erneut das Gefühl, ein harmloser Onkel zu sein. »Ich habe immerhin einen akademischen Abschluss und will arbeiten, statt irgendeinen versoffenen Kerl zu umsorgen, der am Wochenende zum Eislochangeln geht und erwartet, dass ich ihm Pasteten als Vorspeise und Kuchen zum Nachtisch backe.«

Ich brummte wieder etwas Zustimmendes, versuchte den Eindruck zu erwecken, dass ich ganz anders war, verständnisvoll und modern.

»Wronskij ist nur mein Arbeitgeber, sonst nichts.« Julija sah mir in die Augen, sprach langsam und mit Nachdruck, als sei diese Information wichtig für mich.

»Ich weiß. Über Wronskij weiß ich Bescheid.«

Aus der Nähe sah ich, dass Julija Sommersprossen auf der Nase hatte. Sie schmeckte gut.

8

Das Haus lag an einem kleinen Abhang. Man betrat es über eine schräge Brücke aus runden Bohlen. An der Giebelseite war das Gebäude zweistöckig. Oben befand sich ein offener, großer Raum, dem zwei schmale, schmutzige Fenster ein wenig Helligkeit gaben. An den Wänden war allerhand Krimskrams gelagert, alte Fischernetze, zerbrochene Schlitten, einzelne Skier, Plastikkanister und Bauholz.

Der Kuhstall war, wie in karelischen Bauernhäusern üblich, ebenerdig unter der Wohnstube. Durch die Ritzen zwischen den Bodenbrettern stieg warmer Kuhgeruch. In der Ecke, über dem Misthaufen, befand sich der Abort. Ich hielt ein wenig die Luft an, denn ich ahnte den stechenden Ammoniakgeruch schon von Weitem.

In der Stube hatte der Bauer inzwischen das Stadium der Sprechunfähigkeit erreicht. Er war bereits bei unserer Ankunft betrunken gewesen, hatte schwankend auf dem Hof gestanden und mit dem finnischen Traktor des Nachbarn geprahlt, mit dem gerade der Boden für einen neuen Kuhstall ausgehoben werde. Wir gießen einen Betonboden, da freuen sich die Kühe und geben so viel Milch, dass die Bäuerin mit dem Melken gar nicht nachkommt, hatte Iwan, der Bauer, gelallt.

Die Bäuerin war eine schlanke Frau. Sie brachte es fertig, das Gehabe ihres Mannes freundlich zu betrachten, als sei es unabänderlich, ein Naturgesetz. Und das war es in diesen Dörfern ja auch. Dennoch erklärte sie entschuldigend, Iwanka feiere seinen vierzigsten Geburtstag, das heißt, der große Tag sei eigentlich schon letzte Woche gewesen, aber der *prasnik* gehe immer noch weiter. Erneut fühlte ich mich beinahe reif für die Rente. Ich hatte den Mann mindestens auf Mitte fünfzig geschätzt.

Koljukow und Wronskij hatten bereits gegessen, saßen aber noch am Tisch, halbvolle Wodkagläser vor sich. Wie es um Bekaris Nahrungsaufnahme stand, wusste ich nicht. Er saß im Schaukelstuhl und starrte an die Wand wie ein Indianer, dem das Vergehen der Zeit gleichgültig ist, nichts weiter als das Vorrücken der Zeiger oder der Weg der Sonne von einem Himmelsrand zum anderen.

Es gab Salzfisch, Kartoffeln, Soße mit ein paar dünnen Streifen Fleisch, gebratenen Reis mit Pilzen, zu trinken Bier, Wein und Wodka sowie irgendeinen mit Beerensaft gemischten roten Schnaps. Dazu zwei Sorten Brot, als Aufstrich deutsche Margarine. Die Bäuerin forderte uns auf, zuzugreifen, sprach ein paar Worte Finnisch, als sie erfuhr, dass ich die Sprache beherrschte.

Ich grätschte über die Bank. Julija sagte, sie wolle die Mails kontrollieren, und ging in eine kleine Kammer, wo sie einen Laptop aufklappte. Ich lud mir den Teller voll und wunderte mich über meinen Appetit. Immerhin hatten wir im Hotel Sewernaja reichlich gegessen.

Bald kam auch Julija an den Tisch, beugte sich über Wronskij und erstattete ihm leise Bericht. Er nickte nur, sagte ihr nicht, was sie antworten sollte. Julija setzte sich graziös schräg auf die Bank und schmierte sich trotz des Drängens der Bäuerin nur ein Brot.

Ich trank zum Nachtisch Tee und kostete gerade von der Beerenpastete, als Wronskij sich neben mich setzte.

»Ich freue mich, dass ich dir begegnet bin. Ein schöner Zufall«, wiederholte er.

»Wahrhaftig ein Zufall«, erwiderte ich trocken.

»Na, na, Viktor. Glaub mir, du kannst profitieren. Wenn du klug bist. Schau, was Wirtschaft ist, das ist auch Politik. Und gerade die Politik ist Wirtschaft. Denk doch nur an die jetzige Gaunerregierung. Und daran, wie sie mit ihren kleinen Nachbarn umspringt, mit Georgien zum Beispiel«, flüsterte Wronskij.

»In die Politik mische ich mich nicht ein«, wehrte ich ab. »In Finnland bin ich zur Wahl gegangen, weil ich dachte, das gehört sich so. Aber die russische Politik ... die fasse ich nicht mal mit der Kneifzange an.«

Wronskij legte den Kopf schräg und lächelte mich an, als sei ich ein unverständiges Kind. »Ein Geschäftsmann muss wissen, wem er trauen kann und wem nicht. Glaubst du, Putins Clique herrscht für immer und ewig?«

»Das weiß ich nicht. Aber Medwedjew hat doch einiges zustande gebracht, das Land floriert.«

»Medwedjew ist eine Marionette, die Putin tanzen lässt. Und der tanzt selbst nach der Pfeife der Businessmänner«, fauchte Wronskij.

Ich schwieg eine Weile. »Und wer lässt dich tanzen, Arseni?«, fragte ich dann, nannte ihn absichtlich bei seinem alten Namen.

Wronskijs Augen machten eine rasche, unsichere Bewegung zur Seite, wie bei fast allen Menschen, die sich anschicken, zu lügen oder zumindest die Wahrheit zu umgehen.

»Viktor, Geld stinkt nicht. Noch nicht mal, wenn es sich um Rubel handelt. Du brauchst nicht auf der richtigen Seite zu stehen, solange du dich nicht den falschen Leuten widersetzt«, sagte er.

Wir starrten uns an. Wronskij verlor als Erster die Nerven.

»Viktor, der Sommer und die Frauen sind schön, wir wollen nicht länger über ernste, langweilige Dinge reden. *Nasdarowje*.« Er hob sein Weinglas. »Das ist Saperavia, aus Georgien. Und Schnaps ist auch genug da, Qualitätsware. Mitbringsel aus Moskau.«

Wir stießen an.

Ich wusste, dass Wronskij mir Schwierigkeiten bereiten würde.

Die Bäuerin hatte im verlassenen Nachbarhaus ein Nachtlager für mich bereitet. Im Krieg hat hier der finnische Schriftsteller Paavolainen gewohnt, sagte sie, und ich nickte scheinbar beeindruckt. Die angebliche Wohnstätte einer berühmten Persönlichkeit, wie sie in Fotoalben von Touristen dutzendweise verewigt waren. Auch ich hatte oft genug den Fremdenführer gespielt, um zu wissen, dass die Leute so etwas hören und mit gefalteten Händen seufzen wollen, als schwebte der Geist des Schriftstellers noch über einem schäbigen Bohlenhaufen oder in einer Steinruine.

Das Zimmer war sauber und kühl, das Bett mit frisch gewaschenen weißen Laken bezogen. An der Wand, fast unter der Decke, hing ein retuschiertes Foto von einem ernsten Mann mit schwarzen Augenbrauen und einer Frau mit Kopftuch. An die Tür war der auf Stoff gedruckte Baseball-Kalender von Zalgiris Kaunas aus dem Jahr 1985 genagelt, darauf ein ausgebleichter Arvidas Sabonis im Sprung, eben dabei, einen Punkt zu erzielen.

Ich war beinahe eingeschlafen, als das Knarren der Treppe mich aufschreckte. Wieder fluchte ich innerlich, weil ich nicht einmal eine Pistole bei mir hatte. Ich schloss die Augen und atmete tief wie ein Schlafender. Die Tür ging auf, der Ankömmling machte keinen Versuch, sich zu verstecken.

Julija trug nur einen Slip und ein kurzes Nachthemd mit besticktem Halsausschnitt.

»Ich mag nicht allein schlafen«, sagte sie. Ich schlug die Bettdecke zurück.

Sie schmeckte noch besser.

Julija wollte es und wusste, was sie tat. Ich gehorchte und war stolz, als wir fast gleichzeitig kamen.

Julija presste den Kopf auf das Kissen. Auf ihrer Wange waren Tränen.

»Warum bist du traurig, mein Vögelchen?«

Sie schüttelte den Kopf und flüsterte, frag nicht.

9

Die Sonne hatte sich für kurze Zeit versteckt. Der dunkle See lag still da und ließ dünne Nebelschwaden aufsteigen.

Auf dem Hof wechselte die hinkende Hündin ihren Schlafplatz. Sie drehte sich um sich selbst, probierte eine Stellung aus, rollte sich dann in einer anderen zusammen, legte schließlich den Schwanz wie ein Kissen unter sich und seufzte schwer. Als sie den feindlichen Geruch wahrnahm, richtete sie ein Ohr auf und öffnete die Augen zu einem schmalen Spalt.

Eine rotbraune Katze strich langsam über den Weg. Sie bemerkte die Hündin, plusterte den Schwanz auf, machte einen Buckel und fletschte die Zähne, eher aus Gewohnheit oder Stolz. Sie verspottete sie, ihre Hinfälligkeit und Harmlosigkeit, aber Mitleid brachte sie nicht auf. Ein Tier, eine Katze zumal, kennt dieses Gefühl nicht.

Die Katze setzte ihren Weg fort, langsam, demonstrierte ihre Überlegenheit und Geschmeidigkeit, ihre verborgene Schnelligkeit.

Die Hündin drehte das Ohr in eine andere Richtung. Aus dem Haus kam ein Mann, klein und stark. Er trug viele Gerüche an sich, an der Lederjacke haftete die Angst eines Tiers, das die Hündin nicht identifizieren konnte. Der Mann roch nach etwas Bösem und Unruhigem. Er ging zum Wagen. Es war ein fremdes Fahrzeug, nicht das vertraute Auto des

Bauern, in dem die Hündin vorn sitzen und ihre Schnauze auf das Lüftungsgitter legen durfte. Der Bauer schimpfte jedes Mal scherzhaft, wenn die Hundeschnauze Flecken an der Windschutzscheibe hinterließ.

Die Hündin beobachtete, wie der Mann zuerst eine Tür an der Stelle öffnete, wo die Menschen immer saßen, und dann eine zweite Tür weiter hinten. Im Auto des Bauern saß dort selten jemand, denn er und seine Frau hatten keine Jungen. Darüber wunderte sich die Hündin ein wenig. Sie selbst warf fast jedes Jahr sechs oder sieben kleine, jedes Mal anders gefärbte Welpen, pflegte und leckte und nährte sie, und dann verschwanden sie immer. Der Bauer brachte sie irgendwohin.

Wenn die Hündin ein Mensch gewesen wäre, hätte sie gesagt, sie sei traurig und wehmütig gestimmt. So aber lauschte sie nur einem schwachen Erinnerungsfetzen nach, an den Nabel eines ihrer Welpen und den Eiter in seinen Augen und den Milchgeruch an ihren Zitzen.

Die Hündin leckte sich das Maul und gähnte. Schläfrig beobachtete sie das Treiben des Mannes. Er suchte etwas, öffnete den kleinen Kasten hinter dem Sitz. Die Hündin erkannte einen Geruch. Das war damals, als ich in dieses Eisendings getreten bin und mir das Bein wehtat, so furchtbar weh. Der Bauer hat mich auf seinen Armen ins Auto getragen und dann in ein Haus gebracht, das nach Putzmitteln und noch Schlimmerem stank. Da gab es harte Fußböden, glatte Fliesen, auf denen die Krallen keinen Halt fanden, und es war ohnehin schwierig genug, auf drei Beinen zu humpeln.

In dem Haus war ein Mann in einem langen Kittel gewesen. Die Erinnerung an ihn löste immer noch kalte Schauder unter dem Nackenfell aus. Der Mann hatte keine Gerüche aus dem Heimatdorf an sich gehabt, hatte nicht nach Erde oder Stall gerochen, nicht einmal nach dem schwarzen Zeug, das unter das Auto tropft. Dieser Mensch hatte sie gedreht und gewendet, dann hatte die Hündin einen stechenden Schmerz verspürt, in ihrem Kopf hatte es merkwürdig gebrummt und sie war eingeschlafen. Als sie erwachte, war sie ganz benommen gewesen, hatte sich nicht auf den Beinen halten können, von denen zudem eins, das schmerzende, eingewickelt war, und um den Hals hatte man ihr einen Trichter gelegt, sodass sie ihre Wunden nicht selbst versorgen konnte.

Die Hündin war schon recht alt. Sie erinnerte sich nicht und begriff nicht, dass sie schon seit einigen Jahren keine Jungen mehr geworfen hatte. Aber an den Tierarzt erinnerte sie sich, einer von derselben Art war irgendwann ins Haus gekomen, um den Bauern zu behandeln, als der Schmerzen in der Brust hatte. Und dann war der Bauer in ein Auto gelegt worden, und da war wieder dieser Geruch gewesen. Nach Metall und Arznei, so war es. Aber das hier roch doch anders. Nicht nach dem Wald, nicht nach dem Haus, nicht nach diesem Dorf, wiederholte die Hündin.

Der Mann drückte die Wagentür leise zu und zündete sich eine Zigarette an. Eine andere Sorte als der Bauer, stellte die Hündin fest, verlor dann aber das Interesse am Treiben des Fremden.

Wenn ich aufwache, gehe ich zur Bäuerin, dachte die Hündin. Sie hat Schweineknochen im Ofen geröstet. Dem Tier lief der Speichel im Mund zusammen.

Es war immerhin Iwan Pawlows Hund.

10

Auf der Straße nach Petrozawodsk herrschte wüster Verkehr. Laster überholten sich gegenseitig, ohne Rücksicht auf entgegenkommende Fahrzeuge, und von Zeit zu Zeit zog ein an alte Zeiten erinnernder schwarzer Wolga oder ein neumodischer, stumpfsinniger Jeep über den Seitenstreifen an der Schlange vorbei. Am Straßenrand waren flache Werkhallen, Tankstellen in schreienden Farben und Autogeschäfte mit riesigen Leuchtreklamen entstanden. Die Strommasten waren immerhin noch so schief wie früher, und weiter weg, beim Onegasee, schimmerten die ewigen Wälder.

Julija fuhr bei mir mit. Das hatte Wronskij vorgeschlagen, wie ein Staatsmann hatte er gesagt, Julija solle seinen Aufenthalt in Helsinki vorbereiten. Sie hatte mir erklärt, Wronskij habe Geschäftliches zu erledigen, und das laufe glatter, wenn sie sich vorab mit den finnischen Juristen treffen und mit den Businesspartnern die Termine absprechen würde.

Julija war eine unkomplizierte Begleiterin. Ich brauchte nicht zu warten, weil sie noch packen oder ihr Make-up auffrischen musste. Sie kam einfach an, hievte ihren Koffer selbst in den Kofferraum und stieg ein, saß mit graziös schräg gestellten Beinen neben mir.

Von Prääsä in Richtung Sortavala fuhren wir auf neuem, glattem Asphalt. Die Straße war von soliden Stahlplanken flankiert, und auch die Fahrbahn war präzise markiert. Julija wunderte sich über die breite Straße inmitten einer menschenleeren Einöde und gab mir so Gelegenheit, wie ein Reiseführer von den kleinen Dörfern zu erzählen, die hinter den Kiefernwäldern lagen.

Julija schien interessiert zuzuhören, stellte sogar Fragen, und ich ließ mich lang und breit über die Stadt Sortavala und den Rest Kareliens aus. Julija erzählte mir von ihrer Kindheit in Taschkent und von Schulzeit und Studium in Moskau. Ihr Vater war Kybernetiker und Experte für Datenverarbeitung gewesen, kein Akademiemitglied, aber doch ein anerkannter Spezialist. Er hatte im Labor des berühmten Babajan arbeiten dürfen, wo der Elbrus-Computer entwickelt wurde. Ich nickte respektvoll, denn ich wusste, dass diese Institute in Moskau, Kiew und Penza supergeheime Einrichtungen gewesen waren, in denen es vor allem um die Entwicklung von Lenksystemen und Rechenanlagen für moderne Waffen und Raumfahrttechnik ging.

In Nuosjärvi hielt ich an einem Laden, den ich kannte, und sagte, ich wolle etwas zu trinken kaufen. Julija blieb im Wagen. Ein Auto fuhr vor, dem eine Horde verschwitzter junger Männer entstieg. Einige trugen Fußballschuhe. Im Schatten an der Giebelwand hockten drei betrunkene Männer, und eine alte Frau schlief ihren Rausch aus, lang hingestreckt, mit dem Kopf beinahe in einer Regenpfütze. Ich verriegelte die Autotüren mit der Fernbedienung und nickte Julija zu. Eine Sekunde lang quälte ich mich mit der eifersüchtigen Überlegung, ob sie die jungen Männer interessiert betrachtete.

Im Laden gab es die unterschiedlichsten Waren, aber von allem nur wenig. Zum Verkauf standen eine braune Sofagarnitur, zwei in Fernost zusammengebaute Fahrräder, Konserven, Mehl, in der kahlen Kühltheke lagen blasse Würste und ein Stück Schweinerippe. Ich kaufte einige Dosen Limonade und Kekse.

Wir veranstalteten kein Picknick vor dem Laden, sondern setzten unsere Fahrt fort. Bald passierten wir die Schlachtfelder des Winterkriegs. Bei Koirinoja verringerte ich das Tempo, als wir das Trauerkreuzdenkmal erreichten. Julija fragte nach dem finnischen Winterkrieg, der in ihren Geschichtsbüchern nicht separat behandelt worden war. Ich erklärte ihr, dass der Große Vaterländische Krieg sich in der Geschichtsschreibung der Gegenseite ganz anders darstellte und dass man in Finnland nach wie vor über die Deutungen debattierte.

Die Straße führte schnurgerade durch ebene Kiefernwälder. In der Ferne sah ich Sonnenlicht, das von einem Autofenster reflektiert wurde. Ich fuhr langsamer, und als wir näher herangekommen waren, entdeckte ich einen dunkelblauen Lada, der mit zersprungener Windschutzscheibe und eingedrücktem Bug am Straßenrand stand. Ich ging noch weiter vom Gas, behielt aber den Waldrand auf beiden Seiten im Auge. Der Unfall konnte von Räubern fingiert worden sein, die hilfsbereiten Fahrern Geld und Handys abnahmen.

Hinter dem Wagen stand eine alte Frau, die eine Kuh am Strick hielt. Im Graben lag eine zweite rotbraune Kuh, blutüberströmt, mit gestreckten Läufen. Der Fahrer saß im Auto und sprach am Handy.

Julija stieß einen Laut des Entsetzens aus. Ich sagte, wir könnten nichts mehr tun. Die alte Frau hatte ihre Kuh und die Kuh ihr Leben verloren, wir brauchten das Tier also nicht von seinem Leid zu erlösen. Und der Autofahrer schien unverletzt davongekommen zu sein.

»Es war nur ein so trauriger Anblick«, meinte Julija, und ich fand, das hatte sie schön gesagt.

Wir machten keinen Abstecher nach Sortavala, sondern

fuhren direkt weiter in Richtung Värtsilä. Besuche in meinem leeren Elternhaus oder Begegnungen mit alten Verwandten stimmten mich nur traurig, das wusste ich inzwischen. Julija war nicht der Grund für meine Eile. Ich hätte ohne Weiteres erklären oder unerklärt lassen können, wieso ich eine Frau bei mir hatte, und niemand hätte sich gewundert.

11

»Ganz schön scharfe Biene«, sagte mein Bruder leise. Er schielte zu Julija hinüber, die die Gesichtscremes im Kosmetikregal inspizierte. »Die *Joe Blascos* gibt's im Sonderangebot, ich habe eine größere Lieferung bekommen«, warb er laut. Julija lächelte und schenkte mir einen Blick, der mich bezauberte.

Mein Bruder Alexej hatte die Geschäftstätigkeit, die er in Helsinki in der Halle in Tattarisuo begonnen hatte, erweitert und ein Industriegebäude südlich von Lappeenranta gekauft, das er als Warenhaus bezeichnete. Der Laden war speziell für russische Kunden konzipiert. Der große Raum bestand aus Dutzenden von kioskartigen Abteilungen, auf den Angebotsschildern stand der russische Text zuoberst und in größerer Schrift als der finnische, und auf dem Dach des Gebäudes leuchtete grell die Lichtreklame *Alexej Gornostajew Jr.* In seiner alten Halle verkaufte mein Bruder weiterhin Autoersatzteile und Motoröl, Arbeitsmaschinen und Restposten diverser Chemikalien.

Ich musste zugeben, dass Alexej sich als Kaufmann erfolgreich behauptete. In der Sowjetunion war er ein auf Tribologie spezialisierter Ölingenieur gewesen, der sich bestens mit der Überwindung des Reibungswiderstands auskannte, aber nichts zu kaufen oder zu verkaufen brauchte. Im neuen Russland hatte er seine Arbeit fortgesetzt, nun im Dienst der privatisierten Ölindustrie. Ich vermutete, dass er immer noch von seinen alten Kontakten im Chemikaliengeschäft profitierte, auch wenn bei *Joe Blasco* wahrscheinlich keine ehemaligen Sowjetwissenschaftler Hautcreme entwickelten.

»Wie geht's zu Hause?« Alexej grinste anzüglich.

»Normal«, gab ich kurz angebunden zurück.

»Daher weht also der Wind. Nun ja, in der Welt gibt es Winde genug. Unsere Mutter hat uns zwar gelehrt, die Finnen zu schätzen, aber eine Russin ist und bleibt doch eine echte Frau. Sie kleidet sich gut, richtet sich die Frisur und trägt Parfüm auf. Die hiesigen Weiber gehen in flachen Sandalen und Trainingshosen zum Einkaufen«, schwadronierte Alexej. Er begann seine Irina zu preisen, eine ehemalige Mathematikerin, die im Geschäft aushalf, sich die Haare rot färbte und in jedem Frühjahr neue Joggingschuhe kaufte, um sich dann zu wundern, dass sie überhaupt nicht abnahm, obwohl die Treter im Schrank lagen.

»Etwas Berufliches«, unterbrach ich ihn und klopfte auf meine Uhr. »Das Sägewerk Kyllönen braucht Hilfe bei der Zollerklärung für Holzlieferungen. Ich habe versprochen, dass du ihnen unter die Arme greifst.«

»Geht in Ordnung«, sagte Alexej. »Wir geben an, dass es sich um weiterverarbeitete Ware handelt, mit entsprechendem Wert, aber im Gegensatz zum Rohholz zollfrei. Was tut man als Unternehmer nicht alles für die finnische Industrie.«

Ich bestätigte ihm, dass er den Auftrag richtig verstanden hatte.

Alexej begleitete uns zum Wagen.

»Eine tolle Frau. Allerdings ein bisschen zu jung für einen alten Knacker wie dich«, flüsterte er und zwinkerte mir zu.

»Behalt deine blöden Kommentare für dich«, fuhr ich ihn an und schlug die Tür zu.

Die Matrjoschkas, die ich als Souvenirs mitgebracht hatte, weckten zu Hause keine große Begeisterung. Ich führte vor, dass die äußerste Puppe Medwedjew darstellte, in dem ein kleinerer Putin steckte und so weiter, Führer Russlands und der Sowjetunion, bis hin zu Stalin und einem winzig kleinen Lenin. Ich witzelte darüber, dass Tschernenko und einige andere kurzzeitige Staatschefs fehlten, weil selbst der beste Tischler es nicht schaffe, sie alle unterzubringen. Marja lächelte nicht mal, und für Erkki und Anna waren die Figuren nur unbekannte Männchen.

Marja stellte den Beutel mit ihrer Matrjoschka ungeöffnet auf die Spüle. Anna schaffte es noch nicht, die Puppen zu öffnen, und Erkki nahm sie nur einmal auseinander, setzte sie wieder zusammen und vertiefte sich dann in sein Micky-Maus-Heft.

Ich wärmte mir etwas zu essen auf und erzählte von den Strapazen der Reise, von langwierigen Verhandlungen und widerwärtigen Restaurantabenden. Marja bereitete das Abendessen für die Kinder zu. Anna machte sich zufrieden über Brot und Pudding her, aber Erkki wollte zuerst nicht aus seinem Zimmer kommen und verlangte dann Brei oder Pfannkuchen oder irgendwas, bloß nicht immer denselben Mist.

»Setz dich sofort an den Tisch, Erkki!«, schrie Marja.

»Blöde Kuh!«, brüllte Erkki zurück und rannte türenknallend hinaus.

»Wo hat er das nur her?«, fragte Marja beleidigt.

»Er wird es auf dem Schulhof aufgeschnappt haben. Von den anderen«, beruhigte ich sie. »Vielleicht haben sie ihn wieder getriezt. Du solltest ihn nicht so anschreien, er ist doch noch ein kleiner Junge.«

»Du hast leicht reden, du Scheißkerl, treibst dich in Russland rum, rufst nicht an und gehst nicht ans Telefon!«

»Na, das hat aber nichts mit Erkki zu tun. Und fluch nicht vor den Kindern«, setzte ich zum Gegenangriff an.

»Mama darf nicht schreien. Papa ist der Beste. Spitze Mitze«, rief Anna und leckte ihren Löffel ab.

Marja schnaubte wütend und verschwand im Schlafzimmer. Bald kam sie zurück in die Küche, spitzte die frisch geschminkten Lippen. Sie hatte einen kurzen Rock angezogen und eine kleine Handtasche unter den Arm geklemmt.

»Wohin gehst du?«

»In die Stadt. Eine widerwärtige Besprechung. Anstrengende Verhandlungen. Kann spät werden. Wenn du gelegentlich deine SMS lesen würdest, wüsstest du es. Ciao.«

Marja küsste mich flüchtig auf die Wange und zauste Annas Locken. Dann ging sie, ohne sich umzusehen.

Ich brachte die Kinder zu Bett. Anna wollte immer aus demselben Buch vorgelesen bekommen. Darin wäscht sich eine langnasige Maus, zieht die Vorhänge zu und legt sich schließlich schlafen, nachdem sie den Panda gefunden hat. »Und nun gute Nacht, Eule«, wandelte ich den Text ab und rieb mein stoppliges Kinn an der Wange der Kleinen.

Anna wollte die Matrjoschka haben und schlief fast sofort ein, den lächelnden Medwedjew im Arm. Auch Erkki stellte sich schlafend, aber seine Lider zuckten und verrieten, dass er noch wach war.

»Na, Alter?«, fragte ich vorsichtig.

»Nichts«, murmelte Erkki.

»Na, was ist los? Spuck's aus.«

Erkki schluckte.

»Na, wenn einen alle beschimpfen. Das ist nicht leicht«, sagte er schließlich.

»Ja, das verstehe ich. Aber wir versuchen, dir zu helfen. Ehrlich. Und Marja kümmert sich auch um dich. Sie hat nur so viel Stress mit ihrer Arbeit. Und du solltest nicht solche hässlichen Sachen zu ihr sagen.«

»Nein. Aber sie ist nicht meine Mama.«

Mama, wiederholte er noch einmal in einem Ton, der alle weiteren Erklärungen überflüssig machte.

Ich rieb ihm die Schultern. »Nein, das ist sie nicht. Aber weißt du, ich habe auch keine Mutter mehr, und das ist genauso ein schlimmes Gefühl, obwohl ich schon ein großer Mann war, als meine Mutter gestorben ist.«

Erkki sah mich prüfend an. Ich wünschte ihm eine gute Nacht, und er murmelte eine Antwort, drehte sich dann auf die Seite.

Leise schloss ich die Tür zum Kinderzimmer. Ich holte ein Weinglas aus dem Schrank und suchte in der Kühlkammer nach der Weißweinpackung. Als ich sie in der Hand wog, stellte ich fest, dass Marja offenbar ziemlich viel davon getrunken hatte. Ich füllte mein Glas und setzte mich nach draußen. Eigentlich war ich zufrieden, dass Marja ausgegangen war. So blieb mir eine gezwungene Unterhaltung erspart.

Und auch ins Bett konnte ich allein gehen, brauchte nicht mit Marja zu schlafen. Das wäre mir falsch vorgekommen, gegenüber wem, wusste ich allerdings nicht genau.

Ich wünschte Julija per SMS eine gute Nacht. Bald darauf zeigte mein Handy ihre Antwort an.

12

Der Bursche sieht so normal aus, dass er eigentlich nach gar nichts aussieht, dachte Kriminalobermeister Teppo Korhonen. Er musterte Marko Varis, den Ermittler der Sicherheitspolizei, lächelnd, als sei die Einladung zu einem Gespräch im Hauptquartier der Supo in der Ratakatu das größte Vergnügen, das man sich an einem Sommertag vorstellen konnte. Korhonen hatte sich nicht groß beeilt, hatte unterwegs noch einen Abstecher zum Markt gemacht, ein Eis gegessen und eine Schachtel Erdbeeren gekauft. Varis hatte bereits im Konferenzzimmer gewartet, in seinen Papieren geblättert und durch sein Mienenspiel klargestellt, was er von Korhonens Verspätung hielt.

Korhonen steckte sich eine Erdbeere in den Mund und hielt Varis die Schachtel hin.

»Nein, danke«, sagte Varis.

Dann eben nicht, dachte Korhonen und nahm gleich noch eine Beere. Warum ich, etwa deshalb, weil ich die Ostkriminalität beobachte?, überlegte er.

»Wir haben dich hergebeten, Korhonen, weil du die Ostkriminalität verfolgst«, eröffnete Varis das Gespräch.

Korhonen brummte zustimmend und fuhr fort, Erdbeeren zu essen. Er hatte eine gewisse Abneigung gegen die Sicherheitspolizei, fürchtete sie auch ein wenig, doch das wollte er nicht zeigen.

»Also?«, half er Varis auf die Sprünge, betrachtete dabei aber die grauweißen Wände. In diesem Raum werden wohl keine Spione verhört, überlegte er. Eher werden hier Etatgespräche geführt, mit dem Overheadprojektor Organigramme an die Wand geworfen oder per Video Vorträge über ausländische Risikoprognosen gezeigt.

»Unsere Gefahrenanalyse hat geheimdienstliche Erkenntnisse erbracht, die möglicherweise Besorgnis erregen könnten«, sagte Varis und runzelte besorgt die Stirn. »Alles, was ich jetzt sage, ist höchst vertraulich«, fuhr er fort, sah Korhonen dabei streng in die Augen.

»Meine Lippen sind versiegelt«, beteuerte Korhonen und drückte die Lippen mit den Fingern zusammen.

»Das ist kein Witz«, wies Varis ihn zurecht. »Ich muss dir alles von Anfang an erzählen. Der neue russische Präsident kommt demnächst zum Antrittsbesuch nach Finnland. Er trifft unsere Präsidentin und den Ministerpräsidenten und wird offenbar Martti Ahtisaari irgendeine Anerkennung für seine Bemühungen um den Frieden im Kosovo überreichen. Russland ändert seine Taktik in dieser Frage. Über den Nobelpreis waren die Russen ja ganz schön pikiert, angeblich konnten sie Ahtisaari überhaupt nicht leiden. Aber von diesem politischen Aspekt weißt und sagst du nichts, Korhonen, zu niemandem, nicht mal im Schlaf.«

»Ach, weißt du, was da in Südostasien passiert ist, kapier ich sowieso nicht«, versicherte Korhonen und dachte bei sich, dass es in seinen Träumen um ganz andere Dinge ging als um weltpolitische Krisen.

Varis starrte ihn konsterniert an.

»Nur ein Witz«, sagte Korhonen. »Ich weiß, wo Kosovo liegt und dass Russland Serbien unterstützt hat. Aber über Diplomatie schweige ich.«

Varis ließ ein unsicheres Lächeln aufblitzen, eine Drittelsekunde lang.

»Jedenfalls trifft sich Medwedjew hier mit unserer kompletten Spitzengarde, und allem Anschein nach kommt er mit großem Gefolge.« Varis erhob sich, tigerte auf und ab, blieb dann stehen und stützte sich auf den Tisch. »Die Vorbereitungen haben gerade erst begonnen und sind psst-psst-geheim.«

Aha, die brauchen mich für irgendeine Observation oder als Bewacher, vielleicht soll ich mit einem Knopf im Ohr in der Finlandia-Halle umherlaufen, dachte Korhonen erleichtert. Er sprach immerhin ein wenig Russisch, das hatte nicht jeder Polizist zu bieten.

»Deine Russischkenntnisse sind natürlich ein Extrabonus. Durch unsere geheimdienstliche Zusammenarbeit haben wir den Hinweis erhalten, dass eventuell jemand versuchen wird, dieses Gipfeltreffen zu stören«, enthüllte Varis.

Eine Demonstration der Finnlandrussen, vermutete Korhonen. Oder eine Busladung Aktivisten der Putin-Jugend, die sich spontan entschlossen haben, auf das schwere Los der Russen in den Nachbarstaaten hinzuweisen.

»Und damit meine ich keine Transparentschwenker, sondern einen möglichen Terrorangriff, einen Anschlag. Auf ein hochrangiges Objekt, aber wir wissen nicht, auf wen«, fasste Varis die Sachlage zusammen.

Das geht nun allerdings an meiner Kernkompetenz vorbei, dachte Korhonen. Bei der Supo haben sie genug Russlandexperten. Er wollte es gerade laut aussprechen, ihm lag bereits ein Witz auf der Zunge, doch Varis kam ihm zuvor.

»Und unsere Quellen berichten, dass dein Kontaktmann Viktor Kärppä möglicherweise etwas über die Sache weiß.

Er hat sich mit verdächtigen Elementen getroffen und sogar eine dieser Personen nach Finnland gebracht.«

Korhonen war so überrascht, dass er beinahe seine Beerenschachtel hätte fallen lassen. Er vergaß seine Witze, wiederholte, was er gehört hatte, und nickte, er habe verstanden.

»Sind noch Erdbeeren übrig?«, fragte Varis und wirkte zufrieden.

13

Ich saß in meinem Büro in der Halle, als Matti Kiuru klopfte und auch gleich hereinstürmte.

»Na, Herr Rekrut«, grüßte ich ihn. Ich hatte Antti Kiurus jüngeren Sohn bei vielen Jobs hinzugezogen und plante, ihn zu meiner rechten Hand zu machen. Momentan war er bei der Armee.

»Auf Urlaub«, sagte Matti und setzte sich aufs Sofa, spielte mit seinen Händen. Ich arbeitete weiter, denn Matti saß oft lange schweigend da.

»Bist du in Eile?«, fragte er überraschend. »Ich brauch ein bisschen Hilfe. Einen Kumpel. Die Situation ist so, dass ich allein vielleicht nicht zurechtkomme.«

Ich war ein wenig verwundert, denn normalerweise bat nicht Matti mich um Unterstützung, sondern ich ihn. Ich sagte, so eilig hätte ich es nicht, und schaltete den Computer aus.

Wir fuhren in Mattis kleinem schwarzen Audi, dessen Kofferraum zur Hälfte mit Verstärkern und Basslautsprechern gefüllt war. Das Stampfen der Musik brachte den Herzschlag beinahe aus dem Takt. Matti fuhr nach Malmi und parkte unter der Bahnüberführung.

»Hast du eine Waffe bei dir?«, überraschte er mich schon wieder.

»Nee, zufällig habe ich keine dabei.«

Ich wunderte mich immer mehr.

»Nimm die.« Er holte eine Walther unter dem Sitz hervor.

»Was liegt denn eigentlich an?«, bremste ich ihn.

»Ein Typ schuldet mir Geld. Fünf Riesen. Wir erinnern ihn ans Zahlen. Keine Ballerei. Die Dinger nehmen wir nur vorsichtshalber mit, zur Abschreckung«, erklärte Matti. Er berichtete, der Bursche sitze im Nachtclub im Nebenhaus. Das wisse er genau, und die Klitsche habe auch schon geöffnet, obwohl erst Nachmittag war.

Eine Geldeintreibung schmeckte mir nicht recht. Ich wusste aber, dass es für Matti besser war, die Sache mit mir durchzuziehen als mit einem seiner nervenschwachen Freunde.

Das Lokal hatte die gedämpfte Melancholie einer Straße im Schneeregen. Die Fenster waren mit irgendetwas Schwarzem verklebt, und das Licht der Lampen fiel demütig auf die Knie. Der Teppichboden erinnerte an die Zeit, als in Kneipen noch geraucht werden durfte. Unter den penetranten Nikotingeruch mischte sich der Schweiß mitternächtlicher Stunden und der säuerliche Gestank von verschüttetem Bier.

An der Theke und an ein paar Tischen hockten Männer, bei denen sich nicht einschätzen ließ, ob sie Mitarbeiter, Besitzer, Freunde der Besitzer oder richtige, zahlende Kunden waren. Die meisten waren farbig oder sahen nach Türken oder Iranern aus. Ich wusste, dass das Lokal auch abends von vielen Migranten besucht wurde. Mehrmals in der Woche kam es zu Schlägereien, wenn finnische Miezen aus Jux und Dollerei die Gefühle ihrer Kavaliere in Wallung brachten.

Jetzt war nur eine einzige Frau anwesend. Sie sprach am Handy, in einem Tonfall, als beklage sie sich bei ihrem Friseur über ihr rot gefärbtes Haar oder den gestrigen Abend. Oder über beides.

Matti bedeutete mir mit einer Kopfbewegung, ihm zu folgen, und marschierte ans Ende der Theke. Er klopfte einem finnisch aussehenden Mann auf die Schulter. Der Mann drehte sich um. Matti beugte sich an sein Ohr und sagte etwas, ich hörte nicht, was. Der Mann zuckte die Achseln und ging los. Wir folgten ihm zur Toilette.

An einer Wand befand sich ein Pissbecken, an der zweiten zwei Kabinen und an der dritten zwei Waschbecken und ein Spiegel, vom zweiten waren nur noch die Halterungen vorhanden. Auf dem Fußboden häuften sich gebrauchte Papierhandtücher.

»Mike Makkonen«, sagte der Mann, sprach »Mike« tatsächlich so aus, wie man es schreibt, streckte mir die Hand hin. Ich gab keine Antwort, ließ die Arme hängen und blickte auf einen Punkt am Haaransatz des Mannes. Er war in meinem Alter, aber hoffnungslos jugendlich gekleidet.

Ich verdrängte den Gedanken an Julija und mich, an das Handyfoto, das uns Seite an Seite zeigte.

»Aha, so einer bist du«, sagte Makkonen. »Ein Russengorilla, wie? Du machst mir keine Angst, Vogelknabe«, wandte er sich an Matti.

»Du bist mit deiner Zahlung in Verzug, Makkonen«, erklärte Matti. Ich hörte ihm die Aufregung an, seine Stimme klang tief und heiser.

»Der Stoff war Scheiße. Der ist keine fünf Zwerge wert. Aber ich bin ein fairer Mann. Du kriegst einen Tausender.«

»Du hast einen Tag Zeit, mit der Knete rüberzukommen«, forderte Matti und ballte die Fäuste.

»Mann, ich hab Tage und Nächte Zeit. Verstehst du kein Finnisch, du Russenbengel? Du kannst warten, bis du schwarz wirst, aber fünf Mille kriegst du nicht.«

Ich zog die Pistole und trat vor Makkonen, drückte ihm

die Waffe an die Nase, hob sie an, sodass der Lauf die Nüstern dehnte. Makkonens Kopf hob sich ebenfalls.

»Matti ist ein fairer Kerl. Er gibt dir Zeit bis morgen. Ab dann läuft der Zins, und zwar schnell. Er sprintet wie Haile Gebreselassie, und wenn du nicht weißt, wer das ist, frag die Somalen da draußen. Ich empfehle dir zu zahlen«, sagte ich in ruhigem Ton.

In Actionfilmen starren die Leute seelenruhig auf einen Pistolenlauf, selbst wenn er auf ihr Gesicht gerichtet ist. Im wirklichen Leben reicht es, mit einem Luftgewehr zu drohen, und schon werfen sich selbst harte Kerle zu Boden. Allein die Vorstellung, dass eine kleine Kugel die Haut durchdringt oder sich ins Auge bohrt, ist schrecklich genug.

Makkonen war kein harter Kerl. Und er kannte sich mit Waffen aus, er wusste, dass das 22-Kaliber-Geschoss der Walther seine Bahn erst an den türkisen Wandfliesen beenden würde. Dazwischen aber befanden sich seine Nase, sein Gehirn und sein Hinterkopf.

Die Grundlagen der Ballistik schienen ihm bekannt zu sein. Er hob langsam die Hände, machte mit den Fingern eine Bewegung, die wohl beschwichtigend wirken sollte, als würde er einem Kind im Gitterbettchen zuwinken.

»Okay, okay, hol's dir morgen ab, Kiuru. Ich besorg die Kohle«, versprach er.

Die Tür ging auf. Ein magerer junger Schwarzer kam herein, zog schon den Reißverschluss auf.

»Verzieh dich, Kaffer«, befahl Matti. Der junge Mann sah die Pistole und trat den Rückzug an wie ein Beerensammler vor dem Bären. Allerdings pflücken Somalen wohl eher selten Preiselbeeren, dachte ich und hätte beinahe aufgelacht.

Im Wagen nahm ich Matti den Schlüssel aus der Hand.

»Wir müssen reden.«

»Worüber?« Matti schob die Unterlippe hoch, bis fast an die Nase. Dasselbe Gesicht zog Anna, wenn etwas, das wie eine Süßigkeit aussah, wider Erwarten bitter schmeckte.

»Hast du vergessen, wie es deinem Bruder ergangen ist? Drogenhandel ist idiotisch. Irgendwann wird man erwischt und hart bestraft«, sagte ich. Und es ist ohnehin kein angenehmes Geschäft, dachte ich. Und heutzutage nicht einmal besonders einträglich. »Du kannst weiter für mich arbeiten, bekommst allmählich auch wichtigere Aufgaben. Daran liegt mir viel. Aber mit dem Drogenhandel ist ab sofort Schluss.«

Matti starrte vor sich hin, er schien im Fahrersitz zu versinken.

»Na gut«, sagte er schließlich. »Aber ich muss doch auch selbst was unternehmen. Eigenständig und aktiv sein.«

»Mach mal erst deinen Wehrdienst. Und zwar ordentlich. Wann entscheidet es sich, ob du zur Offiziersausbildung kommst?«

»Ich versuch lieber, möglichst schnell da wegzukommen.«

Ich sah Matti verwundert an. In seiner ersten Zeit als Rekrut hatte er über die schlechte Kondition der anderen gelacht, über ihre Sehnsucht nach Computern. Er selbst hatte alle Tests und Prüfungen als einer der Besten bestanden. Ich wusste, dass es ein wenig hohl klingen würde, wenn ich, der in einer fremden Armee gedient hatte, ihm gut zuredete. Und wenn ich zu viel Druck machte, würde er erst recht halsstarrig werden.

»Na, überleg es dir wenigstens. Es könnte nützlich sein«, mahnte ich behutsam.

Matti nickte.

»Wieso zum Teufel hast du den Typen Kaffer genannt?«, wollte ich noch wissen.

»Na, das war doch ein Mokkapimmel«, sagte Matti.

»Scheiße, wir können es uns nicht leisten, Rassisten zu sein«, fauchte ich und dachte dabei an die jüdischen Geschäftsleute in dem Restaurant in Petrozawodsk und an mein Zurückschrecken, meine Ablehnung.

»Nee, wir nicht, aber die anderen schon. Bei der Armee haben sie alle aus der Ehrenkompanie entfernt, die die falsche Hautfarbe oder Herkunft haben. Mich auch«, sagte Matti.

Darauf wusste ich nichts zu erwidern.

14

Schnaufend rannte ich auf dem Joggingpfad um den Flugplatz von Malmi. Eine Frau im engen Lauftrikot überholte mich mit flachen Schritten. Sie hatte das Band eines Pulsmessers um die Brust und die Knöpfe eines MP3-Players in den Ohren. Ich war drauf und dran, dem knackigen Hinterteil zu folgen, begriff aber, dass ich in meiner jetzigen Kondition das Tempo nicht halten konnte. Es war weniger blamabel, schon jetzt zurückzufallen, so zu tun, als ob ich eine lange, langsame Runde drehte.

Würde ich mit Julija mithalten können? Zumindest hatte sie nichts von einer sportlichen Vergangenheit erzählt. Vielleicht trainierte sie in modischen Fitnesscentern, wo die Musik zu laut dröhnte und die Menschen in der Horde allein waren, sich darauf konzentrierten, mit wissenschaftlicher Genauigkeit erstellte Programme abzuarbeiten, die englische Namen trugen. Was war ein *Circuit training* schon anderes als ein Zirkellauf.

Am Ende der Geraden auf der Nordseite des Flugfelds sah ich einen großen Mann, dessen Rücken mir vage bekannt vorkam. Ich forcierte das Tempo und überholte den Kriminalbeamten Teppo Korhonen mit gespielter Leichtigkeit, lief dann langsamer, blickte gelassen auf die Uhr und unterdrückte das Schnaufen.

»Ich bin schon bei der dritten Runde«, keuchte Korhonen.

»Erzähl keinen Scheiß«, lachte ich.

Auch Korhonen kicherte.

»Nee, ich schaff bloß eine Runde, und auch das nur, wenn ich langsam vorwärtswabere, zum Teufel. Die Marlboro kommt mir hoch, die Hämorrhoiden scheuern, und die Prostata mag das Gerüttel auch nicht«, klagte er schwer atmend.

»Das sind nun allerdings Informationen, ohne die ich durchaus leben könnte«, sagte ich gestelzt.

»Was? Über Arschprobleme kann man ungeniert reden. So heißt es doch in irgendeiner Werbung, oder? Und denk mal daran, wie offen die Frauen über ihre Menstruation sprechen. Die natürlichste Sache der Welt, aber Männer werden rot, wenn die Blutungen verglichen werden, und oh je, mir tut alles weh. Aber weißt du was, das Alter kommt nicht allein. Wenn du erst mal in meinem Alter bist, werden wir ja sehen, ob du die Beine noch hochkriegst.«

Wir hielten an einer Fitness-Bucht. Die alten Gewichte aus imprägniertem Holz waren gegen neue Kraftsportgeräte aus Stahl ausgetauscht worden. Auf den blaugrauen Gestellen prangten große Aufkleber mit finnischen Firmennamen, aber der Text auf den kleinen Platten an den Trägern war chinesisch.

Korhonen machte fachmännische Dehnübungen, stemmte die Gewichte in Serie und legte noch ein paar Klimmzüge hin.

»Das ist doch gar nicht schlecht. Für dein Alter«, lobte ich. »Wie ich in der Zeitung lesen konnte, hat ein alter Bekannter am Hochsprungwettkampf im Tiergartenstadion teilgenommen. In der Klasse M45, dritter Platz für Teppo Korhonen, Polizeisportverein Helsinki. Mit sage und schreibe 155 Zentimetern.«

»Verdammt nochmal, probier doch selbst, wie viel du im Rollstil schaffst. Dass die aber auch jeden Scheißdreck drucken müssen! Man kann sich nicht mal mehr unbehelligt blamieren.«

»Aber das ist doch kein schlechtes Ergebnis.«

»Ja, ja. Ich wollte es bloß mal versuchen. Und eine eigene Serie für Fünfzigjährige gab's nicht. Da dürfte ich jetzt gerade rein. Oder müsste. Aber vom Springen wird man auch bloß traurig. Im Alter schwindet die Spannkraft. Ich hätte mich aufs Hammerwerfen oder Kugelstoßen verlegen sollen, da sackt das Niveau nicht ganz so ab und man fühlt sich nicht so elend.«

Korhonen kramte Zigarettenschachtel und Streichhölzer aus der Tasche seiner Trainingshose und zündete sich eine Kippe an.

»Gehen wir ein bisschen zur Seite. Sonst flennt bald einer von diesen Aerobickern, dass seine Lunge sich verengt und ihn irgendwelche teuflischen Partikel in der Kehle kratzen. Dieselben Meckerfritzen rufen die Polizei, wenn irgendwer das Verbrechen begeht, im Saunaofen Abfall zu verbrennen.«

Ich meinte zustimmend, durch Rauchen die Luft zu verpesten stehe in einem gewissen Widerspruch zu sportlicher Betätigung. Insofern sei es verständlich, wenn sich jemand beschwerte. Korhonen trat die Zigarette aus und schnaubte verdrossen.

»Lass deine Gesundheitstipps mal beiseite. Dafür geb ich dir einen kleinen Tipp für dein Wohlergehen«, sagte er leise und blickte sich absichernd um. »Ich dürfte dir gar nichts davon erzählen. Aber ich glaube, dass du guten Glaubens dabei bist, bona fide, wie man so sagt, und damit ist nicht das Parkettöl gemeint. Guck den Rest im idiomatischen Wörterbuch nach.«

»Was?«

Ich begriff ganz und gar nicht, was Korhonen mir erzählte. Zwischen uns war nach und nach ein Abkommen über Zusammenarbeit und gegenseitige Hilfe entstanden. Korhonen fragte mich gelegentlich nach Informationen über Drogenhändler oder Zuhälter und warnte mich im Gegenzug, wenn meine grauen Geschäfte nach Ansicht der Behörden zu dunkel zu werden drohten. Aber so ernst hatte ich ihn lange nicht erlebt. Wenn überhaupt jemals.

»Die Supo beobachtet dich. Und mich haben sie auch eingespannt. Du bist in irgendeine fast terroristische Sache verwickelt. Hör zu, der bloße Verdacht reicht den Typen von der Supo, um dir das Fell abzuziehen. Das ist die reinste Inquisition. Schmeißen wir den Kerl ins Wasser, und wenn er oben bleibt, ist er bestimmt ein feindlicher Agent. Wenn er ertrinkt, na hoppla, dann war er wohl doch unschuldig«, quasselte Korhonen, doch sein Gesicht blieb ernst.

Misstrauisch sah er zu einem Mann hinüber, der seinen Hund ausführte und in Hörweite stehen blieb. »Mehr kann ich nicht sagen. Pass gut auf, wohin du deine Pfoten steckst, Wieselsohn«, flüsterte er und lief in Richtung Malmi. Nach Hause, wusste ich.

Und ich wusste auch, dass diese Sache irgendwie mit Wronskij und Koljukows Projekten und den jüdischen Geschäftsleuten zu tun hatte. Dessen war ich mir sicher.

Ich war in Afghanistan, obwohl ich mir sagte, dass ich ja gar nicht dorthin geraten war. Das nicht, aber du hattest solche Angst davor, dass es wahr geworden ist, erklärte jemand im Traum. Oder ich begriff es einfach, ohne Worte.

Ich trug eine hellbraune Uniform, unter der Jacke ein blauweiß gestreiftes Unterhemd und auf dem Kopf einen Steppenhut.

Wir marschierten im Gänsemarsch auf einem Pfad, der sich an einem Berg hochschlängelte. Der Pfad war steinig und zu beiden Seiten von niedrigem Gestrüpp gesäumt. Stellenweise wurde die Bergwand steiler und der Weg so schmal, dass man seitlich an den Fels streifte. Auf der anderen Seite klaffte der Abgrund.

Ich blickte mich um. Arseni Kasimirow ging hinter mir, hielt sich mit der Hand an meinem Tornister fest. Er lächelte entschuldigend. Auf seiner linken Brusttasche befand sich ein Namensschild. »Wronskij« stand darauf, mit gelben Buchstaben, auf schwarzem Grund.

»Arseni, versuch doch bitte, es allein zu schaffen. Ich kann dich nicht nach oben schleppen«, sagte ich.

»Ich hab dich nur vorsichtshalber ... festgehalten. Es sah so aus, als ob du strauchelst«, erklärte Arseni. Bald würde er seine Ausrede selbst für wahr halten.

Ich kletterte weiter. Der Pfad wurde wieder schmaler, ich passte genau auf, wohin ich meinen Fuß setzte.

»Und ich heiße Wronskij«, hörte ich ein Flüstern, dann spürte ich einen Stoß im Rücken, so heftig, dass mein Kopf zurückflog und der Lauf des Sturmgewehrs, das mir vor der Brust hing, gegen mein Kinn stieß.

Ich fiel langsam, mit gestrecktem Körper. Die vor mir gingen, drehten sich um, rissen entsetzt den Mund auf. Ich sah Julija und Marja und die kleine Anna und Sergej.

Ich fiel, lange.

»Du hast geschrien«, sagte Marja und boxte mir gegen die Schulter. Ich murmelte etwas von einem schlimmen Traum und drehte meine schweißnasse Decke andersherum.

Marja blieb nahe bei mir. Sie atmete gleichmäßig, hatte die Augen geschlossen. Nach einer Weile nahm sie meine Hand und führte sie an ihr Becken, fordernd. Sie war feucht.

Ich begann sie zu streicheln, langsam zuerst, dann heftiger, aber als sie warnend meine Hand festhielt, bemühte ich mich, daran zu denken, sanft zu sein, als ob ich eine empfindliche Blüte liebkoste. Staubfäden und Blütenstempel, schoss mir durch den Kopf, und der Gedanke schien mir fehl am Platz.

Marja drehte sich um und zog mich an den Schultern.

»Lass uns einfach so sein. Ich kann jetzt nicht«, flüsterte ich und machte mit den Fingern weiter.

Marja konzentrierte sich mit geschlossenen Augen. Bald begann ihr Becken zu zittern, dann heulte sie dumpf auf, schob meine Hand tiefer in sich hinein, erbebte noch ein paar Mal.

Ich stand auf und ging auf die Toilette. Draußen war es bereits hell, und durch die offenen Fenster drang das Morgenkonzert der Vögel.

Vorsichtig legte ich mich wieder ins Bett. Marja schnarchte leise, kaum lauter, als eine Katze schnurrt. Ich wartete auf den Schlaf, lange.

Am Morgen wehten die Vorhänge im Wind, und im Zimmer war es kühl. Ich hatte Schmerzen in der Seite, als hätte sich ein Muskel vor Müdigkeit versteift, durch ständige Anstrengung verkrampft.

Marja kam an die Tür.

»Tschüss, ich muss jetzt los. Die Kinder haben schon gefrühstückt. Irina kommt und guckt nach ihnen«, sagte sie und wollte schon gehen, drehte sich aber noch einmal um und drückte mir einen hartlippigen Kuss auf den Mund.

Ich muss auch bald los, wollte ich sagen, doch die Tür fiel bereits zu.

Na, dann hinterlasse ich eben einen Zettel an der Kühlschranktür, dachte ich. Bin irgendwann zurück, VK.

15

Der Autohändler Ruuskanen stand an der Tür seines Büros im Schatten. Er hob grüßend seine mollige Hand, als ich im Mercedes vorfuhr. Ich parkte mit dem Bug zur Wand, ein paar Meter vor dem Eingang zum Büro.

Die Kipptore der Halle waren einladend geöffnet. Die Aromamischung bestand aus Plüschreiniger, Reifenschwärzer und Silicon-Aerosol. Die Lichtreklamen auf dem Dach waren schon wieder ausgewechselt worden. Ursprünglich hatte die Firma Qualitäts-Auto-Ruuskanen geheißen und nicht mit Neonglanz geprotzt. Ruuskanen hatte seine Fahrzeuge auf einem ungenutzten Grundstück an der Umgehungsstraße verkauft, der Firmenname stand auf einer Sperrholzplatte, und die Ratenverträge wurden in einer dunklen Holzbude ausgefertigt, in der es nach Zigaretten und abgestandenem Kaffee roch.

In Tuusula war das Unternehmen auf den Namen Global-Auto-Ruuskanen getauft worden, und die Handelsware umfasste vorwiegend Mercedes und BMW, die aus halb Europa herangekarrt wurden. Gelegentlich waren in der Halle auch gestohlene Wagen auseinandergenommen, stückweise auf Laster verladen und zum Zusammenbau in den Osten transportiert worden.

Nun gab es zwei Schilder: *Öko-Auto-Ruuskanen* und *Grüne Wärme*.

»Hast du dein Unternehmen wieder mal in den Konkurs getrieben? Wer ist diesmal dein Strohmann?«, grüßte ich Ruuskanen.

»Man muss das Bisiness weiterentwickeln«, lächelte der verschwitzte Händler im längs gestreiften Marimekko-Hemd, zu dem die schräg gestreifte Krawatte passte wie ein Bibelspruch an die Wand eines Freudenhauses. »Weißtu, alles Grüne ist jetzt total poperlär, ganz klopal. Und meine liebe Alte ist auf den Umweltfirlefanz voll abgefahren. Ich hatte erst an ›Bio-Auto-Ruuskanen‹ oder ›Green-Car-Ruuskanen‹ gedacht, aber dann hab ich mich für das hier entschieden. Und unser zweiter Geschäftsbereich ist die naturschonende Heizwärme und Energie. Wärmepumpen und Sonnenkollektoren und Windräder ...«, zählte Ruuskanen wohlgemut auf.

Ich erinnerte ihn an den Autohandel, von dem wir gesprochen hatten. »Du willst den Mercedes hoffentlich noch? Du hattest versprochen, ihn zu nehmen, wenn du einen passenden Abnehmer findest«, vergewisserte ich mich.

Ich hatte den aus Deutschland eingeschifften Mercedes bei Ruuskanen gekauft, wie auch die beiden Autos davor. Ich hatte Ruuskanen mit den Papieren für die Ausfuhr nach Russland geholfen und den Dolmetscher gespielt, wenn er internationale Kundschaft aus dem Osten hatte. Als Gegenleistung hatte ich zuverlässige Wagen zu günstigen Preisen bekommen, falls es so etwas im Autohandel überhaupt gibt. Nun war mir von meinem ehemaligen Geschäftsführer ein geleaster Citroën geblieben, und ich hatte mir überlegt, sparsam zu sein, den überflüssigen Citroën selbst zu fahren und den Mercedes zu verkaufen. Und zwar an Ruuskanen.

»Bei denen gibt's leicht Rostprobleme. Und manuelle Gangschaltung ... o je, schwer loszuwerden, ohne Automatik.« Ruuskanen umrundete den Wagen, und auf seinen runden Wangen breitete sich eine missbilligende Röte aus, die so rasch aufzog wie eine Gewitterwolke.

»Red keinen Quatsch«, bremste ich ihn. »Wenn er Automatik hätte, würdest du sagen, o je, da werden die Reparaturen so teuer. Und du selbst hast mir die Kiste als Augapfel eines alten Opas verkauft, sie hat angeblich jeden Winter in der Garage gestanden, und das Serviceheft ist voller Stempel. Aber die waren vermutlich von der Südbayrischen Meierei.«

»Na ja, der Tachostand ist ja ganz okay«, lenkte Ruuskanen ein. »Sagen wir mal … zwanzig.« Es klang, als biete er mir Kronjuwelen an.

»Du hattest dreißig geschätzt«, erinnerte ich ihn.

»Na gut, zwanzig und den sportlichen Opel Vectra da drüben als Dreingabe, neue Reifen und frisch inspiziert. Und als Fairnessbonus eine Ultimate-Wärmepumpe. Da sparst du Heizöl.«

»Ich heize mit Erdwärme.« Ich blieb hart. »Achtundzwanzigtausend, und du darfst mich weiterhin um Hilfe bitten, wenn du Papiere für Russland brauchst.«

Ruuskanen blickte finster drein wie ein Bauer, der den Familienhof aufgeben muss, mitsamt dem schweren, seitlich ausziehbaren Holzsofa.

»Na gut, schlagen wir ein«, sagte er schließlich und hielt mir seine Pranke hin.

Wir schlossen den Handel ab, und ich gab Ruuskanen den Kfz-Schein.

»Ich ruf Matti an, dass er mich abholt. Der hat schon wieder Urlaub. Die Armee ist heutzutage der reinste Kindergarten.«

Ruuskanen fing sofort an, mir einen Vortrag über seinen Wehrdienst als Pionier in Keuruu zu halten. Ich brachte es noch über mich, ihm zuzuhören, solange er über den Bau von

Behelfsbrücken aus Pontonwagen sprach. Zur Vertiefung des Themas erging er sich in Erinnerungen an die Lastwagen aus sowjetischer Herstellung, die einen Benzin-V8 hatten und lärmten wie ein Propellerflugzeug. Als er sich in die Feinheiten des Verminens vertiefte, stellte ich das Zuhören ein.

Ich begann, das Handschuhfach und den Kofferraum zu leeren, sammelte CDs und Münzen, Parkscheibe, Schneebesen und Abschleppseil in den mitgebrachten Karton, baute die Innenheizung ab und wählte Werkzeug aus. Schließlich sah ich noch unter den Sitzen nach, ob irgendwelche wichtigen Papiere darundergerutscht waren. Ich fand ein paar Stifte und einen sauberen Kamm und packte auch sie ein.

Da erinnerte ich mich an die Verbandtasche. Sie lag auf der Ablage am Rückfenster.

Die kann ich in den Citroën legen, dachte ich.

Ruuskanen hatte seine Armeegeschichte unterbrochen und war im Büro verschwunden. Nun kam er zurück und schwenkte die Papiere. Ich hielt den Vertrag über die Besitzübertragung an die Wand und unterschrieb.

»Auf einen Citroën steigst du also um. Ein Franzose. Die fahren sich bequem, aber es sind halt Wagen von Baskenmützen-Ingenieuren«, urteilte Ruuskanen. Die Klassifizierung erinnerte mich mit unangenehmer Deutlichkeit an den Geschäftsführer, den ich gefeuert hatte, Ingenieur Jaatinen. Pardon, Diplomingenieur. Das hatte Jaatinen noch nach seiner Entlassung betont, als ich ihm sein Zeugnis geschrieben hatte.

»Allerhand kleine Macken haben die. Und auch größere«, sagte Ruuskanen. »Die Citroëns.«

Ich hatte schon gedacht, die Menschen.

16

Ich schickte Julija eine SMS. Sie hatte nach Russland zurückkehren müssen, weil Wronskij sie dringend brauchte. Wir sehen uns, hatte sie versprochen, war zu den Sammeltaxis am Tennispalast geeilt, die gleich reihenweise nach St. Petersburg fuhren, alle zum selben Preis von ein paar Zehneuroscheinchen.

Ich wartete auf Antwort. Obwohl die Vibration eingeschaltet war, sah ich alle paar Minuten auf mein Handy, vergewisserte mich, dass der Akku aufgeladen war und die Netzabdeckung reichte.

Das Handy vibrierte. *Hektik. Ich sehne mich. J.*

Ich las die SMS immer wieder, bevor ich es über mich brachte, sie zu löschen. Schon bald ärgerte ich mich über Julijas knappe Antwort. Sie hätte sich ruhig ein wenig ausführlicher äußern können.

Ich versuchte, über mich selbst zu lächeln: ein erwachsener Mann und ungeduldig wie ein Teenager.

Als das Handy klingelte, hoffte ich, es sei Julija, so voller Sehnsucht, dass sie einfach mit mir sprechen musste. Doch der Anruf kam von dem Pornofilmproduzenten Rauno Härkönen. Er war in Nöten.

»Verdammt, die sprechen überhaupt keine Fremdsprache. Die Reiberei in der ersten Szene haben wir in den Kasten gekriegt, nachdem ich ihnen eigenhändig gezeigt hab, was sie tun sollen, aber jetzt müssten sie lutschen und dann zum eigentlichen Horizontalmambo übergehen, und das schnallen sie einfach nicht«, dröhnte er.

Als ich fragte, warum der große Filmmogul sich bei mir über seine Kommunikationsschwierigkeiten beklagte, ließ Härkönen sich dazu herab, mich um Hilfe zu bitten. Er flehte mich an, zu kommen und die Höhepunkte und Regieanweisungen des Films zu übersetzen.

Ich versprach, zu dolmetschen, und erklärte, ich hätte allerdings nicht lange Zeit. Ich könne aber die Szenen kurz schriftlich zusammenfassen, sodass die Schauspieler die Anweisungen nachlesen konnten.

»Eine tiefsinnige Synopsis dürfte wohl nicht nötig sein«, meinte ich.

Härkönen stimmte bereitwillig zu. Er spielte sich auch sonst nicht als Tarkowski auf, auch wenn er seine künstlerische Tätigkeit als Regisseur unter dem Namen David Bullman ausübte. Am Drehort stand er selbst hinter der Kamera, regulierte den Ton und richtete die Beleuchtung aus. Der ganze Film war das Werk von Härkönen-Bullman und einem Gehilfen. Außerdem wurden natürlich Charakterdarsteller gebraucht. Und da sie aus Russland kamen, musste ich als Regieassistent einspringen.

»Dann kannst du auch gleich die Miete für diesen Dreh bezahlen«, schlug ich vor. Die Kreditfähigkeit von Härkönens Unternehmen hatte den Immobilienbesitzer nicht überzeugt, daher hatte ich die Räume an der Giebelseite des Geschäftsgebäudes in Konala auf den Namen meiner Firma gemietet und vermietete sie an Härkönen weiter, ohne Papiere und Quittungen.

Ich vermutete, dass Härkönen alle Gagen über ein steuerlich angenehmes und zuverlässiges Land oder eine entsprechende autonome Insel laufen ließ. Er meinte, möglicherweise könne er Bargeld auftreiben.

Die gemietete Räumlichkeit hatte eine Doppeltür, durch die ein Fahrzeug gepasst hätte. Ein kleines Schild informierte darüber, dass Ristos Telefonreparaturwerkstatt nach Pitäjänmäki umgezogen war. Die Telefonnummer gehörte zu einem Festnetzanschluss, und ich nahm an, dass es sinnlos war, dort anzurufen, wenn man Handyprobleme hatte.

Die Tür war nicht verriegelt. Ich ging hinein.

Auf dem Betonfußboden lag helles Laminat. Tapezierte Spanplatten stellten zwei Wände dar. Sie wurden hinten von einem Träger aus Vierkantholz gestützt. Wer das Ding gebaut hatte, war mit Sicherheit kein Tischler. Die Kulisse wurde durch ein Regal vervollständigt, in dem ein Fernseher stand, in dem Fickfilme liefen. Auf der Fußbodenparzelle stand ein Sofa und auf dem Sofa der Schwanz eines jungen Mannes. Der Mann selbst lag auf dem Rücken und wartete offensichtlich auf seine Filmpartnerin. Ab und zu fingerte er an seinem Glied herum, damit es für die nächste Szene wach blieb. Meine Ankunft schien ihn nicht zu stören.

Härkönen, der gerade seine Kamera einstellte, begrüßte mich fröhlich. Er war etwa fünfzig, trug eine Cargohose und ein schwarzes T-Shirt, eine Brille mit runden Gläsern hing ihm an einem Band um den Hals. Die ergrauten langen Haare hatte er zum Pferdeschwanz gebunden.

Der Kameraassistent sprang vom Barhocker und gab mir die Hand.

»Hopponen«, stellte er sich vor, und ich hätte ihn beinahe für seine gute Erziehung gelobt. Er hatte eine Schirmmütze verkehrt herum auf dem Kopf und trug einen schwarzen Rolli, obwohl es auch drinnen reichlich warm war.

Härkönen gab mir das drei Seiten umfassende Drehbuch und erklärte, die ersten drei Szenen seien bereits gedreht, präzisierte dann, er verwende Berufsslang und Metaphern. Im digitalen Zeitalter drehe sich in der Kamera natürlich keine Filmrolle mehr.

Ich schrieb kurze Übersetzungen der nächsten Szenen und fügte auf Härkönens Bitte hinzu, wenn der Regisseur sage »Stopp – noch mal«, meine er, dass man genau dasselbe noch einmal tun solle, die Kamera werde nur umgestellt.

»So ist das, bei kleinem Budget«, sagte Härkönen entschuldigend, deutete an, dass er auch für Multikameraproduktionen qualifiziert wäre.

Er holte die Schauspieler und bat mich, ihnen die Sache auch noch mündlich zu erklären. Die Darstellerin des weiblichen Parts tapste in Pantoffeln und einem kurzen Morgenmantel zum Sofa. Sie hätte als Hausfrau aus irgendeiner Vorstadtsiedlung von St. Petersburg durchgehen können, wäre die Tätowierung am Oberschenkel nicht gewesen. Die Frau grüßte mich freundlich, sagte, sie heiße Tereza, ließ den Vatersnamen fort. Das konnte ich gut verstehen.

Als ich Härkönens Wünsche erklärte, nickten Tereza und der schweigend dahingefläzte junge Mann, sie hätten verstanden. Ich wünschte ihnen Erfolg bei den Aufnahmen.

Dann ging ich zur Tür. Härkönen folgte mir, holte ein Bündel Geldscheine aus der Tasche und entnahm ihm ein paar Hunderter. »Den Rest kriegst du nächste Woche«, sagte er. Ich wusste, dass er sein Versprechen halten würde.

»Wie heißt der Streifen übrigens?«, fragte ich zum Abschied.

»Busty Mature Gives a Lesson of Love«, gab Härkönen Auskunft, erfreut über mein Interesse. »Wenn er gut läuft, machen wir eine vierteilige Trilogie daraus«, lachte er heiser.

Der alte Mann stand am Erkerfenster und sah auf den Marktplatz von Töölö hinab. Der einzige Markthändler war ein Kartoffelverkäufer, der sich auf die geöffnete Rückklappe seines kleinen Lastwagens stützte. Der alte Mann wandte sich Wronskij zu, taperte einige Schritte vor und zurück, die Hände auf den Rücken gelegt. Er trug einen dreiteiligen Anzug mit weißem Hemd und Krawatte.

»Wronskij, ist diese Wohnung klug gewählt?«

In der Frage des alten Mannes lag bereits die Antwort. Auch seine Stimme rumpelte vor Missbilligung und Zweifel wie ein Stück Eisen, das man aus einem Schrotthaufen zieht. Die rostig scharfe Rauheit stand im Widerspruch zu dem opahaften, beinahe behäbigen Erscheinungsbild des Mannes.

»Damit meine ich nicht die Kosten, sondern die Sicherheit. In Vororten wie Vuosaari oder Itäkeskus ist jeder Dritte Ausländer. Da würde sich niemand erinnern, dich je gesehen zu haben«, schnaubte der Mann unzufrieden, schmatzte mit den Lippen und beugte sich zu Wronskij hinab.

Wronskij saß auf seinem Stuhl, hielt die Hände unter der Tischplatte und versuchte, ausdruckslos auf die gegenüberliegende Wand des geräumigen Zimmers zu blicken, irgendwo anders hin als in die vorwurfsvollen Augen des Alten und auf die Haare, die ihm aus der Nase wuchsen. Sie störten Wronskij, waren eine Prophezeiung seines eigenen Alterns und erinnerten ihn an seinen bereits verstorbenen Vater. Die Wohnung war ebenfalls ein Relikt aus der Vergangenheit, komplett möbliert, seit Jahrzehnten schon. Die Sofas und Tische und die Stühle am Esstisch vertraten alle die gleiche, noch weitaus ältere Stilrichtung. Mit gedrechselten Beinen, zierlich und wertvoll, aber ohne Sitzkomfort.

Selbst der Staub auf den ornamentalen Wandlampen und

den Rahmen der Landschaftsgemälde schmeckte nach den 60er-Jahren. Aber mehr als der alte Staub störte Wronskij der alte Mann, der immer noch neben ihm stand, wortlos auf eine Erklärung wartend. Der Alte verunsicherte ihn, jagte ihm beinahe Furcht ein.

Und er kannte nicht einmal seinen Namen. Der Mann war einfach gekommen, zur angekündigten Zeit und an den vereinbarten Ort, hatte alles gewusst und begonnen, Fragen und Forderungen zu stellen. Es war Wronskij klar, dass er sich fügen musste. Eine andere Möglichkeit gab es nicht.

»Ich habe die Wohnung von einem Geschäftspartner gemietet. Preiswert. Im Vertrauen. Und in diesem Haus wohnen ausländische Wissenschaftler, Gäste der Universität. Es ist ganz alltäglich, dass man im Aufzug exotischen und häufig wechselnden Bewohnern begegnet«, verteidigte sich Wronskij.

Der Alte umrundete den Tisch, blieb hinter Julija und Bekari stehen, die auf der anderen Seite saßen, und räusperte sich vorwurfsvoll.

»Und der ... Stoff? Wo ist der?«, knurrte er.

»An einem sicheren Ort. Ein Typ hat ihn über die Grenze gebracht. Ohne es zu wissen. Aber der Transport stand die ganze Zeit unter Beobachtung.«

Wronskij bemühte sich, unterwürfig zu sprechen.

»Der beste Agent ist einer, der nicht einmal weiß, dass er eine Aufgabe erfüllt«, zitierte er dennoch eine Weisheit, die man ihm bei der Spezialausbildung eingetrichtert hatte, bereute seinen belehrenden Ton aber sofort.

»Ach wirklich?«, spottete der alte Mann. »Ich war schon im Dienst, als du noch dein Gitterbettchen beschmiert hast, in Rustav oder Tskhinval oder wie die Kaffs in Grusien heißen ... pardon, in Georgien.«

»Ich bin in Moskau geboren und aufgewachsen«, berichtigte ihn Wronskij.

»Dein Stammbaum interessiert mich nicht!«, brüllte der Alte.

Er trat wieder an das Erkerfenster. Sein Gang war eine seltsame Kombination von heftigem Ausschreiten und flachen Trippelschritten. Bekari sah dem Alten nach, lächelte dünn und ungeniert. Wronskij bedachte ihn mit einem wütenden Blick. Bekari hob kaum merklich die Schultern, schloss die Augen und schien einzunicken.

»Es ist ein Finne, genauer gesagt, er hat einen finnischen Pass. Und wir haben einen speziellen Kontakt zu ihm. Auf verschiedenen Ebenen.« Wronskij brachte es fertig, die Worte zweideutig klingen zu lassen, und Julijas Schultern bebten.

Der alte Mann starrte zum Fenster hinaus.

»Mich und uns … deine Auftraggeber interessiert lediglich, ob die Operation in jeder Hinsicht solide läuft«, sagte er, den Rücken zum Zimmer gewandt. Er erriet, dass Wronskij erneut zu Beteuerungen ansetzte, und stoppte ihn, indem er die Hand hob. »Du wirst beobachtet, Wronskij, die ganze Zeit. Wir beobachten dich. Und auch der FSB ahnt etwas. Das heißt, die verdächtigen ja grundsätzlich jeden, von Amts wegen. Und die Finnen tun wohl ebenfalls ihr Bestes.«

Der Alte baute sich wieder vor Wronskij auf.

»Du wirst beobachtet«, wiederholte er noch einmal und ging.

Als er die Tür öffnete, drang der schachtartige Hall des Treppenhauses in die Wohnung. Und dann wurde es wieder still.

17

Vor der Werkhalle in Suutarila dröhnten Motorräder. Ich spähte durch die Jalousie und sah ein halbes Dutzend Männer auf Harley-Davidsons. Sie stellten ihre Maschinen ab, nahmen die Helme vom Kopf und erinnerten mit ihren Stirnbändern an Seeräuber. Dann rollte noch ein mattgrüner Yankee-Jeep mit übergroßen Reifen auf den asphaltierten Hof.

In früheren Jahren hatte ich mit Motorradgangs zu tun gehabt. Diese Begegnungen waren für beide Seiten unergiebig gewesen. Die Leute dort draußen gehörten jedoch zu einer anderen Bande. Die Abzeichen auf den Rücken der Lederjacken und Westen zeigten eine Art gotisches Kreuz. Ich erinnerte mich, etwas über diese Motorradfreunde gelesen zu haben; es hieß, dass auch sie einen Anteil an den Geschäften wollten, die bisher die etablierten Gangs unter sich aufgeteilt hatten.

Und sie waren sicher nicht gekommen, um mir ein einträgliches Projekt anzubieten, sondern um Forderungen zu stellen.

Ich ging aus meinem Büro in die eigentliche Halle. Nachdem ich mehrere Schlüssel ausprobiert hatte, bekam ich endlich das Vorhängeschloss an dem stählernen Container auf und holte ein abgesägtes Schrotgewehr heraus, das ich einem Bekifften abgenommen hatte, der damit am Ende noch jemanden verletzt hätte, und wenn nur sich selbst. Ich kippte die Doppelläufe herunter und lud sie mit Patronen. Eine alte, zuverlässige Baikal. So eine hatten wir zu Hause gehabt, obwohl Vater kein großer Jäger gewesen war. Ich erinnerte mich, wie ich das glatte Holz des Stutzens und die eingravierten Hasen an den Metallteilen bewundert hatte.

Ich legte meine Jacke so über den Arm, dass sie die Flinte zwar verdeckte, die Motorradtypen aber erkennen konnten, dass ich bewaffnet war. Dann ging ich durch den unteren Vorraum nach draußen.

Ich grüßte als Erster.

»Das Übungsgelände für Motorräder ist in Tattarisuo. Ihr solltet an die Umwelt denken, so eine Riesenherde und jeder mit dem eigenen Fahrzeug!«

Die Motorradmänner standen mit verschränkten Armen und düsteren Mienen da. Mein ökologischer Ansatz überzeugte sie nicht.

»Oder seid ihr auf dem Weg zum Logopäden? Ausgewachsene Männer, die das Maul nicht aufkriegen, nicht mal Guten Tag könnt ihr sagen.«

»Guten Tag, Direktor Kärppä«, ertönte es vom Auto her. Die Beifahrertür stand offen, und ein Mann – etwa in meinem Alter, untersetzt, dunkler Anzug – kam auf mich zu.

»Ich bin Sepe, der juristische Berater unserer Gruppe«, sagte der Mann und hielt mir die Hand hin. Ich nahm Jacke und Flinte von der Rechten in die Linke, dann begrüßten wir uns.

»Können wir drinnen verhandeln?«, schlug Sepe vor.

»Hier draußen ist auch schönes Wetter. Für kurze Gespräche«, beendete ich die Höflichkeiten, bevor sie angefangen hatten.

Sepe zuckte die Achseln. Auf seinem kahl geschorenen

Kopf standen Schweißtropfen. Er holte eine Sonnenbrille aus der Brusttasche. Das gefiel mir nicht. Hinter den dunklen Gläsern verschwanden der Blick und die Bewegungen der Augen.

»Dann will ich unser beider wertvolle Zeit nicht verschwenden«, sagte der Mann fast würdevoll, ohne beleidigt zu sein. »Wir haben die Absicht, Verbindungen nach Russland aufzubauen. Dort entsteht gerade ein großes Potenzial an Motorradbegeisterung. Und auch unsere verschiedenen Geschäftstätigkeiten und karitativen Aktivitäten eignen sich hervorragend für eine Expansion Richtung Osten.«

Er redete wie ein verbindlich lächelnder Geschäftsmann, wie ein wohltätiger Spendensammler oder wie ein Wahlkampagnenfinanzierer, der sich seinen Platz im Bebauungsplan sichern will.

»Und du, Viktor, hast gute Kontakte und Verbindungen und Geschäfte in Russland. Wir möchten, dass du uns hilfst, Zusammenkünfte in St. Petersburg zu organisieren, uns vielleicht Empfehlungen gibst ... Wir würden deine Hilfe nicht vergessen ...« Sepe ging zum Du über. Ich wusste, wie der unausgesprochene Teil des Vorschlags lautete. Auch meine eventuelle Weigerung, zu helfen, würde nicht vergessen werden.

Ich stand reglos da, mit leerem Gesicht, und wartete.

Der Trupp ließ sich von der Flaute nicht beeindrucken. Die Männer wechselten nicht einmal das Standbein. Das Einzige, was sich bewegte, war ein Schweißtropfen, der Sepe von der Stirn auf die Nase fiel.

»Wir können dich ja noch einmal besuchen. Gern auch zu Hause. Du hast zwei Kinder, nicht wahr? Eins davon als Leihgabe«, bezog sich der juristische Berater auf das Familienrecht.

Ich durfte keine Furcht zeigen. Also drehte ich ihm den Rücken zu und tat, als wollte ich in die Halle zurückgehen. »Ich habe euch früher schon gesehen. Es tut mir immer noch leid um die schönen Harleys, die sich damals in Schrott verwandelt haben«, sagte ich zur grauen Wand des Gebäudes.

»Versteh mich nicht falsch. Es geht hier nicht um Drohungen. Ein Unternehmer spricht mit einem anderen über Geschäfte. Es wird so viel Mist über uns erzählt. Dabei sind wir Stützen der Gesellschaft, werden von Ministern zum Geburtstag eingeladen und fahren Veteranen spazieren.« Ein Lächeln lag in Sepes Stimme.

Ich drehte mich um, zögerte die Antwort aber noch einen Moment hinaus.

»Okay, ich rede mit den Petersburgern und berichte ihnen von eurem Interesse. Ich werde euch weder empfehlen noch behaupten, euch zu kennen. Ich übermittle nur eure Bitte um Kontaktaufnahme. Wie seid ihr zu erreichen?«

»Visitenkarten brauchen wir nicht. Wir fragen bei dir nach.«

»Komm nächstes Mal allein. Ich mag es nicht, wenn der ganze Trupp auf meinen Hof donnert.«

»Gut, einverstanden«, sagte Sepe beinahe zufrieden. Er ging zu seinem Wagen und blieb davor stehen. »Gehört der Citroën dir?«

Ich nickte.

»Ein Schwulenauto. Das Blech rostet. Die Elektronik ist für den Arsch. Dazu alle möglichen anderen kleinen Macken, oder aber große.«

Sepe wusste, wie man einen Mann kleinkriegt. Er schlug die Tür zu, der Jeep kurvte mit jaulenden Reifen über den Asphalt, und die Motorräder röhrten der Reihe nach hinter ihm her.

Ich schloss den Waffencontainer und merkte, dass jemand an der Tür stand.

»Da hattest du ja gerade eine etwas größere Kundenschar. Haben die ein neues Bad für ihren Clubraum oder einen Anbau für ihre Werkstatt bestellt?«, erkundigte sich Korhonen.

Ich ließ das Vorhängeschloss an seinen Platz gleiten.

»Nein«, antwortete ich.

»Oder habt ihr Waffenhandel getrieben? Die Citykaninchenpopulation bedroht wohl die Blumenbeete der Mopojungs. Für die Entenjagd ist es ein bisschen kurz, dein Schrotgewehr. Ich hab's zufällig gesehen.«

»Aha.«

Korhonen ging weiter in die Halle hinein. Er nahm einzelne Werkzeuge in die Hand, legte sie wieder weg, schaltete die Kreissäge ein und sprang in gespieltem Entsetzen zurück, da der Strom eingeschaltet war und das Sägeblatt aufheulte.

»Ich möchte dir ernsthaft davon abraten, dir neue Probleme aufzuhalsen. Du hast schon einen ganzen Batzen alte Schwierigkeiten«, erinnerte er mich unnötigerweise.

Ich hatte mir über Korhonens Gerede von der Sicherheitspolizei den Kopf zerbrochen, es mit den jüdischen Geschäftsmännern in Petrozawodsk in Verbindung gebracht, mit Wronskij und sogar mit Julija. Doch ein solides Gedankengebäude wollte dabei nicht herauskommen.

Ich erklärte Korhonen, die Motorradfreunde hätten mich um Hilfe bei ihren Ostkontakten gebeten, doch ich hätte ihnen nicht mehr versprochen als ein einziges Telefonat. Und über die alten Probleme könne ich mir keine Sorgen machen, weil ich gar nicht wisse, ob es sich dabei nicht um Gequassel der Polizei handele.

Korhonen sagte, sein Vertrauen zu mir sei so unverrückbar

wie eine Ladung Sand auf einem Kipplaster. Er steckte sich eine Zigarette an. Ich riet ihm, vorsichtig zu sein, denn auf dem Tisch befanden sich Terpentinflaschen und Putzlumpen, die möglicherweise mit leicht entflammbaren Lösungsmitteln getränkt waren. Korhonen schnippte sein Streichholz betont sorglos in die Luft.

»Erinnerst du dich, wie ich die neuen Themenschwerpunkte für das aktuelle A-Studio im Fernsehen entwickelt habe? Eine Sendung über die Symbiose zwischen Insekten und Vögeln – A-Meise. Die nächste könnte A-Pril heißen und die Machenschaften in der Spülmittelindustrie unter die Lupe nehmen. Und danach noch A-Libido, eine freudianische Annäherung an sexuelle Probleme«, lachte er.

Ich erwiderte, dass ich mich sehr wohl erinnerte und über diesen Witz bereits die obligatorischen drei Sekunden gelacht hätte.

Davon ließ Korhonen sich nicht entmutigen. »Mein Humor steht in schönster Blüte. Ali Baba und die vierzig Räuber wurden eines Verbrechens verdächtigt. Aber sie hatten sich zur Tatzeit mit dem vielseitig orientierten Ali Bi vergnügt. Seither kennt man den Begriff Alibi.«

Ich dankte ihm für diese erhebende kulturelle Erfahrung und sagte, ich könne es kaum erwarten, dass er sich dem B zuwende.

Korhonen drückte seine Zigarette aus, suchte nach einer geeigneten Dose und warf die Kippe schließlich in einen leeren Farbeimer.

»Halt mich über die Feuerstuhlburschen auf dem Laufenden«, sagte er, nun wieder ernst. »Mit den alten Gangs kommen wir allmählich zurecht, aber dieser neue Trupp bezieht seine Anweisungen via Schweden aus irgendeinem anderen europäischen Land und hat einen genau ausgetüftelten Plan, wie er zum King der Unterwelt wird. Und über Finnland soll es in den Osten gehen.«

Ich wiederholte, ich sei kein Sympathisant der Motoristen. Ich hätte nur versprochen, die Nachricht zu übermitteln, weil ich geglaubt hatte, es sei für mich am ungefährlichsten, den Botenjungen zu spielen.

»Der Kurier des Zaren ... die Serie lief im Fernsehen, als ich klein war. Aber du in deinem Sortavala hast ja bloß Filme über den ersten Lehrer und erotisch gewagte Streifen über das sexuelle Erwachen eines Kolchosenmädchens gesehen«, schwadronierte Korhonen.

Ich riet ihm dringend, nach Hause zu fahren und seine Frau zu unterhalten. Frauen schätzten diese Art von Humor, erklärte ich, vor allem aus Männermund. Zudem hätte ich versprochen, Marja, deren Wagen in der Werkstatt war, von der Arbeit abzuholen. Korhonen bestellte ihr Grüße und ging, blieb an der Tür aber noch einmal stehen.

»Ich dürfte und sollte es dir nicht sagen. Aber ich vertraue dir trotz allem, Viktor. Deshalb warne ich dich, wieder und erneut. Von der Supo kam die Information, dass ein verdächtiges Subjekt aus Russland eingereist ist. Das heißt, ursprünglich war der Mann wohl Georgier. Vielleicht ist er es immer noch. Und er hat irgendeine Verbindung zu dir. Verwendet den Namen Wronskij. Also verbrenn dir nicht die Finger.«

Korhonen ging, ohne meine Antwort abzuwarten. Und ich hätte auch nichts zu sagen gewusst. Ich wunderte mich nur, weshalb er sich solche Sorgen machte. Um mich.

18

Die Putzfrauen machten Kaffeepause. Sie saßen am Gartentisch, hatten die Köpfe zusammengesteckt und lösten ein russisches Kreuzworträtsel. Sie grüßten mich freundlich, eine junge Frau, die so viele Ringe am Ohr hatte wie ein Spiralheft am Rücken, und eine etwas ältere adrette Dame, deren blondierte Haare dunkel nachwuchsen. Die jüngere machte ihrer Zigarette den Garaus, dann kehrten die beiden an ihre Arbeit zurück.

Marjas Pflegeheimbusiness war rasch in Schwung gekommen. Zudem hatte sie die Chance entdeckt, ihr Tätigkeitsfeld auf andere Arbeiten auszudehnen, mit denen auch Ausländer zurechtkamen. Oder besser gesagt, bei denen sie vom Auftraggeber akzeptiert wurden, es ging eher darum als um das Können. Marja hatte einen Putz- und Haushaltsservice gegründet, der ihre eigenen Räumlichkeiten reinigte, aber auch in Privatwohnungen putzte und alten Leuten, die sich noch allein zu Hause durchschlugen, bei ihren alltäglichen Verrichtungen half.

Die Frauen aus Russland, Estland und Bulgarien bekamen Arbeit, die alten, einsamen Leute Hilfe und Marja einen netten Profit.

Ich war gekommen, um Marja im Pflegeheim »Abendstern« abzuholen. Das war ein sechs Einzimmerwohnungen umfassendes Reihenhaus im Espooer Ortsteil Tapiola. An der

Giebelwand befanden sich die gemeinschaftlichen Wasch- und Aufenthaltsräume sowie ein kleines Personalzimmer. Dort klopfte ich an und trat ein. Marja saß am Schreibtisch und telefonierte. Meine ehemalige Sekretärin Oksana Pelkonen, nunmehr Marjas Geschäftsassistentin, lächelte mich an wie ein kleiner Fink, formte mit den Lippen einen lautlosen Gruß und einen Kuss.

Oksana war finnischer Abstammung und schon vor einem halben Jahrzehnt mit einer Fuhre Mädchen aus Russland gekommen, doch für das Sexgeschäft hatte sie nicht getaugt. Sie war lieb und sympathisch, aber so sexy wie die Strumpfhose einer Oma, und zwar die wollene für den Winter. Oksana hatte für meinen früheren Partner verschiedene Arbeiten verrichtet. Als meine geschäftliche Tätigkeit expandierte, hatte ich sie als Sekretärin eingestellt. Sie hatte eine alte Mutter, um die sie sich kümmerte, und einen ehrbaren finnischen Ehemann namens Esko, den sie konsequent unter ihrem hübschen Pantoffel hielt.

Marja beendete ihr Gespräch. »Schön, dass du da bist«, sagte sie. Vergeblich versuchte ich herauszuhören, ob sich hinter den Worten etwas anderes verbarg als alltägliche Freude. Marja sammelte ihre Papiere ein, steckte einen Teil in ihre Tasche und reichte ein paar Stapel an Oksana weiter.

»Fahren wir beim Büro in Hakaniemi vorbei«, schlug sie vor. Ich sagte, das sei mir recht, denn auch ich hätte etwas in meinem alten Büro zu erledigen. Ich hatte es zusammen mit Oksana an Marja abgetreten.

Während der Fahrt lobte Marja den leisen Motor meines neuen Wagens. Als sie an der Sonnenblende einen beleuchteten Spiegel entdeckte, lächelte sie zufrieden.

Oksana klappte die Armstütze auf der Rückbank herunter und suchte nach einer bequemen Position.

»Na, aber der Mercedes war immerhin ein Mercedes. Esko sagt auch immer, diese Franzosen, die sind unzugelassig. Esko fährt einen Nissan«, sagte Oksana.

»Zu-ver-lässig«, korrigierte ich nicht nur den sprachlichen Fehler.

»Un-zu-vergelässig«, wiederholte Oksana und wunderte sich dann über die neuen Gebäude in Ruoholahti, ganz aus Stahl und Glas, die Menschen arbeiteten dort wie im Treibhaus. Ich ließ die Sprachpflege auf sich beruhen.

Das Büro in Hakaniemi war rührend vertraut. Die Türfeder quietschte wie früher, die Luft roch nach einer Mischung aus Putzmitteln und dem warmen Staub in einem geschlossenen Raum. Die schwarzen Spuren auf dem Linoleum erinnerten an Besucher, die zu meiner Zeit gekommen waren, und auch an noch frühere. Sogar meine aus zweiter Hand erstandenen Büromöbel waren Marja gut genug gewesen. Sie hatte erklärt, man dürfe nicht zu erfolgreich wirken. Man müsse immer sagen, es ist schwierig, aber wenn ich die Stunden nicht rechne, schaffe ich es so gerade, an den roten Zahlen vorbeizuschrammen. So ist das Unternehmerleben. Und der potenzielle Kunde war zufrieden, wenn es im Pflegeheim sauber war und die Kacheln im Bad sogar ein wenig luxuriös wirkten, während das Büro der Besitzerin alltäglich und bescheiden aussah.

Oksana schlüpfte auf ihren üblichen Platz hinter dem Wandschirm, las die eingegangenen Mails und schlitzte Briefumschläge auf. Marja blätterte in ihren Vertragsordnern und erkundigte sich telefonisch nach Möglichkeiten, die Wäsche in Estland waschen zu lassen. Auch das sparte ein wenig Kosten.

Ich hatte noch zwei Stahlschränke im Büro. Es wäre sinnlos gewesen, die alten Steuerbescheide und Quittungen in die neue Halle zu karren, zumal ich einige meiner früheren Firmen stillgelegt hatte, um sie im Bedarfsfall später wieder zu nutzen. In den Schränken befanden sich außerdem Dinge, die meiner Einschätzung nach hier besser geschützt waren, falls jemand sie vermissen und suchen würde.

Ich ruckelte den schweren Schrank ein Stück von der Wand ab. An der Rückseite klebten flache braune Briefumschläge. Früher hatte ich darin meine Rücklagen aufbewahrt, doch jetzt befanden sich in dem Versteck nur zwei alte Notizbücher, ein russischer Pass, ausgestellt auf den in Wologda geborenen Igor Sergejewitsch Semjonow, aber mit meinem Foto versehen, dazu Quittungen einer Bank in St. Petersburg und andere in der Brieftasche zerknitterte Papiere, mit deren Hilfe ich mich als echter Einwohner Russlands ausgeben konnte.

Ich löste einen der Briefumschläge vom Schrank, nahm den kleinen schwarzen Kalender heraus und blätterte im Adressverzeichnis. Nachdem ich das Gesuchte gefunden hatte, schrieb ich »Onkels« Nummer auf einen gelben Klebezettel. Onkel war nicht mit mir verwandt, und wenn ich die Nummer eintippte, würde ich nur eine automatische Ansage hören: »Kein Anschluss unter dieser Nummer.« Ich hatte die Nummer nach meinem eigenen Code verschlüsselt und in Gruppen von jeweils vier Ziffern aufgeschrieben, die an sich in der richtigen Reihenfolge standen, nur musste man jede Vierergruppe von hinten lesen. Onkel wiederum war der Vizechef der Petersburger Kasse und über alles informiert, was im kriminellen und legalen Business in der Stadt und der näheren Umgebung ablief.

Die zweite Nummer, die ich suchte, stand im selben Kalender unter »Taxi«. Ich schrieb auch sie ab.

Aus dem Büro würde ich nicht anrufen, überhaupt von keinem mir gehörenden Telefon oder Anschluss.

Der Abend zu Hause verlief geruhsam, fast angenehm. Die Situation war irgendwie klarer, da Julija weit weg war. Auch Marja verhielt sich freundlich, die Kinder spielten für sich und schliefen nach der Sauna bald ein.

Marja saß bis spätabends draußen, trank Weißwein, und auch ich gönnte mir zwei Wodka. Wir gingen wie auf Verabredung ins Bett und zogen uns aus. Vorsichtig berührte ich Marjas Brust und spürte, wie sehr sie auf mich wartete.

Beim Lieben gab Marja die vertrauten Geräusche von sich, die wie das schüchterne Bellen eines kleinen Hundes klangen, biss sich dann auf die Fingerknöchel und kam, wie immer mit geschlossenen Augen, auf sich selbst konzentriert, als sei sie ganz woanders und es stehe mir nicht zu, nach dem Wo zu fragen.

Dennoch war ich zufrieden. Ich hatte eine erwartete und geschätzte Mannespflicht erfüllt, war fähig gewesen, Befriedigung zu schenken.

Marja wandte mir den Rücken zu, zog sich die Decke über die Ohren und fand die richtige Position. Nach wenigen Minuten schlief sie ein.

Ich wartete auf den Schlaf. Gerade sank ich in graue Tiefen, als ein gestochen scharfes Bild von Karpow mich aufschreckte. Wir waren zusammen aufgewachsen, als beste Freunde, und für meinen besten Freund hatte ich ihn auch später gehalten. Doch er hatte mich betrogen.

Ich wusste, dass Karpow, meine Jugendliebe Lena, mein toter Arbeitgeber Ryschkow, meine Mutter ... alle Menschen, die sich schmerzhaft aus meinem Leben entfernt hatten, in der Nacht kommen würden, als ungebetene Gäste. Und ich fürchtete, dass im selben Traum auch Wronskij und Julija erscheinen könnten.

Nein, ich wusste, dass sie ebenfalls kommen würden, mit Sicherheit.

Ich stand leise auf, schlich mich in die Küche und goss mir noch einen Wodka ein.

Auf der Straße oberhalb des Hauses glitt langsam ein Wagen vorbei. War es ein vw Golf? Ich prägte mir das Fahrzeug ein. Sicherheitshalber. Ich hatte gelernt, dass es kein überflüssiges Wissen gibt.

19

Marko Varis bemühte sich, noch unauffälliger zu wirken als gewöhnlich. Er merkte, dass er sogar flach atmete, damit nur ja kein Hauch zu hören war. Der Ermittler der Sicherheitspolizei fühlte sich in der russischen Botschaft in der Tehtaankatu nicht heimisch und sicher. Obwohl er auf Einladung und dienstlich dort war.

Zum Glück brauche ich nichts zu sagen, dachte Varis, seufzte und erschrak, weil er ein paar Schallwellen ausgestoßen hatte. Er spürte, wie seine Achselhöhlen feucht wurden, ahnte den stechenden Schweißgeruch und stellte sich gleich darauf vor, peinlich süßen Deodorantduft zu verströmen.

Der Saal befand sich im Erdgeschoss des alten Hauptgebäudes der Botschaft, gleich hinter der Sicherheitspforte am Eingang. Die hellgrauen Vorhänge fielen in dicken Falten bis fast auf den Boden und dämpften die mittägliche Helligkeit. Der Fußboden war mit Riemenparkett belegt, in V-förmigen Zweierreihen. Wie der Abdruck eines Traktorreifens im Schnee, dachte Varis, obwohl er kein Bauernsohn war.

Zum Teufel, Korhonen hätte darüber bestimmt einen Witz vom Stapel gelassen, ging ihm durch den Kopf. Er war froh, dass der Kripomann nicht zu dieser Besprechung eingeladen war.

Hier sitzen ohnehin mehr als genug Leute, und ich habe mich auch nicht aufgedrängt, mitzukommen, überlegte Varis.

Die Einladung hatte in der Supo-Zentrale einen riesigen Wirbel und endlose Beratungen verursacht. Der Chef der Supo und die Leiter der Helsinkier Polizei hatten zuerst den erweiterten Führungsstab der Operation einberufen, dann die Hälfte der Leute weggeschickt und neue herbeizitiert.

Die Sicherheitsvorkehrungen anlässlich des Staatsbesuchs haben höchste Priorität, alles muss reibungslos ablaufen, hatte der Chef betont. Wir müssen unsere Effektivität und Kompetenz unter Beweis stellen, gegenüber der politischen Führung unserer Republik, und wir müssen auch den Nachbarn zeigen, dass es sinnlos ist, hier irgendwelche Aktionen zu starten, denn wir verstehen unser Handwerk.

Heute, morgen und in alle Ewigkeit. Wieder atmete Varis tief ein. Er sah verstohlen zu dem dunkelhaarigen Mann hin, der ihm gegenübersaß. Der Mann fing seinen Blick auf, lächelte seelenruhig, und Varis blickte nach unten auf den Tisch, auf das Heft, in dem er die Überschrift *Besprechung Staatsbesuch, Tehtaankatu* zweimal unterstrichen hatte. Weiter stand nichts auf dem Papier.

Die Finnen saßen alle an derselben Seite des langen Tischs. Der Chef hatte auf die Teilnahme verzichtet, mit der Begründung, die Teilnehmer sollten auf derselben Rangebene stehen wie die Russen, allenfalls ein wenig höher. Er würde wie ein Laufbursche wirken, wenn er bei jeder Beratung dabei wäre. Freilich hatte er den Leiter der Terrorismusabwehr, der Sicherheitsabteilung und der Gegenspionage geschickt. Dazu natürlich die Chefs der Ordnungspolizei, ein paar kleinere Bosse und einige Männer von der Basis.

Unter anderem mich, dachte Varis und malte in seinem Heft die Kästchen schwarz aus.

»Das hört sich alles sehr gut an«, lobte einer der Russen, der sich als Vizesicherheitschef vorgestellt hatte. Seinen Namen hatte er nicht genannt, doch Varis hatte ihn erkannt. Bei der Supo wurde er Berlusconi genannt, wahrscheinlich wegen seiner gut sitzenden Anzüge und der glatt zurückgekämmten dunklen Haare. Varis erinnerte sich an den richtigen Namen des Mannes, Telepnew, und an die Vermutung, dass er der höchste Vertreter des russischen Sicherheitsdienstes FSB in Finnland war.

»Wir danken verbindlich für diese Informationen«, sagte Telepnew mit einer angedeuteten Verbeugung. Er sprach akzentfrei Finnisch, nur ein wenig langsam. Bei Wortwahl und Aussprache war er übertrieben sorgfältig, sah mitunter fragend in die Runde, wenn er einen altertümlich und steif klingenden Ausdruck verwendete.

»Greifen Sie zu, wenn Sie noch etwas trinken möchten. Ansonsten stellen wir fest, dass die Sitzung beendet ist. Das heißt, dies war ja keine offizielle Sitzung, sondern ein Informationsabgleich, eine Beratung unter Freunden, Kollegen«, sagte Telepnew als Hausherr, deutete auf die Limonadeflaschen und Obstschalen auf dem Tisch.

Die anderen Russen, die während der Sitzung geschwiegen hatten, sammelten ihre Papiere ein.

Nokkala, der Chef der Antiterroreinheit, erholte sich als Erster von der Überraschung und traute sich, das Wort zu ergreifen.

»Bei allem Respekt. Wir haben Ihnen über unsere Vorbereitungen, über eventuelle Bedrohungen und Sicherheitsvorkehrungen berichtet ... Und über die geheimdienstliche Information, die wir erhalten haben, wonach irgendein Anschlag geplant ist«, zählte er auf. »Informationsabgleich ... Sie müssen uns schon auch etwas berichten.«

Telepnew lächelte huldvoll und sprach noch langsamer. »Wir sind sehr zufrieden mit den Vorkehrungen. Wenn wir etwas Genaueres über diesen ... Störungsverdacht erfahren, informieren wir Sie selbstverständlich. Wir beobachten die estnischen Hooligans sehr genau. Von ihnen darf man tatsächlich irgendeine naive Kundgebung erwarten. Im Übrigen werden Sie verstehen, dass wir für Staatsbesuche unseres Präsidenten unsere eigenen Sicherheitsroutinen haben, die ich natürlich nicht enthüllen kann.«

»Wie viele Sicherheitskräfte werden aus Russland kommen?«, fragte Björklund, der Leiter der Gegenspionage.

»Ach ... genügend. Der Präsident hat natürlich ein großes Gefolge. Und der Außenminister ebenfalls. Es ist eine vielköpfige Delegation.« Telepnew blieb katzenfreundlich.

»Wie viele Sicherheitskräfte?«, beharrte Björklund.

»Na, vielleicht 150. Grob geschätzt ...«, lächelte Telepnew. »Wenn das alles war ...«

Er verbeugte sich und ging. Die anderen Russen erhoben sich und stellten sich in einer schrägen, zur Tür führenden Reihe auf, wie Kuhhirten, die das Vieh auf eine neue Weide lenken.

Nokkala und Björklund übernahmen die Rolle der Leitkühe und führten die Herde hinaus. Im Vorraum nahm ein junger Soldat Haltung an. Er sah jedem der finnischen Polizisten ausdruckslos, aber genau ins Gesicht, knallte die Hacken zusammen und notierte in seinen Papieren, dass die Kopfzahl stimmte. In der Wand befand sich ein verspiegeltes Fenster, hinter dem der Schatten eines zweiten Wächters vorbeihuschte.

Scheppernd öffnete sich das von einem Elektromotor angetriebene Tor zur Straße. Der Kommissar der Helsinkier Polizei winkte einem dunkelblauen Volvo, der bei der katholischen Kirche gewartet hatte und nun vorfuhr.

»Wir gehen zu Fuß«, sagte Nokkala statt einer Verabschiedung. »Eine Scheißbesprechung war das«, schnaubte er dann. »Aber es war ja nicht anders zu erwarten. Die Russkis saugen uns alle Informationen aus der Nase und erklären anschließend, besten Dank auch, wir haben alles im Griff. Ihr Jungs könnt den Verkehr lenken.«

»Nicht hier«, warnte Björklund von der Spionageabwehr und deutete mit dem Kopf auf das Botschaftsgebäude. »Kann sein, dass die Abhöranlagen haben. Und die Kameras nehmen uns auf. Sie können also notfalls von den Lippen ablesen, was wir sagen. Übrigens ist es bei den Amis genau dieselbe Show. Die bringen alles mit, sogar die Cornflakes. Unser Müsli verschmähen sie.«

Die Supo-Männer gingen los. Auf dem schmalen Bürgersteig kamen sie nur im Gänsemarsch voran. Der Ermittler Marko Varis übernahm die Nachhut. Er überlegte, dachte angestrengt nach. War der dunkelhaarige Mann, der ihm gegenübergesessen hatte, unachtsam gewesen wie ein Anfänger? Oder hatte er das Papier absichtlich falsch herum auf den Tisch gelegt? Den Text hatte Varis nicht lesen können, aber er hatte auf dem Bogen drei Fotos nebeneinander gesehen, zwei Männer und eine Frau, und am unteren Rand noch ein weiteres Gesicht. Das von Viktor Kärppä.

Sollte ich das zur Sprache bringen?, überlegte Varis. Kärppäs Name war bereits in der Hintergrundermittlung aufgetaucht, die aufgrund des Hinweises an die Supo angestellt worden war. Doch wer den Tipp gegeben hatte, wusste Varis nicht. Womöglich war es der Mann aus der Botschaft gewesen. Von dort drangen gelegentlich Informationen nach draußen, meistens absichtlich gestreut.

Na, zumindest rede ich mit Korhonen, der beobachtet Kärppä ja sowieso, beschloss Varis.

20

Ich legte die Prepaidkarte in ein altes Handy ein, das nie auf meinen Namen registriert worden war, und lud es am Zigarettenanzünder auf, während ich auf der Autobahn in Richtung Lahti fuhr. Nicht einmal eine Wabe des Telefonnetzes oder ein Sendemast sollte einen Hinweis auf mich liefern.

Petersburg meldete sich sofort.

»Aloo?«

»Ist Onkel zu sprechen?«

»Wer fragt?«

»Sag Onkel, es ist Viktor, aus Finnland.«

»Ich habe mir gleich gedacht, das könnte Vitjuha sein, der gute Junge«, jubelte Onkel, aufrichtig erfreut. Ich wusste, dass er mich mochte.

»Haben sie dich in die Telefonzentrale versetzt, oder wieso meldest du dich selbst? Ich hatte erwartet, dass irgendeine Nägel feilende Blondine in ihren Stöckelschuhen lostrippelt und dich holt«, wunderte ich mich.

Eine Weile zog reine Leere durch den Äther.

»Die Zeiten haben sich geändert«, sagte Onkel schließlich. Seine Stimme klang müde, beinahe resigniert.

Ich bereute meine Frotzelei. Onkel war schon über sechzig, rechnete ich mir aus. In seinem Geschäft war es eine Seltenheit, dass jemand in dem Alter noch arbeitete oder überhaupt noch lebte. Es sei denn, man stand ganz oben. Die Organisation wurde häufig *Kryscha* genannt, denn sie bedeckte und schützte wie ein Dach. In der Tamborskaja, wo die *Kryscha* ihr Domizil hatte, saß Onkel hoch oben, fast unter der Decke. Er war der Berater des Chefs.

»Aha«, brachte ich heraus.

»Im Büro wurde Personal abgebaut. Effektivität. Kostensenkung. Ich war zufällig gerade hier. Ich bin noch in Brot und Stellung. Allerdings hat Kuznezow neue Männer in den engsten Kreis geholt, fast noch Kinder. Sie verstehen sich auf Computer und alles Neue.« Onkels Stimme gewann ihre alte Festigkeit zurück. »Aber ich bin nicht abgeschrieben. Nur sind die Dinge nicht mehr wie früher.«

Wir erkundigten uns höflich nach dem gegenseitigen Befinden, sprachen über Familienfeste, die Ballettstunden der Enkel, die quälend langwierige Grippe im Frühjahr.

»Ich hätte ein Anliegen, oder eigentlich zwei«, sagte ich bei passender Gelegenheit.

»Erzähl.«

Ich berichtete vom Besuch der Motorradbande und erklärte, ich könne nichts Gutes über sie sagen, aber bisher hätten sie meine Geschäftstätigkeit nicht direkt gestört. Dabei bleibe es hoffentlich auch in Zukunft, selbst wenn sich die Petersburger zur Zusammenarbeit mit dem Trupp entschließen sollten.

»Tjaa-a«, sagte Onkel gedehnt. »Wir haben schon darüber gesprochen, eine Zusammenarbeit zu erproben, und der Boss hat auch konkrete Pläne. Aber umsonst lassen wir sie natürlich nicht in unser Revier, um sich ein Stück vom Kuchen abzuschneiden ... Ich leite die Sache weiter. Und bei Bedarf läuft der Kontakt über dich?«

»Das habe ich ihnen versprochen.«

»Und die zweite Angelegenheit?«, erinnerte Onkel.

Nun war es an mir, still zu sein.

»Es geht um eine etwas seltsame, undurchsichtige Geschichte«, begann ich zögernd. »Ich habe einige Geschäftsleute kennengelernt, Juden. Angeblich haben sie viel Geld und Macht im Rücken. Und jetzt deutet die hiesige Polizei an, ich wäre in irgendwelche politischen Machenschaften verwickelt.«

»Aha«, sagte Onkel mit Nachdruck.

Ich nannte ihm die Namen der Geschäftsleute, die ich in Petrozawodsk getroffen hatte, und glaubte zu hören, wie er sie notierte, mit seinem alten, abgenagten Bleistift.

»Ich mache mich schlau«, versprach Onkel.

»Und sie haben irgendetwas mit meinem alten Bekannten Arseni Kasimirow zu tun. Er nennt sich mittlerweile Wronskij und ist Georgier.« Julija erwähnte ich nicht.

»Den Namen habe ich schon gehört. Ich mache mich kundig. Bis bald«, beendete Onkel das Gespräch.

Vorsichtig fuhr ich im Rückwärtsgang unter das Dach des Carports. Der Citroën piepte warnend, als die Stoßstange sich der Wand näherte. Da ich die Abmessungen des Wagens noch nicht richtig kannte, musste ich aussteigen und nachsehen, wie viel Platz tatsächlich noch bleibt, wenn der Monitor unnachgiebig Halt schreit.

Drinnen roch es nach einem verschlossenen Haus, einem leeren Heim. Marja war in ihrem Büro oder auf Kundenbesuch, Erkki in der Schule und Anna mit dem Kindermädchen Natascha auf dem Spielplatz. Ich kochte Tee, schmierte mir zwei Brote und setzte mich an den Tisch, um zu essen und dabei das Sudoku in der Zeitung zu lösen. Da bemerkte ich am Rand meines Blickfelds eine Bewegung.

Der Mann war kein Profi. Statt durch Langsamkeit mit

der Umgebung zu verschmelzen, verriet er sich durch schnelles, geducktes Laufen. Er rannte gebückt von der Ecke des Schutzdachs hinter eine Birke, dann in den Schatten des Fliederbusches und kroch schließlich auf allen vieren zur Terrasse.

Ich schob mich an der Wand entlang zur Tür, versuchte, mich dünn zu machen, sodass der Türrahmen mich verdeckte. Der Unbekannte kroch bereits über die Terrassenplanken, schob sich ans Fenster und richtete sich vorsichtig auf. Ich stieß ihm die Tür vor die Nase. Der Mann heulte auf, schwankte und fiel auf den Hintern.

»Zum Teufel, was krabbelst du da rum? Komm rein.«

Es war der »Skiläufer«. Ich drehte eine Runde auf der Terrasse und blickte mich um. In den Gärten und auf der Straße war niemand zu sehen. Der Skiläufer klopfte sich die Hose ab und ging ins Haus, ich folgte ihm und schloss die Tür hinter uns.

Ich zog einen Stuhl zurück. »Setz dich. Tee biete ich dir nicht an. Was willst du?«

»Ja, also, grüß dich, ist lange her«, murmelte der Skiläufer. Hätte er seine Schirmmütze abgenommen, dann hätte er sie vermutlich unsicher in den Händen gedreht.

»Hut ab in geschlossenen Räumen«, befahl ich.

Der Skiläufer nahm eilig seine Schirmmütze ab und drehte sie wie ein Lenkrad.

»Ein bisschen Benimm muss sein. Und sich so anzuschleichen ist auch nicht gerade höflich. Also, was willst du?«, fragte ich erneut.

»Viki, bei mir ist das ganze Frühjahr beschissen gelaufen, so'n komischer Überanstrengungszustand und die Magnesiumwerte total durcheinander, ständig hatte ich Krämpfe. Ich konnte nicht trainieren, und wenn ich's doch getan hab, ging's mir nur noch schlechter. Mein Einkommen hängt davon ab, und nicht nur meins ... ich muss einfach fit werden, bevor es wieder schneit, damit ich dann richtig loslegen kann. Du kennst mich doch«, erklärte der Skiläufer aufgeregt.

Tatsächlich kannte ich den Skiläufer und seinen übergroßen Trainingseifer. Ich wusste auch, worauf er aus war.

»Und?«, spielte ich den Begriffsstutzigen. »Meine Lehren sind allmählich veraltet. Ich bin nicht der richtige Trainer für dich.«

»Mann Gottes, Viktor! Du verstehst schon. Ich brauche ein bisschen Extrahilfe ... Besorg mir Darpe ... Darpeboti ... Scheiße, wie heißt das Zeug, du weißt es doch.«

»Darbepoetin?«

Der Skiläufer nickte.

Ich schüttelte den Kopf. Die Medizinköfferchen der Skisportler wollte ich nicht mal mit der Spitze eines Skistocks berühren. Der Skiverband hatte vor Jahren russische Trainer und Ärzte um Konsultation gebeten. Ich hatte die Kontakte vermittelt und gedolmetscht. Die Ergebnisse vieler Labortests und Hämoglobinmessungen waren von meiner Hand aufgezeichnet worden, und die Übersetzung des gesamten pharmakologischen Programms des Verbandes stammte von mir. Als der Dopingskandal untersucht wurde, hatte man meinen Namen oder meine Initialen auf peinlich vielen Papieren gefunden.

Aber Hormone hatte ich nicht besorgt, und damit hatte sich auch die Polizei zufriedengeben müssen.

Der Skiläufer schien bereit zu sein, erneut niederzuknien, diesmal flehend.

»Warum reicht dir Epo nicht? Darbepoetin ist doch viel länger im Urin nachzuweisen«, fragte ich und bereute meine Klugscheißerei sofort. Ich wollte nicht als Experte auftreten, und schon gar nicht als Dosierungen berechnender Quacksalber.

»Das ist ein neuer Stoff. Sehr wirksam. Er wird langsamer abgebaut, aber dafür wirkt er länger«, erklärte der Skiläufer eifrig, betete die Informationen herunter, die flüsternd und nur in kleinen Kreisen verbreitet wurden. Erkenntnisse, die den Analysen der Dopingtester stets einen Schritt voraus zu sein schienen.

»Ich bin keine Reiseapotheke«, wehrte ich ab. »Und jetzt wird obendrein der alte Fall wieder aufgerollt. Kyrö redet wie ein Wasserfall, und die Reporter rennen ihm nach.«

»Viktor, du hast mir schon mal geholfen. Und ich tu alles für dich. Wenn du mir bloß was organisieren könntest«, flehte der Skiläufer.

Ich überlegte. Der Mann hatte mich in den vergangenen Jahren anständig behandelt, hatte mit mir geredet, wie man eben mit Menschen spricht, statt mich als Russen abzuqualifizieren. Das konnte man nicht von jedem Helden der Loipe sagen.

»Okay«, gab ich nach. »Aber ich verkaufe dir nichts. Ich stelle nur den Kontakt her. Und du hältst den Mund. Wenn du bei der finnischen Meisterschaft überraschend eine Medaille gewinnst, lässt du dich darüber aus, wie Forstarbeit und Sumpflauf dir eine eiserne Kondition verschafft haben.«

Die besorgte Miene des Skiläufers wich einem glücklichen Lächeln.

»Geh jetzt«, kommandierte ich. »Durch die Vordertür. Und zwar aufrecht.«

21

Ich wartete im Café im Citymarkt auf Taxi. Der Mann hatte auch einen Namen, doch den kannte ich nicht, und in meinem Telefonbüchlein hieß der Halter des Anschlusses, den ich vor langer Zeit notiert hatte, »Taxi«. Dahinter steckte keine geheimnisvolle Symbolik. Taxi war Taxifahrer, auch wenn er sein eigentliches Gehalt von der russischen Botschaft bezog.

Ich saß Kaffee trinkend an einem Wandtisch. Das Café war zum Gang des Kaufhauses hin offen. Am mittleren Tisch saßen einige Männer, die den ewigen Vormittag des Frührentners totschlugen. Ich sah sie dort so oft, dass ich mir angewöhnt hatte, ihnen grüßend zuzunicken.

»Heute ist mein einziger freier Tag in der Woche.« Taxi setzte sich an meinen Tisch und sah auf die Uhr, als hätte er es eilig. Wenn er arbeitete, fuhr er in der Umgebung des Parlaments und beim Sitz des Arbeitgeberverbandes herum, manchmal auch bei Nokia oder anderen Großunternehmen, und wartete, bis ein Taxi zu einer passenden Adresse bestellt wurde. Er begrüßte die Fahrgäste brummend mit seinen sechs Worten Finnisch, woraufhin die Leute im Fond unbefangen, da der Fahrer sie ja nicht verstand, über Politik sprachen, über andere hohe Tiere klatschten, die Bestellungen der Koreaner oder neue Prozessoren im finnischen Silicon Valley durchhechelten.

Taxi verstand tatsächlich nichts von dem, was die Fahrgäste sorglos ausplauderten. Er nahm die Passagiere lediglich an Bord, schaltete mit dem Taxameter automatisch ein Aufnahmegerät ein, das alle Gespräche auf einer Festplatte speicherte, und fuhr los, notierte zum Schluss die gefahrene Strecke und die Kennzeichen der Fahrgäste. Den Namen des zahlenden Kunden fand er problemlos heraus, denn fast alle zahlten mit Kreditkarte.

Ein- oder zweimal pro Woche kamen die Männer der Botschaft in die Garage, erhielten Taxis Kundenbuchführung und luden die Abhördatei zur Auswertung auf ihren Computer.

»Na, was gibt's? Du rufst ja auch nur alle fünf Jahre mal an«, drängte Taxi.

Ich blickte mich um. An den Nachbartischen schien man sich über das Russisch sprechende Duo nicht weiter zu wundern.

»Ich habe einen Tipp für dich. Keine Fahrt. Ich bitte die Botschaft nicht so schnell um Hilfe, und die Leute, die jetzt dort arbeiten, kenne ich nicht. Aber dich kenne ich seit Jahren. Allerdings ist die Sache vielleicht ein paar Nummern zu groß für einen Mann auf deiner Ebene«, rief ich Taxi seine Position vor Augen.

Er setzte eine respektvoll ernste Miene auf. Wahrscheinlich malte er sich bereits aus, dass man ihn belobigen und zum dritten Kulturattaché in einem wärmeren Land befördern würde.

»Sprich. Zeit gibt es genug auf der Welt«, versicherte Taxi und knöpfte seine Lederjacke auf. Darunter trug er ein Hemd, das selbst auf Hawaii zu bunt gewesen wäre.

Ich wiederholte die Geschichte, die ich Onkel erzählt hatte, allerdings etwas langsamer und vereinfacht. Als Taxi eifrig einen kleinen Kalender aus der Tasche zog, reichte ich ihm einen Zettel, auf den ich die Namen geschrieben hatte.

»*Charascho*«, sagte Taxi, faltete das Papier sorgfältig zusammen und legte es in seinen Taschenkalender. »Ich mache mich sofort auf den Weg.«

Erkki stand in einer Ecke des Schulhofs, an die rote Wand des alten Transformatorenhäuschens gelehnt. Dorthin hatte er sich gleich zu Beginn der Pause verdrückt, in die Lücke zwischen dem kleinen Backsteingebäude und dem Bretterzaun.

Die Pause ist zu lang, dachte Erkki. Er sah auf die Uhr, die Kärppä ihm geschenkt hatte.

Scheiße, keiner hat eine Uhr, die Zeit kann man auf dem Handy ablesen. Aber als die Schule anfing, hatte Viktor gesagt, ein Mann braucht eine Uhr, ein Handy kriegst du später. Er hatte in seinen Schubladen gekramt und ein schweres, von Hand aufzuziehendes hässliches Trumm hervorgeholt, auf dessen schwarzem Zifferblatt sich das Bild eines Bombers befand. Angeblich eine Pilotenuhr. Erkki schnaubte. Das Lederarmband stank, und das blöde Ding war in Russland gemacht.

Sowjet, Russki, Iwan, Slobo ... Erkkis Kopf war angefüllt mit den abfälligen Bezeichnungen, die seine Quälgeister ihm nachriefen.

Veeti stand plötzlich an der Ecke des Transformatorenhäuschens, als hätte Erkki ihn heraufbeschworen.

»Guckt mal, Sergej holt sich einen runter!«, schrie er.

»Der Russki wichst«, stimmte Edu ein.

Erkki senkte den Blick. Aus den Augenwinkeln sah er, dass Veeti und Edu zwei weitere Jungen aus seiner Klasse mitgebracht hatten. Und Jasmin. Sie saß im Unterricht neben Erkki, so nah, dass er wusste, wie sie roch und welche Stifte sie in ihrem Federmäppchen hatte.

»Der wichst sich keinen ab«, widersprach Jasmin, und Erkki seufzte leise, vor Dankbarkeit und Bewunderung. »Dem steht er noch nicht. Und Haare hat er da unten auch keine. Ein richtiges Baby«, verkündete sie mit der Selbstsicherheit, die manche frühreifen Mädchen entwickeln. »Mein Vati sagt, die Slobos stinken. Oma und Opa hatten früher einen Lada, und Vati sagt, das ganze Auto hat nach Russen gestunken.«

»Lada-Sergej«, krähte Veeti. »Ist das ein Lada da auf deinem Hemd? Das ist ein total beknacktes Teil, voll krank. Und es stiiinkt ...«

Erkki schluckte die Tränen herunter. Er wusste, dass es sinnlos war, zu protestieren, auf dem Hemd seien das Mercedes-Symbol und ein alter Rennwagen. Ebenso dumm wäre es, zu sagen, dass auch Marja und Viktor das Hemd wegwerfen oder als Putzlumpen verwenden wollten, weil es nicht einmal mehr für die Kleidersammlung taugte. Und am schlimmsten wäre es, zu erklären, dass dieses Hemd das letzte Kleidungsstück war, das seine Mutter ihm gekauft hatte. Das einzige, das noch passte und ganz war.

Das konnte Erkki keinem erzählen. Niemand würde es verstehen.

Erkki wischte sich über das Gesicht, vergewisserte sich, dass keine Tränen zu sehen waren. Dann warf er sich auf Veeti, schlug ihn mit der Faust zu Boden und stieß ihm die Stirn gegen die Schläfe. Er wollte seinem Gegner gerade einen Fußtritt versetzen, als ihn von hinten jemand packte und festhielt.

»Was geht hier vor?«, fragte ein junger Lehrer. Er trug die Weste der Pausenaufsicht und hatte eine allzu männliche Stimme. »Aha, Sergej spielt mal wieder den wilden Mann. Das gibt eine Verwarnung.«

22

Wronskij drückte auf den Summer und klopfte, kam aber sofort herein, ohne auf Antwort zu warten. Er wirkte nicht unbedingt eilig, sondern eher unruhig oder erschrocken.

Ich warf den Stift auf den Schreibtisch und zog die oberste Schublade so weit auf, dass die Pistole nur wenige Zentimeter von meiner Hand entfernt war.

»Hör mal, Viktor, ich hatte etwas in deinem Wagen. Wo ist er?«

»Willkommen in Finnland. Bist du gut über die Grenze gekommen? Wie war das Wetter?«, schindete ich Zeit heraus. Gleichzeitig überlegte ich, was zum Teufel ich unwissentlich über die Grenze gebracht hatte. Drogen? Geld? Waffen?

»Ich hatte etwas in deinem Wagen. Wo ist er?«, wiederholte Wronskij. Seine Angst grenzte unverkennbar an Verzweiflung.

Ich erkundigte mich verwundert, was denn aus dem Süßholzgeraspel von Vernetzung und für beide Seiten nützlicher Geschäftspartnerschaft geworden sei. Wronskij trommelte ungeduldig mit den Fingerspitzen auf den Hosenbeinen.

»Wo ist dein Auto?« Er gab mir keine Erklärung, seine Stimme wurde nahezu schrill.

»Verkauft.«

»Was?«, schrie Wronskij auf.

»Ich habe es verkauft. Das Auto«, erklärte ich langsam, als hätte ich es mit einem begriffsstutzigen Schüler zu tun.

»Ist das wahr?«

»Ich fahre jetzt einen Citroën. Du hast ihn draußen sicher gesehen.«

»Ach, der metallicbraune? Irgendein Franzose. Ist es wirklich wahr, dass du den Mercedes verkauft hast?«

Ich suchte das Papier heraus und zeigte es ihm. Eine Kopie des Kraftfahrzeugscheins hatte ich nicht, aber ich hatte mir von Ruuskanen eine Abtretungsbescheinigung unterschreiben lassen. Der Autohändler pfuschte mitunter beim Export, und ich wollte sicherstellen, dass meine Versicherungspflicht erlosch und Strafgebühren für Falschparken oder Ähnliches nicht an meine Adresse gingen. Wronskij griff nach dem Papier. Ich verdeckte den Namen des Käufers mit dem Daumen.

»Was war da drin?«, fragte ich.

»Eine Ware.«

»Wo hattest du sie versteckt?«

Wronskij gab keine Antwort. »An wen hast du den Wagen verkauft?«, fiepte er.

»An einen Zwischenhändler. Was war in dem Wagen?«

»Na, diese eine kleine Ware. Im Erste-Hilfe-Kasten.« Trotz seiner Bedrängnis lächelte Wronskij über seine List. »Bekari hat sie da versteckt, als du anderweitig beschäftigt warst.« Er ließ die Überschreibungsurkunde los.

Das Herz und alle anderen inneren Organe schienen mir in die Kehle steigen zu wollen. Ich zwang mich, unbeeindruckt dreinzublicken. »Aha. Und du hast es nicht für nötig gehalten, mir davon zu erzählen.«

»Es war besser, dass du nichts davon wusstest«, quiekte Wronskij wie ein Katzenjunges, das man zu fest drückt. Er drehte sich um und ging, überlegte bereits, wie er das Auto aufspüren könnte, wusste, dass er von mir nichts erfahren würde.

Ich wiederum wusste, dass ich unvernünftig war. Verrückt. Und das war mir fremd. Ich hätte mich um meine Sicherheit sorgen und herausfinden müssen, in was ich da hineingezogen worden war, doch ich dachte nur an Julija. War sie in die Aktion eingeweiht gewesen, hatte sie mich betrogen und irregeführt?

Ich wollte mir nicht an dem Citroën zu schaffen machen, solange er vor der Halle stand, sondern fuhr nach Hause. Erkkis Fahrrad lag unter dem Carport. Ich hob es auf und drückte das verbogene Schutzblech gerade, damit es nicht an den Reifen scheuerte. Auch Annas Rad mit den kleinen Stützrädern stand in der Ecke und wartete demütig darauf, dass seine Besitzerin groß genug war, es auszuprobieren.

Ich fuhr den Citroën nur halb hinein, damit der Kofferraum sich öffnen ließ. Der Erste-Hilfe-Koffer, den ich aus dem Mercedes mitgenommen hatte, lag dort hinten, in einer Einbuchtung der Seitenverkleidung. Ich befühlte ihn zuerst von außen, spürte durch die Plastikhülle etwas Hartes, ein wenig Schweres. Ich öffnete den Verschluss.

Es waren vier Metallröhren, mit Plastikklemmen verbunden. Die Röhren waren glatt, etwas länger und dicker als ein Finger, erinnerten an die Münzenbehälter von Markthändlern oder Schaffnern.

Ich konnte das Metall nicht identifizieren und wusste nicht, ob die Hülse oder der Inhalt schwerer war. Brutto und Netto und Tara, mir schossen Wörter durch den Kopf, die ich irgendwann einmal gelernt hatte. Steuerbord und Backbord. Oder war es Backerbord? Liespfund, Zentner, Tonne.

Ich war kein Bootsfahrer und kein Schauermann, aber meine Gedanken wollten um etwas anderes kreisen als um den unheimlichen Gegenstand in meiner Hand.

Die Enden der Röhren waren verstöpselt. Ich strich mit dem Finger über die glatte, kaum zu erkennende Fuge, probierte aber nicht aus, ob die Verschlüsse sich einfach herausschieben ließen oder ein Gewinde hatten.

Vorsichtig stellte ich das Gebilde senkrecht an die Wand.

Alexej kam innerhalb von zehn Minuten.

»Da siehst du es, Ingenieurswissen ist immer wieder gefragt«, machte er sich wichtig. Er hielt einen kleinen Holzkoffer in der Hand. »Na, dann wollen wir mal sehen, was wir hier haben«, sagte er wie ein Arzt bei der Morgenvisite: Hatten wir heute schon Stuhlgang?

Alexej drehte die Röhren in der Hand.

»Teufel auch. Wo hast du die her?«

»Sind völlig überraschend und ungebeten aufgetaucht.« Ich berichtete kurz, dass ich unwissentlich zum Schmuggler gemacht und in wer weiß welche finsteren Pläne hineingezogen worden war. »Und du hältst die Schnauze«, sicherte ich mich ab.

»Ja, ja, klar. Du kannst dich auf mich verlassen, das weißt du doch«, sagte Alexej ohne Zögern. »Meine Lippen sind versiegelt. Sealed with a fish, wie es in dem schönen Lied heißt. Ich tratsche sowieso nicht groß über die Angelegenheiten maskuliner Männer. Auch von der flotten Biene habe ich nur meinen allerbesten Kumpels erzählt.«

»Verdammt nochmal, Aljoscha!«

»Ha, du bist mir auf den Leim gegangen. Jetzt weiß ich, dass da was läuft«, lachte Alexej, wurde dann aber wieder ernst. Er wog die Röhren in der Hand, schüttelte sie vorsichtig, lauschte auf Geräusche, die ihm etwas über die Bewegung und das Wesen des Inhalts verraten konnten, doch die Röhren schienen eine einzige Masse zu sein.

»Da kann alles Mögliche drinstecken. Kartoffelmehl. Pülverchen für Skisportler. Kokain. Heroin. Milzbrandbakterien. Irgendeine unbekannte Kombination aus Feigwarze und Negerschankerbasilikum. Pardon, heute heißt es wohl afroamerikanischer Schanker«, zählte Alexej auf.

»Verdammt nochmal, Aljoscha!«

Alexej schüttelte missbilligend den Kopf.

»Dein Wortschatz ist ärmlich. Sowohl aktiv als auch passiv. Erinnerst du dich nicht an das uralte finnische Medizinbuch, das wir zu Hause hatten? Als Kinder haben wir uns die Bilder von Geschlechtskrankheiten angeguckt. Ein Wunder, dass sich meine Sexualität trotzdem so gesund entwickelt hat. Ja, ja, schon gut, krieg dich ein.«

Er merkte, dass ich allmählich wirklich wütend wurde, und bemühte sich um einen sachlichen Ton.

»Also irgendeine Bakterie. Oder Nervengas. Blausäure, Sarin. Sehr effektiv, wurde damals in Japan verwendet.«

Er dachte laut über die Alternativen nach.

»Aber wenn ich raten müsste ... Solche Dinger habe ich schon gesehen, beim Studium ... im Kerntechniklabor. Die Metallhülse würde sich für einen radioaktiven Stoff eignen. Polonium zum Beispiel. Ein paar Milligramm strahlendes Material, ein doppelter Bleimantel, dann noch eine Stahlröhre. Andernfalls wären wir jetzt schon in Lebensgefahr. Aber vielleicht sind wir es doch. Hast du bei dir Haarausfall festgestellt? Von deinen Geheimratsecken mal abgesehen?«, fragte Alexej und sah nicht aus, als mache er Witze. Sein immer leicht gerötetes Gesicht war blassgrau geworden.

Er ging zu seinem Wagen. Als er zurückkam, trug er eine Schürze wie eine Röntgenschwester.

»Die hab ich vorsichtshalber mitgebracht. Ich spüre fast, wie die Spermien in den Eiern leiden«, sagte er gewollt forsch.

Dann öffnete er seinen Holzkoffer. Ich war daran gewöhnt, in solchen Behältern Präzisionsinstrumente oder Optik aus der Sowjetzeit zu sehen, doch Alexej nahm ein graues, längliches Messinstrument heraus. Es bestand aus einem Plastikgriff, einer runden Messanzeige und einigen roten Schaltern an den Seiten. Alexej befestigte das Gerät mit einem Lederband am Arm, fasste es am Griff und zog mit der anderen Hand eine Metallstange heraus, die durch ein Spiralkabel mit dem Hauptteil verbunden war.

»Es gibt inzwischen modernere Modelle, mit Digitalanzeige und allem Drum und Dran. Aber der tut's auch. Das ist ein Strahlungsmesser«, erklärte mein Bruder. »Ist in deiner Ausbildung wohl nicht vorgekommen. Na, ich bin ja eher ein Vertreter der Reibungslehre, ein Tribologe, aber von den primitiven, auf der Elektronenröhre von Geiger-Müller beruhenden Messgeräten verstehe ich trotzdem etwas.« Aljoscha genoss es, mit fremdländischen Termini und Namen um sich zu werfen.

Er schaltete das Gerät ein, legte Schalter um und richtete den Stab auf die Metallröhren. Das Messgerät rasselte gedämpft, Alexej legte den Stab auf die Röhren und ließ ihn über das Metall und die Verschlüsse wandern. Das Gerät knackte einige Male, ließ aber nicht das unablässige Rattern ertönen, das ich ängstlich erwartete.

»Unmöglich zu sagen. In der Natur fliegen ja immer einige von diesen Teilchen herum. Und wenn jemand Radon in seinem Brunnen hat, dann knattert es ganz anders«, meinte Alexej. »Aber das bedeutet noch lange nicht, dass da nicht doch Polonium drin sein könnte. Jedenfalls hat jemand Wert darauf gelegt, das Zeug gut zu verpacken. Ich würde dir also nicht empfehlen, die Röhren zu öffnen.«

Ich dankte ihm und sagte, ich würde die Dinger verwahren oder sorgsam vernichten.

»Schmeiß sie ins Meer. Da ist Platz genug«, zitierte mein Bruder die sowjetische Umweltdoktrin. Ich hatte selbst bereits an diese Art der Endlagerung gedacht. Alternativ konnte ich die Röhren auch in das frisch gegossene Fundament eines Gebäudes werfen. Beton hält ewig, dachte ich und wusste gleichzeitig, dass die Redewendung irgendwie anders lautete.

Aber wo sollte ich die Dinger zwischenlagern? In einer Schublade? Im Safe meiner Firma? Unter der Kartoffelkiste im Erdkeller?

Ich ging nach drinnen, ins Kinderzimmer. Anna hatte gerade ein neues Bett bekommen. Sie hatte es selbst ausgesucht, die kleine Krabbe, hatte auf einem Metallbett bestanden, dessen Messingbeine säulenartig aufragten wie in der Kammer einer modernen Prinzessin. Ich drehte den Knauf am oberen Ende ab und ließ die Metallröhren eine nach der anderen in den hohlen Bettpfosten fallen.

Marja würde sich herzlich bedanken, wenn sie davon wüsste.

Der weiße Škoda fuhr durch die schmale Gasse zwischen den Holzhäusern. Deren Bewohner hatten sich gegen die Asphaltierung der Straße gewehrt, weil sie fürchteten, die Autofahrer würden schneller vorbeirasen, wenn sie den von den Pfützen gegrabenen Löchern nicht mehr auszuweichen brauchten. Doch das Straßenbauamt und der zuständige Architekt hatten ihren Willen und ihren Plan durchgesetzt. Die Bordsteinkanten waren erhöht, die Fahrbahn war mit

Asphalt überzogen worden. Im Abstand von einigen Metern hatte man Bremsschwellen angebracht. An einer von ihnen blieb der Škoda beinahe mit der Stoßstange hängen.

Der Wagen hielt vor dem alten Gebäude des Sportvereins. Der Fahrer und der Beifahrer stiegen aus, ließen den Motor jedoch laufen. Beide waren mittelgroß und wirkten fit, nicht nur dank ihrer Trainingsanzüge.

»Schichtwechsel. Ihr könnt jetzt Kaffee trinken«, sagte der einen Zentimeter Größere der beiden zu den Männern, die sich dem Škoda näherten. Dieses Zweiergespann trug blaugraue Overalls und Jacken in der gleichen Farbe, auf deren Brust das Wappen der Stadt prangte.

»Die Kamera ist am Pfosten befestigt und schon eingestellt. Und die Leiter lehnt am Mast«, sagte einer der beiden. »Wir haben die Lampe ein halbes Dutzend mal ab- und wieder angeschraubt und ein paar lose Kabel herausstehen lassen. Wir kommen dann zurück und arbeiten weiter. Joggt ein paar Stunden um den Block. Hier ist der Auslöser für die Kamera.« Er hielt der Ablösung ein kleines schwarzes Ding hin, das aussah wie die Fernbedienung eines Autos.

»Habt ihr irgendwas Besonderes gesehen?«

»Der Bruder war da, in einer langen Gummischürze wie ein Metzger. Irgendwas haben sie im Carport gemacht. Was genau, konnten wir nicht sehen, und die Kamera hat es sicher auch nicht erfasst. Jedenfalls haben sie bestimmt niemanden umgebracht oder dergleichen. Auf der Schürze waren keine Spritzer.«

Der Stimme des Mannes war nicht zu entnehmen, ob er sich darüber ärgerte oder nur flapsig sein wollte.

»Aber der große Bruder ist schon wieder weg. Und Viktor hockt in seinem Bau.«

23

Zwei Tage später rief Ruuskanen an.

»Verdammt nochmal, Viktor! Was für eine heiße Karre hast du mir da angedreht? Einen ehrbaren Geschäftsmann so zu betrügen ...«

»Halt mal die Luft an, Mauri«, unterbrach ich und erinnerte ihn daran, dass es auch an der Tätigkeit seiner eigenen Firmen allerhand auszusetzen gab. Eine ganze Reihe Verkaufsabschlüsse war vor Gericht erörtert worden, und Mauri Ruuskanen war nicht etwa der Kläger gewesen.

»Ja aber, ja aber ...« Ruuskanen war immer noch so aufgebracht, dass er keinen vernünftigen Satz hervorbrachte. Ich kam zu dem Schluss, dass sein Schock in erster Linie dem Verdacht geschuldet war, dass ein Kunde ihn überlistet und es irgendwie geschafft hatte, ihn übers Ohr zu hauen.

»Beruhige dich. Erzähl mir ganz langsam und in deinen eigenen Worten, was passiert ist.«

Ruuskanen keuchte ein paar Mal, dann ging sein Atem wieder gleichmäßig und er begann zu erklären. Die Geschichte wirkte anfangs verworren, doch nach und nach begriff ich. In die Werkstatt von Öko-Auto-Ruuskanen war eingebrochen worden, eine Räuberbande hatte sich im Dunkel der Nacht mit einer Brechstange Einlass verschafft, dabei die teuren Aluminiumlamellen am Tor kaputt gemacht, und auch die Elektromotoren des Hebemechanismus waren beschädigt ...

Wieder unterbrach ich Ruuskanen und wies ihn darauf hin, dass die Sommernächte selbst auf der Höhe von Tuusula allenfalls halbdunkel waren. Die mickrigen Schlösser der Hallentür ließen sich mit einem Bolzenschneider oder Geißfuß überwinden, und um derartiges Werkzeug anzuschleppen, brauchte man keine ganze Bande.

»Red dich nicht raus, zum Teufel!« Ruuskanen war wirklich wütend. »Was hast du da ausgekocht, du Gauner? Ich begreife das überhaupt nicht. Du kriegst doch nicht mal Geld von der Versicherung. Oder hattest du ein Zweitexemplar vom Kraftfahrzeugschein? Das geht nicht durch, auf keinen Fall. Ich versteh nicht ...«

Aus Ruuskanens Schnauben war eine leise Hoffnung herauszuhören, gespeist aus der Vermutung, es handle sich um einen genialen Trick, mit dem ich die Versicherungsgesellschaft betrügen wollte. Das hätte so problemlos in Ruuskanens Moralkodex gepasst wie fettfreie Milch in den Kaffee eines Figurbewussten.

»Nun erzähl mir mal bis zum Schluss, was passiert ist. Ich bin total ahnungslos«, forderte ich noch einmal.

»Na, irgendwelche beschissenen Banditen sind in die Halle eingebrochen und haben einen Wagen in tausend verdammte Stücke zerlegt. So fein sortiert, sag ich dir, dass der Kram anstandslos zum Recycling kann, verdammt nochmal, Plastik und Metall säuberlich getrennt. Das Einzige, was heil geblieben ist, sind der Stern und die Matten.«

Ruuskanen kam wieder ins Schnaufen, fuhr aber mit seinen Übertreibungen fort.

»Daran hab ich ihn erkannt. Deinen Mercedes, du Arsch, für den du mir ein Wahnsinnsgeld abgeluchst hast.«

Jemand war in meinem Haus gewesen. Das gefiel mir nicht. Genauer gesagt, es machte mir Angst, doch die Furcht lähmte mich nicht. Im Gegenteil, ich wusste, dass ich effizient und kühl handeln und meinen Gegner, selbst wenn er stärker war, angreifen würde. Das hatte ich schon öfter getan, und entsprechend lautete auch der Vermerk in meinen Papieren aus der Spezialausbildung.

Ist fähig, unter Stress zu handeln. Steigert unter extremem Druck sogar seine Leistung. Zeigt seine Furcht nicht, hieß es in dem von Oberst Wikulow unterschriebenen Gutachten.

Dennoch fürchtete ich mich.

Ich setzte mich an den Computer und stellte die Verbindung zur Festplatte der Kameras her. Mein Bekannter Ponomarjow, der Videos und Fernseher reparierte und Antennen installierte, hatte mir zum Freundschaftspreis ein System aufgebaut, das in Abständen von einigen Sekunden Aufnahmen im Haus und draußen speicherte. Es gab drei Kameras. Eine lauerte neben dem Haupteingang, die zweite filmte mit Weitwinkeloptik Wohnzimmer und Küche, die dritte spähte auf die Terrasse.

Marja hatte an dem Überwachungssystem keinen Gefallen gefunden. Das hier ist doch die sicherste Wohngegend der Welt, hatte sie argumentiert und vor meinem dezenten Hinweis, dass unser voriges Haus immerhin abgefackelt worden war, die Ohren verschlossen. Sie hatte ihre Zunge noch spitzer zugefeilt und hinzugefügt, wenn sie Lust hätte, vor der Kamera zu stehen, wäre sie nach Hollywood gegangen oder wenigstens in irgendeine Reality-TV-Show, in den BB-Container, wo man seine Titten zeigt und Dildos im Whirlpool schwimmen lässt.

Aber meine Fliegenklatschen interessieren ja sowieso keinen mehr, hatte sie gegiftet.

Ich hatte ihre Redekunst schweigend bewundert. Es wäre sinnlos gewesen, mich an dem Wortgefecht zu beteiligen. Wenn ich ihre Brüste gepriesen hätte, prall und fest, wie große Äpfel, hätte Marja mein Lob mit der Bemerkung quittiert, ich sei ein primitives Geschöpf, das sich für die Ausmaße und das Hüpfen von Ausbuchtungen interessierte, die zum Stillen vorgesehen waren.

Die Bilder der Überwachungskameras zogen über den Bildschirm, der Tag wich halbdunkler Nacht und brach erneut an. Ich nahm die zappelnde Bewegung menschlicher Gestalten wahr, hielt das Bild an und spulte zurück.

Bekari war leicht zu erkennen, er bewegte sich zielstrebig wie ein rabiater Verteidiger in einem englischen Fußballstadion, und hinter ihm ging noch jemand, dunkel und klein. Wronskij, vermutete ich. Dann war auch Wronskij deutlich zu sehen, er stand an der Tür und gestikulierte, gab offenbar Befehle.

Ich wechselte die Datei und wählte unter den Aufzeichnungen der zweiten Kamera dieselben Zeitcodes. Bekari suchte systematisch, nahm sich jeweils einen Schrank oder eine Schublade vor, holte die Sachen sorgsam heraus und legte sie ebenso exakt zurück. Auch Wronskij beteiligte sich an der Suche, war aber weniger penibel, zerknüllte die Kleider und stopfte sie unordentlich zurück.

Das genügte mir. Wronskij und Bekari waren in mein Haus eingebrochen und hatten nach den Metallröhren gesucht, sie aber nicht gefunden.

Ich hatte Menschen, bei denen eingebrochen worden war, klagen gehört, sie fühlten sich beschmutzt. Auch ich fand es widerlich, dass Wronskij in Marjas Unterwäsche gewühlt hatte.

Zum Schluss holte ich noch die Aufnahmen der Terrassenkamera auf den Bildschirm. Hinter der Hecke waren Lichtstreifen vorbeifahrender Autos zu sehen, und ein einsamer Igel eilte über den Rasen. Ich lächelte über sein langsames Getrippel, auch wenn er auf dem Bildschirm mit jeder Aufnahme mehrere Zentimeter vorwärtshüpfte.

Eine Gestalt in heller Kleidung und mit hellem Haar erschien auf der Terrasse, stand da, als wolle sie Zeit totschlagen. Ich erkannte den Rücken und den Schwung der Hüften. Auch die Haltung war mir längst vertraut geworden, die Hände hinter dem Rücken, das Gewicht auf einem Bein, während der andere Fuß einen Bogen beschreibt, wie der Stift an einem Zirkel.

Es war Julija, auch wenn ich es nicht glauben wollte.

24

Ich trainierte mit der Kugelhantel, als Korhonen in den Garten schneite.

»Sechsundachtzig, siebenundachtzig, achtundachtzig, nee, neun und für zehn Pfennig Sirup«, versuchte er mein Zählen durcheinanderzubringen und zündete sich eine Zigarette an.

»Zwanzig. Die dritte Serie«, keuchte ich beim letzten Schwung, legte die Kugel auf die Erde und streckte den Rücken.

Korhonen rauchte schweigend.

»Na, fragst du gar nicht, was das ist?«, wunderte ich mich.

»Eine Kugelhantel. Kettlebell. Auf Russisch girya. Hat den Vorteil, dass sie nicht so leicht kaputtgeht. Hält den Kraftsportlern von Krasnojarsk oder sonst wo about fünftausend Jahre stand.« Korhonen überraschte mich mit seinen Kenntnissen. »Wir haben im Fitnesscenter auch so welche. Warum nicht, ein vielseitiges Gerät. Und die Yuppies sind ganz wild darauf. Die Dinger sind superheiß, um nicht zu sagen hot.«

»Genau«, nickte ich. »Ich habe alte Bekannte in Petrozawodsk, Gießer aus der ehemaligen Kanonen- und Traktorenfabrik. Die können Alexej und mich damit beliefern. Wir verkaufen sie im Internet. Erhältlich in allen Modefarben.«

»Der gute Kärppä plant in aller Ruhe neue Geschäfte,

obwohl er Feuer unterm Arsch hat«, tadelte Korhonen mich und spuckte aus, als hätte er Krümel im Mund.

Dann versuchte er, Ringe zu blasen. Er musste lachen, bekam den Qualm in die falsche Kehle und hustete krampfhaft.

»Was meinst du als Migranten-Hottentotte: Wenn Tanja Totti-Karpela einen Neger heiraten würde, wäre sie dann Hottentotti-Karpela?«

Ich sagte, dieser Witz hinke noch mehr als seine bisherigen. Wenn ich sein Gerede aufnehmen und der Öffentlichkeit zuspielen würde, säße er bis zu seiner Pensionierung im Fundbüro, wo er Handyladegeräte und Schirme sortieren müsste.

»Unter Kumpels brauchen wir uns doch nicht um politische Korrektheit zu scheren. Aber weißt du, das ist schon ein seltener Vogel, der Buntspecht«, brachte Korhonen sich erneut in Fahrt. »Nicht zu verwechseln mit dem Schluckspecht, schon gar nicht mit dem tollen Hecht. Ich kenn mich in der Vogelwelt aus, meine Beobachtungen bringen alle Raritätenkomitees zum Staunen.«

Ich begann eine neue Serie und erlaubte Korhonen, ungestört seine Gedanken galoppieren zu lassen. Ich machte die Bewegungen langsam, demonstrierte, wie leicht das Eisen war. Korhonen kehrte zum Thema zurück, tadelte mich, weil ich eine geschäftliche Expansion vorbereitete, obwohl ich meine Risikoanalysen besser in einer ganz anderen Richtung anstellen sollte.

»Man muss die Dinge nicht schlimmer machen, als sie sind. Ich habe eine Familie zu ernähren. Soll die etwa hungern und frieren?«, fragte ich.

»Na klar, der Gutsherr ist so arm wie seine hundert Diener. Begreif endlich, dass du schwer in der Pisse steckst. Und womöglich reißt du mich mit rein, dann schwimmen wir beide im selben Pissoir. Erklärte der Chefredakteur der Lappischen Volkszeitung und fuhr fort. Verdammt nochmal, ich hab dich geschützt. Und du hast mir Gegendienste geleistet, ich will nicht undankbar sein. Aber jetzt schwärzen sich die Polizisten gegenseitig an, wegen allem möglichen Pipikram. Man darf Informanten nicht mehr belohnen. Die Zentralkripo und die Helsinkier Polizei auf dem Kriegsfuß, zum Teufel. Und die Kollegen in der Nachbarstadt lachen sich ins Fäustchen.«

Ich sah Korhonen prüfend an. Er rauchte seine Zigarette auf, fast bis zum Filter.

»Soll das heißen, dass auch mein Name und meine Daten im Polizeisafe liegen, auf einer Spitzelliste?«, fragte ich.

Korhonen betrachtete die Baumkronen.

Es schmeckte mir nicht, dass ich als Spitzel registriert war, dass es Aufzeichnungen darüber gab, welche Tipps ich der Polizei gegeben hatte und was man mir hatte durchgehen lassen.

Generell wollte ich möglichst wenig Spuren hinterlassen. Ich legte mir keine Stammkunden- oder Bonuskarten zu. Am liebsten zahlte ich bar, und meine Handyanschlüsse wechselte ich häufig. Dennoch gab es in allzu vielen Registern Informationen über mich, in meinem früheren und auch in meinem jetzigen Heimatland. Und ich konnte mir vorstellen, welche Kombinationen sich daraus konstruieren ließen.

Korhonen sah mich an.

»Ich will dir nur sagen, dass du es dir nicht leisten kannst, dich in irgendetwas verwickeln zu lassen. Die Supo überwacht dich. Auch ich habe dich observieren müssen. Das Vertrauen ist ziemlich minimal. Und du bist an irgendeiner verdammt schlimmen Sache beteiligt. Also versuch dich zu retten. Dann komme ich vielleicht auch klar. Wenn du etwas weißt, erzählst du es mir. Aber du redest auf keinen Fall mit der Botschaft, du gehst nicht mal zum Essen ins Restaurant Schaschlik, kapiert? Die Russlandkontakte sind absolut finito.«

Korhonen ging, ohne meine Antwort abzuwarten. Ich hatte ihn selten so ernst erlebt.

Matti Kiuru hatte schon wieder frei. Er versuchte, die Sache herunterzuspielen, gab aber schließlich zu, dass er wegen seiner guten Kondition ein paar Tage Sonderurlaub bekommen hatte. Ich bemühte mich, ihn nicht zu überschwänglich zu loben, und sagte, ich hätte vielleicht einen kleinen Job für ihn, eine Badezimmerrenovierung, die er im eigenen Namen machen könne, ohne Quittungen, oder über die Firma, falls die Kundin die Kosten von der Steuer absetzen wollte. Matti stimmte zu, meinte, Geld könne er immer gebrauchen. Er werde die Arbeit im Urlaub erledigen, und wenn es eilte, auch an den freien Abenden nach dem Dienst.

Ich frotzelte wieder einmal über die Verweichlichung des Militärs. In der Sowjetunion durfte man während des Wehrdienstes einmal jährlich nach Hause, allerdings nicht ganz so oft, wenn man am anderen Ende des Landes stationiert war. Und es blieb einem auch erspart, freie Abende in irgendwelchen Kneipen zu verbringen.

Matti wies mich darauf hin, dass ich meinen eigenen Worten zufolge nicht einmal drei Jahre bei der Roten Armee hatte dienen müssen und zudem den größten Teil davon in warmen Klassenzimmern und Sporthallen verbracht hatte statt in Holzkasernen mit Erdfußboden.

Der Auftrag, den ich Matti angeboten hatte, betraf eine Wohnung im Zentrum, in einem dekorativen alten Haus am

Bulevardi. Teija, die Besitzerin und Bewohnerin des Zweizimmerapartments, war eine Berufsbekanntschaft von Marja. Als städtische Beamtin hatte sie darüber zu wachen, dass die alten Leute in den Pflegeheimen auch etwas anderes in den Mund bekamen als einen leeren Löffel, dass sie regelmäßig gewaschen wurden und dass die Heimleitung nicht allzu sehr mit den Windeln geizte.

Ich hatte Teija bei uns zu Hause kennengelernt, auf einer Party, bei der ich mich widerstrebend bemüht hatte, mit Marjas Freunden und Geschäftspartnern und unseren Nachbarn zu plaudern. Beim Einsammeln der Weingläser nach dem Fest hatte ich trotz meiner Bemühungen von Marja einen Tadel bekommen, weil ich mich isoliert hatte, statt lockeren Smalltalk zu treiben, an den Wänden entlang nach draußen geschlichen war. Damit gefährde ich das Pflegeheimgeschäft, ob mir das denn nicht klar sei, hatte Marja mir gepredigt. Und es hatte mir gar nichts geholfen, mich darauf zu berufen, dass ich nicht zu dieser Kirchengemeinde gehörte.

Teija hatte mir am Telefon versichert, sie würde zu Hause sein, Joga habe sie erst am Donnerstagabend, und der Italienischkurs sei verschoben worden. Auf mein Klingeln öffnete sie sofort. Sie hatte karottenrotes Haar, trug Crocs in der gleichen Farbe, eine hellgrüne Hose und eine Art grobmaschiges Netz als Schultertuch. Die Frau sah aus wie eine riesenhaft aufgeblasene Figur aus einem Zeichentrickfilm für Kleinkinder.

»Wie schön, dich wiederzusehen, Vau«, begrüßte mich Teija fröhlich. Einer der Partygäste war auf die Idee gekommen, mich Vau zu nennen. Marjas warnendes Zwinkern hatte mich veranlasst, lammfromm zu lächeln, obwohl ich eher Lust gehabt hätte, dem Betreffenden leicht aufs Kinn zu klopfen.

»Hallo«, sagte ich freundlich und stellte ihr Matti vor, erklärte, der Fliesenleger sei zwar noch recht jung, verstehe aber sein Metier. Ein Hauch von Enttäuschung flog über Teijas Gesicht. Ich hegte den Verdacht, dass sie sich schon ausgemalt hatte, wie in ihrer Wohnung kräftige Bauarbeiter zu Gange wären, gestandene Männer, in Latzhosen, aber ohne Hemd.

»Ich komme natürlich auch helfen«, tröstete ich sie, als hätte ich nichts gemerkt.

Teija bat uns herein. Wir zogen brav die Schuhe aus und traten auf Strümpfen ein.

Die Wohnung bestand aus einem kleinen Schlafzimmer, einer noch kleineren Küche und einem Wohnzimmer, das mehr Höhe als Breite aufwies. In dieser Lage musste sie dennoch so viel kosten wie mein ganzes Haus. Die Frau hatte die Wohnung entweder in günstigeren Zeiten gekauft oder geerbt.

»Die Fußböden habe ich schleifen und die Wände streichen lassen, als ich die Wohnung gekauft habe. Vor drei Jahren, gleich nach meiner Scheidung«, bemerkte Teija und entzog meinen Vermutungen die Grundlage. »Aber das Bad habe ich damals nicht renovieren lassen.«

Sie öffnete die Tür zum Badezimmer. Es war ein schmaler Schlauch, in dem das Waschbecken sich beinahe über die Toilette schob. Auf der anderen Seite befand sich eine Duschecke.

»Ich dachte mir, vielleicht ließe sich mit Kacheln eine Art griechische Atmosphäre oder Spa-Stimmung schaffen. Marja meint, du könntest mir die Kacheln preiswert besorgen. Ich habe mir im Internet schon verschiedene Kollektionen angesehen«, erklärte Teija und illustrierte ihre innenarchitektonischen Ideen mit ausgreifenden Armbewegungen.

Ich betrachtete die fahlen, vergilbten Wände, den abgetretenen Bodenbelag und das hoffnungslos verschmutzte Lüftungsgitter unter der Decke. Glücklicherweise meldete meine Nase weder Schimmelgeruch noch miefige Feuchtigkeit.

»Tja. Das kriegen wir schon hin. Wie wäre es mit etwas mehr Spiegelfläche ... das macht das Bad optisch weitläufiger. Es ist ja nicht besonders groß«, schlug ich vorsichtig vor.

»Spiegel sind herrlich. Im Schlafzimmer habe ich große Spiegel an zwei Wänden. Und an der Decke«, lächelte Teija.

Matti schauderte unwillkürlich und sah aus, als wäre er am liebsten weggerannt.

Wir fuhren über Pasila zurück. Ich erklärte Matti, dass wir rasch eine Baustelle besuchen würden, auf der Bekannte arbeiteten. Sie hatten mich angerufen, und ich hatte versprochen, vorbeizuschauen, obwohl ich an dem Projekt nicht beteiligt war.

An der Kreuzung neben dem Polizeipräsidium und dem Hauptgebäude der Fernsehanstalt Yle suchte ich eine Weile nach der Baustellenzufahrt. Ich umrundete zweimal den Kreisverkehr, bevor ich den Kiesweg entdeckte, der auf das schmale Grundstück zwischen den Gebäuden des Senders und den Bahngleisen führte.

Man hatte ein komplettes neues Geschäftsviertel auf die Parzelle gezwängt. Das erste Gebäude von der Straße aus wirkte bereits bezugsfertig. Hinter den großen Glasflächen waren Bürolandschaften und Konferenzräume zu sehen, vollständig eingerichtet, die Leuchtröhren an den Decken brannten und auf den Schreibtischen standen die Computer bereit. Nur die Menschen fehlten, als hätte man sie mitten am Arbeitstag evakuiert. Ich wich einem Betonlaster aus und parkte neben den Baustellenbaracken.

Gennadi Kukkonens Mannschaft arbeitete im letzten Gebäude, das sich erst im Rohbaustadium befand. Die Männer, ein halbes Dutzend, gossen den Zwischenboden, standen mit ihren Gummistiefeln im Betonbrei. Gennadi watete zu mir, zog die Handschuhe aus und begrüßte mich. Ich nickte zwei Russen zu, die ich kannte. Die anderen kämen aus Bulgarien, sagte Gennadi.

»Und jetzt schickt man sie gleich wieder zurück. Sie haben viel Geld für den Flug bezahlt. Man hatte ihnen Arbeit für ein halbes Jahr versprochen. Aber auf einmal schmeißt man sie raus«, beschwerte sich Kukkonen. Er war in meinem Alter, wohnte bei seiner alten Mutter und wirkte stets traurig und schmuddelig.

»Aber das Haus ist doch noch lange nicht fertig«, wunderte ich mich.

»Nee, aber der Bauunternehmer hat Hunderte von Männern, die werden hierher verlegt. Unsere Arbeit hat man in Subkontrakte von jeweils zwei Wochen aufgeteilt. Und natürlich wird den Ausländern zuerst gekündigt«, erklärte Kukkonen.

»Was gibt's denn hier zu schwatzen? Schmeißt den Rüttler an, bevor der Schlamm hart wird«, tönte es hinter mir. Ein junger Mann in sauberer Arbeitsjacke und hellem Helm stand an der Tür.

»Bist du hier der Polier?«, fragte ich.

»Ja.«

»Aha. Die Jungs sagen, sie wären gekündigt worden. Darüber haben wir uns gerade unterhalten.«

»Das stimmt leider«, sagte der Vorarbeiter. Es klang tatsächlich bedauernd. »Lässt sich nicht ändern. Die Bautätigkeit ist schlagartig zum Stillstand gekommen. Es gibt keine neuen Aufträge, und wir versuchen, unsere eigenen Leute zu halten. Obwohl wir auch da kürzen müssen. Aber die Mietarbeiter gehen als Erste«, verteidigte er sich.

Er beobachtete prüfend, wie der Beton verstrichen wurde, und beorderte einige der Männer in die nächste Halle, wo bald eine neue Ladung Beton eintreffen würde. Kukkonen wiederholte die Anordnung auf Russisch.

»Du bist nicht von der Gewerkschaft«, mutmaßte der Vorarbeiter.

»Nein. Ich habe selbst eine kleine Firma. Ich kenne die Männer.«

»Spielt auch keine Rolle. Wir haben die Sache mit den Funktionären besprochen. Das ist alles ganz legal. Und diese Leute hier sind ja gar nicht bei uns angestellt. Wir haben sie für die Gussarbeiten über eine zweite Firma eingekauft. Oder über eine dritte«, versicherte der junge Mann. »Was sein muss, muss sein. Wenn es keine Arbeit gibt, dann gibt es keine.«

Ich stimmte ihm zu und sagte, auch in meiner Firma hätte ich festgestellt, dass es stiller wurde.

»Während der letzten Rezession habe ich noch auf der Schulbank gesessen«, gestand der Mann, überraschte mich mit seiner Offenheit. Ich ahnte, dass es ihm schwerfiel, Kündigungen zu übermitteln. Und ich vermutete, dass er sich auch um seine eigene Situation Sorgen machte, um den Wohnungskredit, den neuen Wagen, die versprochene Reise nach Thailand und den Flachbildfernseher.

»Ohne Passierschein darf sich hier eigentlich keiner aufhalten. Die Firma nimmt es damit ziemlich genau. Könntet ihr …«, bat der Vorarbeiter.

Ich sagte, wir würden sofort gehen, rief Gennadi einen Abschiedsgruß zu und versprach ihm, anzurufen, wenn es Arbeit gäbe.

»Egal was«, betonte Gennadi Kukkonen.

Auf der Tuusulantie fuhren drei Motorräder hinter mir her. Sie bildeten eine zentimetergenaue Formation, wie eine MiG-Troika beim Schaufliegen. Kurz bevor ich die Autobahn verließ, um zu meiner Halle zu gelangen, schwenkten die Maschinen auf die Überholspur. Als sie auf meiner Höhe waren, blickten die Männer in den Wagen, sahen mich an, glitten dann vorbei. Ich hörte das tiefe Brummen, als sie Gas gaben und die Räder davonschossen. Die Männer trugen mattschwarze Helme, und auf ihren Lederjacken prangte das bekannte Symbol, das an ein eisernes Kreuz erinnerte.

»Kennst du die?«, fragte Matti.

Ich nickte und sah in den Rückspiegel.

»Du kannst auch gleich jemanden verfolgen«, ordnete ich an. »Da hinten kommt ein weißer Škoda. Mir scheint, dass ich ihn in letzter Zeit zu oft gesehen habe. Ich bleibe in der Halle, während du rumfährst und nachguckst, ob der Wagen irgendwo in der Nähe parkt. Schreib dir das Kennzeichen auf und häng dich vorsichtig dran, falls er wegfährt.«

»Gebongt«, sagte Matti, ohne nach den Gründen zu fragen.

25

Taxi, mein alter, beinahe vergessener Kontakt, den ich nun wieder angesprochen hatte, rief an und wollte sich möglichst bald mit mir treffen. Das heißt, jemand anderes wolle mich treffen, stammelte er, aber er solle den Termin für diesen Jemand vereinbaren.

Taxi erklärte ein wenig zu viel. Ich befahl ihm, sich zu beruhigen und mir zu sagen, in wessen Namen er anrief. Taxi war freudig erregt und zugleich verlegen, er wiederholte, es handle sich um eine große Sache und er sei mir dankbar, dass ich an ihn gedacht hatte. Ich dürfe gewiss sein, dass er mir seinerseits helfen …

Ich dämmte seine Redeflut, bevor sie sich in neue Seitenarme ergoss, und wiederholte meine Frage, in wessen Auftrag er spreche. Taxi erklärte verlegen, die Angelegenheit sei sofort nach oben weitergeleitet worden. Nach ganz oben, fügte er zum besseren Verständnis hinzu.

Ich sagte, ich sei zu Hause und gegebenenfalls auch sofort zu einem Treffen bereit. Die letzten Laute von Taxis spasibo waren nicht mehr zu hören. Ich ahnte, dass er unverzüglich die nächste Nummer eintippte.

Eine halbe Stunde später fuhr ein metallicbrauner Volvo vor, offen als Diplomatenfahrzeug gekennzeichnet. Der untersetzte Chauffeur ging um den Wagen herum, um die Tür zum Fond zu öffnen. Vor dreißig Jahren war er sicher

Gewichtheber gewesen, in derselben Gewichtsklasse wie Wasili Alexejew. Sein Körper strotzte immer noch vor Kraft, obwohl seine X-Beine unter dem waschmaschinengroßen Oberkörper spindeldürr wirkten.

Der Passagier wartete in aller Ruhe, bis ihm der Schlag geöffnet wurde. Er war gut fünfzig, trug einen dunkelblauen Anzug und eine silbergraue Krawatte. Er erinnerte an einen italienischen Geschäftsmann oder Politiker, an einen Kriminellen auf jeden Fall. Seine Hände waren leer, er hatte keinen Aktenkoffer und keine Tasche, keine Mappe, nicht einmal einen Stapel Papiere. Nur eine Uhr mit Lederarmband, einen goldenen Ring und Macht.

Ich gab dem Mann die Hand und bat ihn ins Haus. Der Chauffeur blieb draußen, erwartete vielleicht, dass eine Zofe ihm eine Tasse Tee und eine warme Pirogge brachte. Doch ich war allein zu Hause, und Marja hätte Gästen aus der russischen Botschaft nicht einmal ein Glas Wasser angeboten. Sie verabscheute alle meine beruflichen Besprechungen, meckerte über den Zigarettengeruch, über den Schmutz, der aufs Parkett getragen wurde, und darüber, dass den Kindern die falschen Worte zu Ohren kamen.

»Wir können hier doch ungestört sprechen?«, vergewisserte sich der Mann, nachdem er auf dem Sofa im Wohnzimmer Platz genommen hatte. Ich setzte mich in den Sessel auf der anderen Seite des niedrigen Tisches.

»Ja.«

Der Mann sah mich lange an, strich sich über die kurzen, eng am Kopf anliegenden Haare und kam endlich zu dem Schluss, dass ich nicht die Absicht hatte, die Stereoanlage aufzudrehen oder Wasser laufen zu lassen.

»Mein Name ist Konstantin Maximowitsch Telepnew. Ich bin zweiter Legationssekretär. Oberst«, informierte er mich über seine beiden Positionen, die öffentlich sichtbare und die eigentliche.

Ich gab ihm mit einem Nicken zu verstehen, dass ich verstanden hatte.

»Ich weiß es sehr zu schätzen, Viktor Nikolajewitsch, dass Sie uns Ihr Wissen oder Ihren Verdacht zur Kenntnis gebracht haben. So handelt ein wahrer Patriot«, sagte Telepnew, unterstrich seine hehren Worte, indem er sich ein wenig vorbeugte. Er legte die Hände auf die Knie und nickte beifällig. Ich überlegte, welches Vaterland er meinte.

»Ich will Ihre kostbare Zeit nicht unnötig in Anspruch nehmen, aber ich hoffe, dass Sie möglichst bald nach Moskau reisen können. Die Angelegenheit wurde sofort auf eine höhere Ebene weitergeleitet. An die Spitze.« Telepnew sprach immer langsamer. »Teilen Sie mir mit, wann Sie reisen können. Möglichst bald, hoffe ich. Jemand wird sich mit Ihnen treffen.«

Telepnew erhob sich und reichte mir eine Visitenkarte, auf der nur sein Name und eine Telefonnummer standen.

»Wer spricht mit mir?«, fragte ich.

»Sein Name ist Dolgich. Mehr brauchen Sie nicht zu wissen. Er erkennt Sie, Viktor Nikolajewitsch. Und nochmals besten Dank.«

Telepnew deutete eine knappe Verbeugung an und ging.

Das Handy klingelte. Onkel rief an.

»Mein Junge, wie ist das Wetter in Helsinki? Hier verwöhnt uns der Schöpfer mit Sonnenschein, es ist fast zu heiß«, eröffnete er das Gespräch, wartete meine Klagen über den Regen jedoch nicht ab. »Du kannst die Wünsche des Motorradclubs vergessen. Oder dir merken, dass die Leute dir etwas schuldig sind. Wir nehmen probeweise die Zusammenarbeit auf. Ich selbst mag ihre Sitten nicht recht. Oder ihre Unsitten«, wendete Onkel seine Sätze. »Aber wir wollen uns modernisieren und vernetzen. Mal sehen, wie es funktioniert. Wir haben uns direkt mit ihnen in Verbindung gesetzt, du brauchst dich also nicht mehr um sie zu kümmern. Ich hatte es so verstanden, dass du nicht einbezogen werden möchtest.«

Ich bestätigte ihm, dass er mich ganz richtig verstanden hatte. Es sei mir ohnehin gegen den Strich gegangen, den Laufburschen zu spielen. Onkel lachte, wurde aber sogleich wieder ernst.

»Deine zweite Angelegenheit. Das scheint tatsächlich ein Problem zu sein. Ein großes Problem. Ich habe mich bei unseren eigenen Kontakten in der Administration erkundigt und auch die Solnzewskaja Bratwa um Vermittlung gebeten ...«

Ich wartete und hörte zu. Onkel hatte sämtliche Verbindungen spielen lassen, sowohl zu den Behörden als auch zur größten kriminellen Bruderschaft in Moskau. Onkel räusperte sich, legte dann offenbar die Hand über den Hörer. Bald darauf sprach er weiter.

»Alle wurden sehr ernst, als ich deine Informationen erwähnte. Sie wollen dich treffen, möglichst bald.«

»Hier in Helsinki? Oder in St. Petersburg?«

»Nein, Viktor. Im Zentrum. In Moskau. Möglichst bald. Sag mir Bescheid, wann du fahren kannst. Du hast eine Audienz.«

»Bei wem?«

»Der Kontaktmann heißt Dolgich. Keine weiteren Fragen, bitte.«

Marja kam früh von der Arbeit, ging schnüffelnd durchs Haus, fing den Geruch eines fremden Rasierwassers auf. »Du hattest wieder einen deiner Geschäftsfreunde zu Besuch«, sagte sie tadelnd und fügte hinzu, sie gehe gleich aus. Mit ein paar Freundinnen schwofen, ich hätte doch versprochen, auf die Kinder aufzupassen. Damit verschwand sie im Badezimmer.

Die Dusche rauschte. Marjas Handy lag neben ihrem Schlüsselbund auf dem Küchentisch. Das flache Gerät glitzerte auffordernd in der Sonne. Ich schlich zum Tisch, lauschte noch einmal, ob Marja auch bestimmt nicht kam. Dann öffnete ich die Tastensperre und sah mir die eingegangenen und getätigten Anrufe an. Unbekannte Ziffernreihen, Durchwahlnummern der städtischen Sozialbehörde, Oksana ... und dann ein gewisser ›Ari‹.

Ich ging die Textmitteilungen durch. Sehnsucht ... komm bald, hatte Ari vor einer Stunde geschrieben. Derselbe Ari hatte mindestens einmal täglich gesimst. Er bedankte sich für die Gesellschaft beim Mittagessen, für den schönen Abend, beklagte sich kurz über häusliche Probleme, aber genug davon, Schatz, und vier Ausrufezeichen. Ari schimpfte auch über einen ungenannten Kollegen, der sich bei einer Sitzung idiotisch benommen habe.

Ich mochte Leute nicht, die drei oder gar vier Ausrufezeichen verwendeten.

Ich mochte die SMS nicht.

Und schon gar nicht mochte ich es, dass Marja per Telefon mit irgendeinem Ari herumscharwenzelte.

Ich mochte die Vorstellung nicht, dass sie sich mit einem Mann traf.

Die Kränkung mischte sich mit Schuldgefühl. Ich fühlte mich schuldig, weil ich nicht ordentlich, feurig und von Herzen eifersüchtig war, sondern allenfalls düster wie ein grauer Oktobertag. Außerdem hatte ich ein schlechtes Gewissen, ich wusste, dass ich selbst auch etwas Falsches tat. Vor einer

Stunde hatte ich mich mit der Frage gequält, warum Julija so selten von sich hören ließ.

Ich hatte Julija bombardiert, sie angerufen und ihr eine SMS nach der anderen geschickt. Sie hatte geantwortet, sie sei gerade in einer sehr schwierigen Situation, ob ich, ihr Liebster, nicht abwarten könne, bald würde sie mir alles erklären. Auf keinen Fall dürfe ich sie anrufen, denn damit brächte ich sie in Gefahr.

Meine Sehnsucht nach Julija war absurd, aber so überwältigend, dass ich sie beinahe genoss. Und nun verdarb mir Marja mit ihrem Ari meine masochistische Qual.

Dennoch wusste ich, was ich tun würde, sobald Marja das Haus verlassen hatte. Ich würde Stepan anrufen, einen zuverlässigen Mann, den ich gelegentlich als Kurier einsetzte, und ihm auftragen, am Hauptbahnhof auf den Vorortzug zu warten. Er sollte beobachten, mit wem Marja sich traf und was sie tat. Ich würde Stepan schwören lassen, dass er den Mund hielt, über diesen Auftrag durfte er nur mit mir sprechen.

Ich beschloss, ein lasterhafter Vater zu sein, und versprach den Kindern Pizza zum Abendessen. Anna sagte, sie wolle Schinken-Champion. Sergej überlegte lange, als ginge es um das Menü in einem Drei-Sterne-Restaurant, und entschied sich dann für die Kombination Salami-Ananas-Blauschimmelkäse. Matti Kiuru schaute vorbei, er sagte, er habe Abendurlaub. Auch er ließ sich zu einer Pizza überreden, als ich erklärte, ich würde mich über die Gesellschaft eines erwachsenen Mannes freuen.

Ich fügte hinzu, ich hätte momentan die Nase voll von zänkischen Frauen. Dann erkundigte ich mich nach dem Fortschritt der Renovierungsarbeiten in dem griechisch angehauchten Kabuff. Matti wirkte genervt, er sagte, die Dichtungsarbeiten seien fertig, am Wochenende werde er fliesen. Nur müsse die Lady des Hauses sich zuerst entscheiden, welche Farbtöne ihr genehm seien. Auf jeden Fall würde er es mit einem Mosaikpuzzle aus zentimeterkleinen Steinchen zu tun haben.

Ich verbiss mir ein Grinsen, bestellte telefonisch die Pizzas und sagte, ich würde sie abholen.

Matti begleitete mich. Die Pizzeria war nur einige Hundert Meter von unserem Haus entfernt, am Fuß der Bahnüberführung, neben dem Kiosk. Sie wurde von einem langnasigen Kurden geführt. Er begrüßte mich namentlich und bat mich, ein paar Minuten zu warten, die Pizzas seien noch im Ofen. Ich sagte, inzwischen könne ich ja schon bezahlen. Der Wirt gab mir Rabatt und forderte mich auf, gratis eine große Flasche Limonade mitzunehmen.

Im Hinterzimmer knetete ein jüngerer, untersetzter Bursche Pizzateig. Ein kleiner älterer Mann, der für die Auslieferung zuständig war, kam mit betrübter Miene herein und begann aufgeregt zu reden. Ich verstand kein Wort, begriff aber, dass er Schwierigkeiten hatte. Der Langnasige zog sich hinter die Theke zurück, hörte zu und versuchte, den Boten zu beruhigen.

»Was ist los?«, fragte ich, als der Restaurantbesitzer an die Kasse zurückkehrte.

»Verdammt, der Nachbar macht Problem. Immer derselbe Mann, immer dieselbe Klage. Dass unser Auto am falschen Platz ist«, machte sich Langnase Luft. »Die Hausverwaltung hat erlaubt. Unser Auto darf abends auf dem Platz vom Buchhaltungsbüro stehen. Und der eine Mann immer beschwert sich und versperrt den Weg, dass wir nicht fahren können. Massoud muss die Schachteln weiten Weg tragen.

Und immer schimpft. Jetzt steht er wieder da und raucht und lauert. Ist so schon schwer genug. Arbeiten langen Tag, Mehl wird teurer, Käse wird teurer, Pizza wird nicht teurer … und dieser eine Scheißmann keift.«

Der Pizzeria-Besitzer breitete die Arme aus, ließ den Kopf hängen und sah aus, als wolle er den Schieber gleich in die Ecke werfen. Das Duo in der Küche betrachtete seinen Chef ebenso niedergeschlagen.

Ich stand auf und winkte Matti, mitzukommen. Wir marschierten durch den schmalen Gang zwischen Ofen und Backtisch zu den Kühlschränken am Ende des Hinterzimmers. Die Türen zum Hinterhof standen weit offen. An einem Türflügel hing ein Zettel: Abends abschließen.

Der Mann stand auf dem Parkplatz, an einen alten toten Golf gelehnt, und zog an seiner Zigarette. Das Auto ragte halb aus der letzten Parkbucht in der Reihe, sodass es die Durchfahrt zu dem länglichen Asphaltstreifen vor der Tür versperrte. Der Mann betrachtete uns neugierig, überlegte offenbar, ob er uns kannte, grüßte vorsichtshalber.

»Hallo«, erwiderte ich den Gruß und baute mich dreißig Zentimeter vor dem Mann auf. Er trat seine Zigarette aus und streckte sich, musste aber trotzdem zu mir aufschauen.

»Unsere Freunde in der Pizzeria sagen, irgendein Idiot hätte hier schlecht geparkt. Wir schieben das Auto beiseite. Bestimmt ist der Gang eingelegt und die Handbremse angezogen und all das. Wir müssen ihn wegschaukeln. Matti, hilf mir mal.«

Matti und ich gingen an je einem Hinterreifen in Hebestellung. Ich sagte Hii-opp, und wir streckten die Beine durch. Das Heck des Golfs hob sich vergleichsweise leicht auf einen Meter Höhe.

»Du weißt nicht zufällig, wem die Karre gehört? Am

Ende kippt sie um, und es ist verdammt unangenehm, am Morgen zur Arbeit zu fahren, wenn der Wagen auf der Seite liegt«, laberte ich los und bemühte mich, nicht unter der Last zu ächzen. »Und so ein Ding rollt ja auch schnell mal aufs Dach. Ist schon merkwürdig, die Physik. Schwerpunkt und Momente und so weiter. Die Begriffe vergess ich immer, aber das lässt sich durch Kraft wettmachen.«

Der Golfbesitzer zappelte unruhig, trat vor und zurück und zur Seite. »Nicht, Jungs. Ich setze ihn zurück, so schlimm ist es doch nicht«, flehte er.

Ich sah Matti an und nickte. Wir ließen den Wagen fallen. Er ging heftig in die Knie und schaukelte noch eine Weile nach.

»Der Mann vom TÜV wird womöglich was zu meckern haben. Die Stoßdämpfer sind nämlich nicht im besten Zustand. Und ich weiß nicht, ob sich das Fahrgestell verzogen hat. Kann sein, dass er ein bisschen ausschert oder dass die Türen klemmen«, prophezeite ich und wischte mir die Finger sauber. »Aber einigen wir uns darauf, dass der Wagen der Pizzajungs ruhig hier stehen darf und du keinen Stunk mehr machst. Wenn du es doch tust, kommen wir zu Besuch, schmeißen dann aber nicht deinen Wagen um, sondern dich vom Balkon. Und zwar aus dem dritten Stock.«

»Ich wohne im ersten«, winselte der Mann und merkte sofort, dass er einen Fehler gemacht hatte.

»Und wenn du deine Bude im Keller hättest, das ist uns scheißegal. Kapiert, du Arsch?«

»Ja«, sagte der Mann leise.

Wir gingen zurück ins Restaurant. Das Kurdentrio hatte das Schauspiel von der Tür aus verfolgt und machte nun bereitwillig Platz.

»Die haben auf dem Ofen gestanden, dass sie warm bleiben. Wenn sie doch kalt, bringt Massoud neue«, erklärte der Langnasige dankbar.

Wir machten uns mit den Pizzaschachteln auf den Rückweg.

»Du nimmst wohl die falschen Medikamente«, wagte Matti zu sagen, mit leisem Tadel.

»Nur ein bisschen Erziehung zur Internationalität«, erwiderte ich. »Hast du die Limoflasche mitgenommen?«

Anna und Erkki schliefen bereits. Ich spähte ins Kinderzimmer, lauschte den gleichmäßigen Atemzügen und Annas kleinen Fiepsern und dem Ploppen ihres Schnullers. Leise zog ich die Tür bis auf einen kleinen Spalt zu, goss mir Wodka ein und ging nach draußen.

Der Mond war fast voll. Ich überlegte, wie er in Julijas Augen aussah und ob sie überhaupt zum Himmel aufsah. Ich war unruhig wegen Julija und auch wegen Marja, obwohl ich sie noch nicht zurückerwartete.

Ich nippte an meinem Glas und drehte mich um, wollte wieder ins Haus. Auf der Straße gingen zwei Männer mittleren Alters und mittlerer Größe in Windjacken vorbei.

Sie sahen so unauffällig aus, dass sie mir auffielen. Ich wusste, dass ich sie irgendwo schon einmal gesehen hatte.

26

Im Hotelfoyer saßen zwei japanische Geschäftsleute. Die Sofas waren zu einem offenen Quadrat gruppiert, in der Mitte lag ein roter Teppich. Ich setzte mich so auf das hinterste Sofa, dass ich den Eingang und die Aufzüge im Blick hatte. Das Sofa war zu niedrig und zu tief. Ein Mensch mit Rückenproblemen würde sich auf allen vieren auf den Fußboden begeben müssen, um wieder hochzukommen. An der Wand befand sich ein gläserner Verschlag mit einem Schreibtisch, auf dem ein einsamer Computer stand. Ein Schild wies ihn als Business Center aus.

Wronskij, Bekari und Julija kamen über die Treppe hinter mir.

»Wir waren essen«, erklärte Wronskij, deutete auf das Restaurant in der oberen Etage.

»Hat es geschmeckt? Ist das Bäuchlein voll?«, fragte ich und erdolchte Julija mit meinen Blicken. Ihre Augen wanderten ausweichend über die dunklen Wände und ihrem Mund entfuhr ein lautloser Seufzer. Angewidert, müde oder verzweifelt.

Ich versuchte, mich auf Wronskij zu konzentrieren. Bekari guckte zehn Sekunden lang in eine Richtung, schwenkte dann weiter und kontrollierte den nächsten Sektor.

»Du hast um dieses Treffen gebeten. Also red schon«, forderte ich Wronskij auf.

»Ich möchte mich für das Durcheinander entschuldigen. Und ich will dir nicht noch mehr Schwierigkeiten machen. Deshalb habe ich dieses Treffen vorgeschlagen ... auf neutralem Boden«, sagte Wronskij in dem Versuch, Vertrauen aufzubauen. Er überdachte seine Worte, schien zufrieden und fuhr fort. »Viktor, wir brauchen die Röhren. Ich weiß, dass du sie hast, und du brauchst sie nicht. Im Gegenteil, sie sind sehr gefährlich. Eine Gefahr für dich. Entschuldige, dass ich dich da hineingezogen habe, aber du bist aus allem raus, wenn du sie mir gibst«, er versuchte, die Vernunft sprechen zu lassen.

Ich schüttelte den Kopf und lächelte. Wronskij rieb sich die Finger, knackte mit den Gelenken.

»Hör damit auf, das ist widerlich«, rügte Julija. Ich hätte beinahe gesagt, ich wüsste allerlei andere, noch widerwärtigere Dinge, die ein Mensch tun konnte. Weggehen, schweigen, nicht auf SMS antworten. Betrügen.

Erneut bemühte ich mich, meine Gedanken und meine Sinne auf Wronskij zu konzentrieren, auf diese Gefahrenlage.

»Du steckst in der Scheiße«, berichtigte ich ihn. »Ich versuche die ganze Zeit, auch nur einen einzigen Grund zu finden, weshalb ich verhindern sollte, dass man euch schnappt.«

Wronskijs Augen verengten sich, im Unterlid zuckte ein Nerv. Ich steigerte den Druck.

»Da draußen wartet bestimmt ein halbes Dutzend Supo-Leute, finnische Männer. Und ein Fähnlein von der russischen Botschaft, offiziell Mitarbeiter der Wissenschafts- und Kulturabteilung, aber wenn du sie fragst, was ein Derivat ist oder das Gesetz des Archimedes, sagen sie, von Letzterem habe ich schon mal gehört, das hat irgendwas mit Außenbordmotoren zu tun. Und Rimski-Korsakow halten sie für einen Stabhochspringer. Na ja, stimmt nicht ganz, natürlich hat man sie darauf getrimmt, das alles zu wissen. Aber man hat ihnen auch beigebracht, Typen wie dich zu schnappen, und zwar so, dass du es gar nicht mitkriegst, wenn du plötzlich einen Gummihandschuh im Arsch hast. Und erst nachdem sie mit beiden Händen gewühlt haben, fragen sie dich freundlich, was hattest du denn im Sinn, Arseni Kasimirow. Denen brauchst du mit deinen Wronskij-Erklärungen gar nicht erst zu kommen.«

Wronskij hörte schweigend zu, wies mich dann aber darauf hin, dass er über Lehrfächer und Kenntnisse von Sicherheitskräften informiert war. Bekari überwachte das Foyer mit erhöhter Konzentration. Misstrauisch betrachtete er die Japaner, musterte die Angestellten an der Rezeption und die Passanten jenseits der Glastüren. Julija bearbeitete den Teppich mit der Schuhspitze, als wolle sie ein schwarzes Loch hineinbohren und in eine andere Dimension entgleiten.

»Wronskij, erklär mir, was los ist«, drängte ich.

Er betrachtete seine Hände.

»Worum geht es? Sag es mir«, bat ich erneut.

»Ich kann nicht«, antwortete Wronskij leise.

Wir saßen einige Minuten schweigend da. Die Japaner standen auf und gingen hinaus. Die junge Frau an der Rezeption blätterte in ihren Papieren und verglich die Eintragungen mit den Daten im Computer.

»Verdammt noch mal, so kommen wir nicht zu Potte. Was planst du? Wer ist dein Arbeitgeber? Oder dein Befehlshaber? Oder machst du es für Geld?«, setzte ich ihm zu, bemühte mich aber, leise zu sprechen.

Wronskij blickte auf.

»Es tut mir leid. Ich kann es dir nicht sagen«, erklärte er ruhig und fest. »Glaub mir, Viktor. Ich kann nicht. Und für dich ist es auch besser, dass du nichts weißt. Aber in erster Linie schütze ich mich selbst.«

Die Aufzugtür öffnete sich. Ein altes Ehepaar kam heraus, der Mann hatte eine Kamera um den Hals und eine Karte in der Hand. Teppo Korhonen stand in der Kabine, sah geradewegs zu mir hin und vergewisserte sich, dass auch ich ihn sah. Dann glitten die Türen leise zu. Das rote Pfeildreieck zeigte an, dass der Lift nach unten in die Parkhalle fuhr.

»Zeit zu gehen«, sagte ich und überlegte gleichzeitig, wer gehen sollte und wohin. Und auf welchem Weg.

»Gibst du mir die Röhren?«, versuchte Wronskij es noch einmal.

»Nein.«

»Dann stecke ich in der Scheiße«, stellte Wronskij sachlich fest, ruhig und resigniert. »Aber vielleicht stände ich mit den Röhren auch nicht besser da.«

Ich erinnerte mich, blitzartig und deutlich, an einen Marsch während der Spezialausbildung. Wir stapften durch einen Sumpf. Arseni war schwer erschöpft, er schwankte und trat in einen Moortümpel, in dem er stecken blieb. Wir mussten ihn herausziehen, ihm Lasten abnehmen, bis er schließlich nur noch seine nassen Kleider zu tragen hatte. Sogar seine Kalaschnikow schleppte ich.

Ich hatte Arseni vor zwanzig Jahren nicht im Sumpf versinken lassen können, und ich konnte ihn jetzt nicht der Polizei und den Botschaftsspionen ausliefern. Nicht Wronskij. Und nicht Julija.

»Wartet hier!«, befahl ich. Dann folgte ich dem Touristenpaar zum Ausgang und versteckte mich hinter den Pfeilern, die das Vordach trugen. Ich wartete einen Moment, bückte mich und spähte auf Taillenhöhe an dem Pfeiler vorbei, ohne den Kopf zu bewegen. Meine Schläfe ragte nur einige Zentimeter über den Pfeiler hinaus.

Über den Bürgersteig vor dem Hotel gingen nur normale,

eilige Helsinkier. Aber an der nächsten Hausecke, hinter dem Zebrastreifen und der Ampel, standen vier kräftige Männer. Sie trugen Anzughosen und Blousons, einer rauchte. Ich hätte meinen Platz im Himmel darauf verwetten können, dass sie Russen waren, aber ich bin nicht gläubig. Außerdem war mein Sündensack so schwer, dass mich wahrscheinlich eine andere Ewigkeit erwartete.

Die Männer der Sicherheitspolizei musste ich ein wenig länger suchen. Dann ging mir auf, dass der Mann, der gerade in Richtung Hauptpost vorbeigeeilt war, auf der anderen Straßenseite zurückkam. Er hatte einen Kopfhörer mit Handykabel am Ohr. Fünfzig Meter hinter dem Hoteleingang drehte der Mann sich um und marschierte erneut die Straße hinunter. Dabei blickte er eine Spur zu lange zu der Elchstatue vor dem Zoologischen Museum hinüber. Ich wartete. Hinter der Statue lauerten zwei dunkle Gestalten.

Ich schlüpfte zurück ins Foyer. Die japanischen Geschäftsleute waren offenbar in ihre Zimmer zurückgekehrt, aber Wronskij, Julija und Bekari standen da, wo ich sie zurückgelassen hatte. Die Rezeptionistinnen sahen mich an, lächelten unsicher. Ich nickte ihnen fröhlich zu und ging wieder hinaus.

Diesmal zeigte ich mich offen, wie ein Mann, der für alle Fälle seinen Fluchtweg überprüft, aber eigentlich nicht glaubt, dass ihm tatsächlich eine Gefahr droht. Ich starrte das Botschaftsquartett an. Die Männer wandten sich langsam ab, lachten laut, wir unterhalten uns nett miteinander und bald steigen wir ins Sammeltaxi und fahren nach St. Petersburg. Ich spazierte einige Meter hin und her und sah mich um.

Die Supo-Männer am Zoologischen Museum blieben in ihrem Versteck. Ein Stück weiter weg entdeckte ich zwei vw Golf am Straßenrand, einen weißen und einen roten. Beide hatten eine Antenne zu viel.

Ich wiederholte mein Absicherungsmanöver in aller Schnelle und kehrte ins Foyer zurück, mit zuversichtlicher Miene, wie ich hoffte.

»Gehen wir«, sagte ich zu Wronskij. »Julija und Bekari, ihr kommt auch mit. Am Vorderausgang werden wir erwartet, in der Parkhalle vermutlich auch. Versuchen wir es hintenherum.«

Ich wusste, dass der Nachtclub des Hotels sich im Souterrain befand, denn ich hatte einige Freudenmädchen hingeleitet, auf den richtigen Markt, und gelegentlich russische Geschäftsleute dort bewirtet. Für die Hotelgäste gab es im Foyer einen Zugang zu der Treppe, die in den Nachtclub führte.

Die innere Tür war offen. Dahinter befanden sich ein Verkaufsschalter für die Eintrittskarten und eine stabile Tür mit einem kleinen Guckfenster, durch das der Portier die Warteschlange draußen im Auge behalten und aufpassen konnte, ob irgendein wichtiger Partygänger auftauchte, der bevorzugt einzulassen war.

Ich blieb stehen und sah Wronskij, Bekari und Julija der Reihe nach an. Dann sagte ich, ich würde die Sache nur einmal erklären und es sei ratsam, dass sie mir glaubten und sich jedes Wort einprägten. Ich trug ihnen auf, an der Hauswand entlang unauffällig zum Narinkkaplatz und von dort weiter ins Einkaufszentrum Forum zu gehen, wo sie mit dem Lift in die Tiefgarage fahren sollten. In der Bucht 676 warte ein Auto samt Fahrer. Sie bräuchten nichts zu sagen, zu fragen oder zu verhandeln. Sie müssten nur in den Wagen einsteigen, der sie in eine sichere Wohnung bringen würde.

»Parkbucht 676. Forum«, wiederholte ich. Wronskij versicherte, er habe verstanden.

Die Tür war abgeschlossen, wies aber die grüne Plastikabdeckung für Notausgänge auf, unter der sich die Entriegelung befand. Ich sah durch die Pförtnerluke hinaus, wartete, bis ein Laster den Botschaftsmännern die Sicht verdeckte, dann öffnete ich die Tür einen Spaltbreit.

Wronskij stürmte als Erster hinaus, Bekari folgte und hielt Julijas Arm.

»Sei vorsichtig«, wisperte Julija.

Ich blickte ihnen nach. Wronskij ging mit flachen, eiligen Schritten. Bekari führte Julija wie ein Kind. Sie musste immer wieder einige schnelle Trippelschritte machen, um zu ihm aufzuschließen. Die dichten blonden Haare fielen ihr über die Schultern.

27

Ich fuhr meinen Wagen aus der Hotelgarage. Das heißt, ich versuchte es. Ein dunkelblauer Kleintransporter schoss quer vor die Ausfahrtsrampe und versperrte mir den Weg. Ich zog die Handbremse und stellte den Motor ab. Dann stieg ich langsam und mit erhobenen Armen aus.

»Halt, stehen bleiben!«, rief jemand hinter der steinernen Brüstung. Ein behelmter Polizist richtete sich so weit auf, dass seine obere Hälfte sichtbar wurde. Seine schusssichere Weste wölbte sich wie eine daunengefütterte schwarze Winterjacke ohne Ärmel. Der Polizist hatte eine kurze Maschinenpistole in der Hand. Eine Heckler-Koch MP5, stellte ich fest.

Vier in gleicher Weise gerüstete Polizisten liefen die Rampe herunter, zwei auf jeder Seite. Die Springerstiefel schlugen den Takt wie ein Sambaorchester. Der Polizist, der oben geblieben war, befahl mir, mich flach auf den Boden zu legen. Folgsam streckte ich mich auf dem Bauch aus und legte die Arme brav auf den Rücken. Ein Kabelbinder schlang sich um meine Handgelenke und wurde zu eng festgezurrt. Ich hörte, wie die Türen meines Wagens geöffnet und wieder zugeschlagen wurden. Dann packte man mich an beiden Seiten unter den Armen und stellte mich auf die Füße.

»Wo sind deine Freunde?«, fragte ein Mann mittleren Alters und mittlerer Größe, in einem mittelgrauen Anzug ohne Krawatte.

»Tja, das ist eine gute Frage. Unternehmer führen ein einsames Leben.«

»Lass den Quatsch, Kärppä! Wo sind Wronskij, Kaladze und Fedorowa?«

Ich hatte Bekaris Nachnamen schon fast vergessen. Und Fedorowa klang, als müsse man ein »Fräulein« voranstellen.

»Die sind oben im Hotel geblieben. Ob sie da wohnen, weiß ich nicht.«

Das Gesicht des grauen Mannes lief rot an. Er beugte sich vor, kam mir so nahe, dass die Gischt seiner Worte als Tröpfchen auf meinen Wangen landete. »Spiel nicht den Klugscheißer! Du hast ihnen zur Flucht verholfen. Dafür landest du im Knast. Oder wirst in dein liebes Vaterland ausgewiesen. Und da werden sie sicher auch keinen roten Teppich für den verlorenen Sohn ausrollen.«

»Für den schlachtet man ein Kalb.« Korhonen trat vor. »Für den verlorenen Sohn. Warst du nicht in der Sonntagsschule, Ala-Duschko, oder wenigstens im Jugendclub der Gemeinde?«

»Scheiß-Korhonen. Ich heiße Ala-Huusko.« Die Gesichtsfarbe des Anzugträgers näherte sich einem dunklen Violett.

»Hab ich doch gesagt. Ala-Huschko. Und wieso nennst du mich Scheiß-Korhonen? Mein Vorname ist Teppo, offiziell Terho. Kannst mich gern duzen, ich bin ja ein Stück älter als du«, redete Korhonen gemütlich weiter, als plaudere er über das Wetter, kaum zu glauben, dass es immer nur regnet.

Vom Himmel fielen die ersten Tropfen.

»Hier werden wir nass. Wenn sonst nichts anliegt, müsste ich allmählich nach Hause trippeln. Meine Frau setzt gerade die Kartoffeln auf«, sagte ich.

»Jetzt hör mir mal zu. Sag uns, was du weißt. Das ist das Beste für dich«, versuchte Ala-Huusko noch einmal sein Glück.

»Hör du mir mal zu. Wenn ihr noch Fragen habt, schickt ein höheres Tier, und zwar ohne Blaulicht. Mein Verhältnis zur Supo ist einwandfrei. Und zu Russland erst recht.«

»Aha, du gibst also zu, dass du Russlandkontakte hast«, triumphierte Ala-Huusko.

»Na, verdammt nochmal, ihr habt hier doch selbst eine gemeinsame Operation mit den Russen.«

Ala-Huusko wurde verlegen. »Wie kommst du darauf?«, entfuhr es ihm.

»Na so was, habt ihr die russischen Agenten etwa nicht bemerkt? Von denen hat da draußen ein halbes Dutzend gelauert. Und so was nennt sich Geheimpolizei. Hoffentlich habt ihr wenigstens nachgezählt, ob eure eigenen Männer noch alle da sind«, höhnte ich.

»Die Operation ist beendet«, erklärte Korhonen. »Schnipsel mal den Kabelbinder durch«, wies er den Polizisten in der Kugelweste an.

Ala-Huusko nickte. Die Polizisten zogen ab, stiegen in ihren Kleintransporter, ohne die Ausrüstung abzulegen.

»Wir sprechen uns noch«, sagte Ala-Huusko und ging rückwärts die Rampe hinunter. »Auch du wirst überwacht, Korhonen«, rief er noch, bevor er sich umdrehte.

Korhonen und ich blieben allein zurück.

»Du stapfst ziemlich allein durch diese Kacke, Viktor, und der Pegel steigt«, sagte Korhonen ohne drohenden Unterton. »Ich kann dir vielleicht einen Rettungsring zuwerfen. Andere Helfer kann ich dir nicht empfehlen. Ich kapier überhaupt nicht, worum es geht. Die Supo veranstaltet einen Riesenzirkus, aber mir traut sie nicht, obwohl sie mich selbst angeworben hat.«

»Heul nicht«, erwiderte ich. »Ich weiß auch nichts. Aber ich finde es raus.«

Über den Bürgersteig strömten Leute in Schüben, als wäre irgendwo weiter oben ein Dammtor, das in unregelmäßigen Abständen jeweils eine Gruppe von Passanten durchließ. Ich starrte auf den Strom, die wenigen, die in die Gegenrichtung marschierten, wirkten unnatürlich.

Wie die Lachse, die schwimmen auch gegen den Strom, dachte ich, doch dabei schob sich mir das Bild von Julija an Bekaris Arm vor die Augen. Ich wusste, dass ich diesen Anblick nicht so bald vergessen würde.

»Wie steht es sonst? Mit dem Leben? Mit den Frauen?« Korhonen schoss ins Blaue und traf.

»Ziemlich chaotisch«, gab ich zu.

»Na, falls es dich tröstet, bei mir auch. Verdammt nochmal, alles ist in Ordnung, und trotzdem schmeckt alles fad«, sagte Korhonen überraschend. »Ich habe eine Psychologin zu Hause, aber mit der kann ich doch nicht darüber reden. Klagen, wenn es nichts zu klagen gibt. Und wehe, du gehst zum Betriebsarzt und sagst, du wärst deprimiert. Das spricht sich sofort rum, und der kleine Teppo darf nur noch Büroarbeit machen. Man traut sich höchstens noch zum Zahnarzt.«

»Ich war privat beim Arzt. Der hat mir irgendeine Serotoninkur verschrieben. Das Zeug hat bloß bewirkt, dass mein Schwanz streikt und mein Mund ständig trocken ist. Der Doktor hat gesagt, probieren wir das mal ein paar Monate lang. Verdammter Quacksalber, hört mir fünf Minuten zu und drückt mir ein Rezept für ein halbes Jahr in die Hand.«

»Aha. Tut mir leid. Ehrlich«, setzte ich hinzu, als ich merkte, dass meine Worte arg förmlich klangen. Und auf einmal wusste ich, dass ich mit keinem über Julija sprechen konnte. Nicht einmal mit Korhonen, obwohl ich mir verwundert eingestand, dass ich ihm mehr vertraute als irgendwem sonst. Nicht als Polizist, aber als Mann, fast als Freund.

Ich ging zu meinem Wagen.

»Du selbst und allerlein willst rausfinden, was los ist?«, fragte Korhonen.

»Ich selbst und ganz allein.«

Korhonen schüttelte den Kopf, lächelte müde. »Gott will ich lassen raten«, begann er zu singen, drehte sich um und ging.

»Trotzdem vielen Dank«, sagte ich zu seinem Rücken. Der Kripomann quittierte meine Worte mit einem Winken.

»Mein Leib und meine Seele in dein' Händ' ich befehle«, drang sein klangvoller Gesang leise an mein Ohr.

28

Ich wartete vor dem Tor zur Garnison von Santahamina auf Matti. Die Wächter hielten jeden Wagen an, der durchfahren wollte, und überprüften den Passierschein. Als Mattis Audi neben meinen Citroën rollte, stieg ich um. Matti trug einen Tarnanzug. Auch darüber hatte ich mich schon bei früheren Gelegenheiten gewundert. Die Ausgehuniform hätte doch sauber und repräsentativ sein müssen, scharfe Bügelfalten an der Hose und auf dem Kopf eine Uniformmütze.

Ich hatte Matti erklärt, dass ich auch am Rücken scharfe Augen brauchte. Und dass es nichts schaden könne, in einem unbekannten Fahrzeug unterwegs zu sein. Es hätte mich nicht gewundert, wenn sich unter dem Trittbrett oder auf der Innenseite der Stoßstange meines Citroën ein Ortungssender befunden hätte. Die Supo und sogar Korhonen schienen genauestens über meine Bewegungen informiert zu sein.

»Fahr nach Punavuori.«

Matti wusste von den beiden Wohnungen, die ich früher über ein paar nur auf dem Papier existierende Strohmänner an den Geschäftsmann Frolow vermietet hatte, als Quartier für seine Freudenmädchen. Der Russe hatte die Wohnungen nebenbei als Drogenumschlagplatz genutzt, und ich hatte mich gezwungen gesehen, das Spiel abzupfeifen, ein wenig zu laut. Jetzt stand die eine Wohnung leer, in der anderen waren einige von Marjas Putzfrauen untergebracht.

In der Pursimiehenkatu setzte Matti den Wagen geschickt rückwärts in eine kleine Lücke. Ich klingelte, schloss dann aber mit meinem eigenen Schlüssel auf. »Ich bin's«, rief ich beruhigend.

Wronskij, Julija und Bekari saßen im Halbdunkel am Küchentisch. Julija hatte ein Wasserglas vor sich stehen.

Im Wohnzimmer hockte der Autohändler Ruuskanen bequem im Sessel und las »Die Welt der Technik«. Er trug wieder ein enges Marimekko-Hemd, das sich über seinem Bauch spannte, diesmal blau-weiß gestreift, dazu eine gelbgrau karierte Krawatte.

»Grüß dich, sagt der eine hübsche Junge zum anderen«, begann Ruuskanen. »Hier sitzen wir im Frieden des Herrn. Das Telefon hat nicht geklingelt, und niemand hat an die Tür geklopft. Die Gemeinde sitzt da wie Helen Keller bei der Leseprüfung.«

»Seid ihr verfolgt worden?«

»Ich glaube nicht. Ich bin ein paar Umwege gefahren ... zuerst nach Ruoholahti, dann kurz nach Lauttasaari und zurück. Mir ist nichts Besonderes aufgefallen«, erklärte Ruuskanen eifrig. Er hatte sich gefreut, als ich ihn um Hilfe gebeten hatte, und gesagt, er werde die Firmentür sofort schließen und diese logistische Aufgabe diskret und professionell erledigen.

»Gut. Schreib's auf die Rechnung«, sagte ich.

Ruuskanen wirkte noch erfreuter, rechnete sich offenbar aus, dass ich die Einbruchsschäden doppelt ersetzen würde, zusätzlich zu der Entschädigung von der Versicherung.

»Über die Summe sprechen wir später«, fügte ich hinzu und deutete damit an, dass das Resultat seiner Rechenoperationen nicht unverschämt ausfallen durfte. »Erst mal wechseln wir das Quartier. Diese Wohnung ist nicht unbedingt sicher. Sie wird bald überprüft und womöglich jetzt schon observiert«, erklärte ich und spähte aus dem Küchenfenster auf die Straße. Matti fuhr seinen Audi auf den Innenhof, direkt vor die Hintertür. Ich wartete, bis das Licht im Treppenhaus sich abschaltete, dann gingen Matti und ich zweimal raus und rein und schlugen die Autotüren geräuschvoll zu. Die Abendsonne schien ein wenig schwächer, dennoch war es zu hell. Wenn wir von einer der Wohnungen aus beobachtet wurden, war unser Bluff wertlos. Auf der Straße würde man dagegen nicht unbedingt erkennen können, ob Passagiere im Wagen saßen, denn Matti hatte die Fenster des Audis mit dunklen, spiegelnden Folien beklebt.

Matti ließ den Motor aufheulen und brauste davon. Ich beobachtete ihn durch die Glastür. Ein blauer Škoda folgte ihm. Er konnte der Polizei gehören, ebenso gut aber auch einem zivilen Freund tschechischer Autos.

Ich ging zurück in die Wohnung, hütete mich aber, Licht zu machen. Oben sagte ich zu Ruuskanen, er solle seinen Wagen holen, sich dabei aber Zeit lassen. Unterwegs könne er ruhig am Kiosk halten und Zigarillos und die neueste Auto-Bild kaufen.

»Die hab ich abonniert. Und mit dem Rauchen habe ich schon vor zwei Jahren aufgehört«, verkündete er stolz.

»Deshalb hast du also zugenommen«, frotzelte ich. Meiner Erinnerung nach war Ruuskanen immer schon rundlich gewesen.

»Na ja, ein paar Kilo habe ich zugelegt, obwohl ich mich bemüht habe, Sport zu treiben«, gestand Ruuskanen.

Ich erklärte, mich nicht brennend für seine Diät oder das Duell zwischen gutem und schlechtem Cholesterin zu interessieren. Ich hätte ihm nur zu verstehen geben wollen, dass er möglichst locker wirken sollte, wenn er den Wagen holte, und dass es nicht schaden würde, unterwegs irgendwo anzuhalten. Beim Kiosk oder sonst wo.

Ruuskanen versprach, zehn Minuten zu brauchen.

Wir warteten in der Wohnung und gingen dann nach unten.

Nach exakt zehn Minuten fuhr dröhnend ein Auto vor. Es sah alt aus, war leicht gerundet, doch das ursprüngliche Äußere war unter den verbreiterten Kotflügeln und breiten Aluminiumfelgen nur zu erahnen. Die Grundfarbe des Wagens war weiß, aber er hatte auffällige blaue Streifen und an den Seiten Quadrate für die Startnummer.

Wir zwängten uns hinein. Wronskij, Bekari und Julija saßen hinten fast aufeinander, denn die Überrollbügel verkleinerten den Innenraum. Ich ließ mich auf dem schüsselförmigen Beifahrersitz nieder und legte den Vierpunktsicherheitsgurt an.

»Hübsch unauffällig, die Karre«, wandte ich mich an Ruuskanen.

»Ein RS Escort, Baujahr 1978. Und zwar kein normales Zweilitermodell. Aus England hab ich den Motorblock von einem Rennwagen gekriegt, und in Joensuu haben sie mir dann den Rest des Motors gebaut. Zwei oben liegende Nockenwellen, zwei Doppelwebervergaser und Tuningfilter. Kein leidiger Luftmangel. Bei Historic-Rallyes ist der unschlagbar. 240 Pferdchen unter der Haube, weißt du? Der dreht in allen Gängen voll auf, sogar auf Asphalt«, pries Ruuskanen seine Kutsche.

Ich erkundigte mich, wie der alte, getunte Wagen sich mit dem Image von Öko-Auto-Ruuskanen vertrug. Der Autohändler beteuerte, bei den Rallyes verbreite er Umweltschutzideologie, verteile kompostierbare Müllsäcke und schließe Vorverträge über Wärmepumpenbestellungen.

»Für meine Alte musste ich die Wahrheit ein bisschen schönfärben. Ich habe ihr gesagt, ich nehme an Ökorallyes teil. Aber jetzt nix wie weg, sagt die Made im Speck.«

Schon bevor wir die Ausfallstraße erreichten, hatte Ruuskanen bewiesen, dass die Bodenhaftung beim Beschleunigen zumindest in den drei niedrigsten Gängen versagte. Die drei auf der Rückbank hielten sich an den Vorderlehnen und Überrollbügeln fest, schaukelten aber dennoch wie ein übereifriges Schunkelmusiktrio. Ruuskanen ließ den Wagen in weiten Bögen schlingern und schien das Quietschen der Reifen zu genießen.

Ich hatte Angst, musste aber gleichzeitig daran denken, dass Julijas Oberschenkel sich jetzt an Bekaris Bein drückte.

Die Tür des Reihenhauses in Hakunila ging auf, bevor ich den Finger auf den Klingelknopf gelegt hatte.

»Du liebes Göttchen, kommt herein, tretet naher«, echauffierte sich Oksana Pelkonen, schlug die Hände zusammen, als sei hoher Besuch eingetroffen. »Ich habe Tee gekocht und Piroggen aus dem Gefrierschrank geholt, ich war ja nicht vorbereitet ...«

»Oksanka, meine Gute, du sollst kein großes Dinner richten. Denk dran, was wir am Telefon abgemacht haben«, versuchte ich sie zu bremsen. Ich hatte meine ehemalige Sekretärin angerufen und sie um ein sicheres Quartier für drei Menschen gebeten, die sich ein paar Tage verstecken mussten. Sie solle lieber nicht fragen, weshalb.

Ich scheuchte die Leute ins Haus und bat auch Ruuskanen herein. Er ging gerade um den Wagen und befühlte die Felgen. »Ich hatte das Gefühl, dass eine der Bremsen klemmt. Aber es ist nichts überhitzt«, erklärte Ruuskanen und begrüßte Oksana wie eine alte Bekannte.

Ich zog die Tür hinter mir zu.

»Wo ist Esko?«, fragte ich. Auf dem Wohnzimmertisch war ein Büfett aufgebaut, das für die Bewirtung bei einer mittelgroßen Beerdigung gereicht hätte.

»Ich habe ihn einkaufen geschickt. Aufschnitt und frisches Brot und Obst. Obwohl jetzt eine schlechte Jahreszeit dafür ist. Ich habe gesagt, bring Erdbeeren, aber guck zu, dass sie gut sind. Ich habe gerade selbst welche gekauft, wässriges Zeug, pfui.« Oksana tat, als spucke sie aus.

Die Tür ging. Oksanas Mann kam mit zwei schweren Einkaufstüten herein, nickte den Gästen im Wohnzimmer zu und schleppte die Einkäufe in die Küche. Ich bedeutete Oksana, mitzukommen.

Esko räumte die Lebensmittel in den Kühlschrank, ohne ein Wort. Er war nur wenig größer als Oksana und hatte um die Taille Fett angesetzt. Ich stellte mir vor, wie die beiden zum Nordic Walking aufbrachen, in Freizeitanzügen, die vor einigen Jahren topmodisch gewesen waren. Und nach der Runde servierte Oksana Tee und einen kleinen Imbiss, den sie guten Gewissens verspeisten, denn sie hatten ja gerade Kalorien verbrannt ...

Ich entschuldigte mich bei Esko. Natürlich hätte ich ihn, den Hausherrn, fragen müssen. Aber ich hätte es eilig gehabt und sei in Bedrängnis gewesen, und ich wisse, dass Oksana nichts versprechen würde, ohne sicher zu sein, dass es auch Esko recht wäre. Ich sei schon im Voraus ungeheuer dankbar für seine Hilfe.

Oksana stand daneben wie ein Schulmädchen, das seine Hausaufgaben vergessen hat.

Esko schloss die Kühlschranktür, zerknüllte die Plastiktüten in der Faust und stopfte sie in eine größere Tüte, die im Besenschrank hing.

»Ist doch selbstverständlich«, sagte er. Oksana entfuhr ein Seufzer.

Ich schüttelte Esko die Hand und bedankte mich noch einmal. Dann unterstrich ich, dass es um eine ernste Sache ging. Von außen dürfe man nicht sehen, dass sich Gäste in der Wohnung befänden. Kauft ein wenig weiter weg ein, in verschiedenen Läden, und hütet eure Zunge, riet ich.

Esko sagte, er verstehe. »Du hast Oksana geholfen, bist gut zu ihr gewesen. Du hast sie wie einen Menschen behandelt«, sagte er ernst.

»Oksanka ist eine gute Frau, Esko. Sie hat dich verdient.«

»Stimmt. Und ich versuche, gut zu ihr zu sein«, bestätigte Esko.

Oksana schluchzte auf und sah ihn glücklich an.

Wieder packten mich Schuldgefühle.

Ich wies Ruuskanen an, mich ein gutes Stück vor der Brücke nach Santahamina aussteigen zu lassen. Den Rest des Weges würde ich zu Fuß zurücklegen, denn ich hatte keine Lust, eventuellen Beobachtern den historischen Rennwagen vorzuführen. Ich hegte den Verdacht, dass man meinen inzwischen auf dem Besucherparkplatz der Garnison ausfindig gemacht hatte.

»Verstanden«, bestätigte Ruuskanen, wendete den Escort mit einer Hand und mampfte gleichzeitig eine Zimtschnecke. Ich hatte ihn zum Aufbruch gedrängt, bevor Oksanas Teestündchen begann, und er hatte sehnsüchtig nach den aufgetischten Speisen geschielt. Als Oksana ihm eine Tüte Gebäck aufdrängte, hatte er sich nur zum Schein geziert, hatte ohne große Begeisterung gemurmelt, zu Hause erwarte ihn Feta-Spinat-Pastete.

Ich blieb auf der Brücke stehen und bewunderte die

Aussicht auf das Zentrum von Helsinki und die Insel Suomenlinna. Wenn man die Uferlinie aus dieser Entfernung betrachtete, wirkten nicht einmal die großen Passagierschiffe störend. Ohne den Kopf zu drehen, blickte ich über das Brückengeländer und zählte die Wagen, die gegenüber dem Wachhäuschen auf dem Parkplatz standen.

Ich schätzte, dass der weiße Toyota Avensis ein Polizeifahrzeug war.

»Aha«, sagte Marja, als ich ihr beim Schlafengehen mitteilte, ich würde am nächsten Tag nach Moskau fahren.

»Aha.« Sie fragte nicht einmal, warum. Machte keine bissigen Bemerkungen über die Mitreisenden oder über obligatorische Besuche in Freudenhäusern, um die Ware vor dem Kauf zu testen.

Ich hatte keine zärtlichen Abschiedsworte erwartet, kein »oh, wie werde ich dich vermissen«. Oder »sei vorsichtig, Schatz, und nimm kein illegales Taxi«.

Aber gar nichts! Nur ein kaltes »Aha«. Und dazu ein kurzer Blick, gerade so, als hätte sie ganz hinten im Kühlschrank eine Schüssel mit einem vergessenen Essensrest entdeckt, auf dem es grünlich sprießte.

Ich drehte mich auf die Seite und wartete auf den Schlaf.

Ich musste lange warten. Marja schlief fast sofort ein, wieder einmal.

Im Traum befand ich mich in einem Gebäude, auf einem breiten Gang an der Fensterseite. Wie in einem Krankenhaus oder einer alten Schule reihten sich am anderen Rand des Flurs die Zimmer aneinander. Der Fußboden war dunkelgrau, die Wände waren weiß und die Treppengeländer aus Holz. Die Heizkörper strahlten eine solche Hitze aus, dass man bei Gegenlicht Staubkörnchen in der Luft gesehen hätte.

Onkel von der Petersburger Kasse kam und sagte, es sei ein schlimmer Tag gewesen. Mein Bruder sei tödlich mit dem Motorrad verunglückt und Marja habe Brustkrebs. Sie sei wegen eines Knotens zum Arzt gegangen, der ihr sofort die Brust amputiert habe.

Plötzlich war ich auf der Autobahn nach Tuusula. Ruuskanen fuhr, der Tacho zeigte hundertsechzig und er zog sein gestreiftes Hemd über den Kopf, ohne die Knöpfe zu öffnen. Ich hatte Angst, weil er blind lenkte. Am Straßenrand lag eine Kuh. Ein Motorrad war auf sie geprallt und lag nun ein Stück weiter weg umgekippt im Graben. Das Vorderrad drehte sich leise surrend. Der Motorradfahrer saß auf der Böschung, den Kälberstrick in der Hand. Er trug einen verkratzten Helm, der oben weiß war, über den Ohren aber schwarz-weiß kariert. Seine Schutzbrille war altmodisch und schwarz wie eine Schweißerbrille.

Ich schreckte hoch, lag wach und horchte auf die Stille.

29

Ein betrunken wirkender Mann schwankte über den Bahnsteig. Er hatte einen großen, hässlichen Kopf, und auch sein Körper sah aus, als sei er irgendwie lieblos zusammengestoppelt worden, mit Armen und Beinen, die nicht zusammengehörten. Sein schwankender Gang unterstrich die Giraffenähnlichkeit seiner Bewegungen. Der Mann trug ein weißes Eishockeyhemd, auf dem Rücken stand in blauen Buchstaben BURE.

Als der Mann mich sah, ging er plötzlich manierlich.

»Grüß dich, Stepan.«

»Viktor Nikolajewitsch«, erwiderte er höflich. Wir schüttelten uns die Hand.

Stepan war nicht so gut wie Pavel Bure, aber auch er hatte als Profi Eishockey gespielt. In der ersten russischen Division hatte er es zum Torschützenkönig gebracht, doch vor dem Aufstieg in die oberste Liga war seine Karriere ins Stocken geraten. Daraufhin war Stepan nach Finnland gereist und hatte sich der Mannschaft SaiPa in Lappeenranta angeboten. Ich war als Dolmetscher dabei gewesen. Der Vorstand und die Trainer der SaiPa hatten im Café der Eishalle zunächst mir die Hand gereicht, weil sie mich für den Spieler hielten. Ich hatte mich über ihren Irrtum nicht gewundert, denn auf den ersten Blick sah Stepan nicht wie ein Mittelstürmer aus.

Auch bei näherem Hinsehen waren einige Zweifel an Stepans Spielerqualitäten aufgekommen. Stepan machte keine Anstalten, sich dem geradlinigen finnischen Eishockey anzupassen. Er wollte den Puck behalten, kurvte mit ihm über das Eis, notfalls auch auf das eigene Tor zu, anstatt die schwarze Scheibe gegen die gegnerische Endbande zu schießen, wo man sie aus wildem Gedränge fischte.

Der Abpfiff kam durch eine Armverletzung. Stepan brach sich die Speiche und kehrte stillschweigend nach Russland zurück, die Entschädigung der Versicherung in der Tasche. Ich hörte, dass er dort einen auf Pornos spezialisierten Videoverleih betrieb und zu saufen begonnen hatte, doch dann tauchte er plötzlich wieder in Finnland auf. Nun verrichtete er in Helsinki kleinere Dienste für russische Gauner und Geschäftsleute. Häufig hielt er sich am Hauptbahnhof auf. Dort stromerte er herum, eine Schnapsflasche in der Jackentasche, bettelte um Geld und Zigaretten und klaute unvorsichtigen Reisenden das Handy oder den Laptop.

Ich vermutete, dass Stepan auch auf Bestellung Handys stahl, im Auftrag der russischen Botschaft oder russischer Businessmänner. Aber ich hatte ihn engagiert, meiner Frau nachzuspionieren.

»Was hast du gesehen?«, fragte ich ohne Umschweife.

»Na, deine Frau ist angekommen, sie wurde erwartet, und dann sind sie in ein Restaurant gegangen.« Stepan bewegte sich vorsichtig über das Spielfeld und machte an der Torlinie halt.

»Ja. Wer hat sie abgeholt. Haben sie sich umarmt? Geküsst?«, drängte ich ihn voran.

»Ein Mann. So ein normaler Finne. Kleiner als du. Vielleicht auch jünger. Gepflegt. Nicht irgendwie fein, ich meine, Kleidung und so«, wand sich Stepan. »Sie haben sich umarmt und geküsst. Aber nicht leidenschaftlich! Deine Frau hat sich sogar ein bisschen gewehrt«, checkte er die Lage ab, als er den Verdacht erkannte, der mir ins Gesicht geschrieben stand.

»Und dann?«

»Ja, also, das mit dem Küssen kam dann später, auch mehr. Am Bahnhof war es nur so eine freundschaftliche Begrüßung. Oder ein bisschen mehr. Aber nicht direkt ein Ablecken«, fuhr Stepan fort, als ich ihn fordernd ansah.

»Und?«

»Sie haben gegessen. Ich habe draußen gewartet, ein bisschen weiter weg. Aber ich habe sie die ganze Zeit im Auge behalten, damit sie mir nicht entkommen. Sie haben zwei Flaschen Wein getrunken. Roten. Deine Frau hat bezahlt.« Über dieses Detail schien Stepan sich zu wundern. »Dann sind sie zum Taxistand gegangen, haben sich unterwegs eine Weile im Esplanadenpark geküsst. Bei der Statue.«

»Sind sie zusammen weggefahren?«

»Nein. Der Typ hat deine Frau zum Taxi gebracht. Ein Volvo. Das Kennzeichen habe ich mir notiert. Also, sie sind nirgendwo hingefahren, um zu vögeln … miteinander zu schlafen. Ich meine … es ist nichts weiter passiert. Der Mann ist zu Fuß Richtung Töölö gegangen. Ich bin ihm bis zum Parlamentsgebäude gefolgt, aber dann habe ich kehrtgemacht. Weil wir weiter nichts abgesprochen hatten.«

Stepan sah mich besorgt an, ungewiss, ob sein Bericht mich zufriedenstellte oder nicht.

Das wusste ich selbst auch nicht.

»In Ordnung. Du hast ganz richtig gehandelt. Hier, eine kleine Entschädigung für deine Mühe.« Ich gab ihm vier Fünfziger, die er zusammenrollte und in die Jeanstasche steckte.

»Willst du verreisen?« Stepan zeigte auf meinen Koffer.

»Nach Moskau.«

Die Waggonschaffnerin des nach Tolstoj benannten Zuges hieß mich willkommen. Angesichts ihrer Waden war ihr Rock ein wenig zu kurz, doch sie machte einen freundlichen Eindruck und sprach mich automatisch auf Russisch an.

Im Abteil breitete ich meine Sachen aus, ließ die Schuhe auf den Fußboden fallen und legte mich auf eines der beiden mit blauen Decken versehenen Betten. Der Wagen war modern. Ich fummelte eine Weile an dem Fernseher herum, bekam aber kein Bild auf die Mattscheibe und begnügte mich schließlich damit, die Zeitung zu lesen.

Als wir Lahti passiert hatten, ging ich in den Speisewagen. Er glich der Bar des einzigen Hotels in einer Kleinstadt. Die Inneneinrichtung wollte elegant sein, doch der Raum wirkte eng und altmodisch. Die roten Gardinen schmückten sich mit dem wappenartigen Kennzeichen der Bahngesellschaft, mit Rüschen und Schnüren, die in einem Quast ausliefen.

Die finnischen Passagiere tranken Bier, aßen allenfalls ein Käsebrot.

Ich bestellte mir bei dem mürrischen Kellner eine Suppe. Er trug eine schwarze Weste und eine rote Fliege. Von vorn war er kahlköpfig, aber als er sich umdrehte, sah ich, dass er die Nackenhaare zu einem dünnen Zopf geflochten hatte. Auf meine Suppe musste ich bis hinter Kouvola warten. Erst dann brachte der Kellner die Schüssel und einige Scheiben dunkles Brot, brummte ein »Požaluista«.

Als im Speisewagen zum ersten Mal angekündigt wurde, man werde für die Zeit des Grenzübergangs schließen, kehrte ich in mein Abteil zurück.

In Vainikkala stiegen noch einige Passagiere zu. Die Russin, die als Letzte einstieg, hatte ein halbes Dutzend Bündel und Tüten bei sich. Ein Zöllner half ihr, die Einkäufe in den Zug zu bugsieren.

Ruckelnd setzte sich der Zug in Bewegung. Eine Weile sah ich nur rostige Chemikalienwaggons, dann überquerten wir die Grenze. Der Waggon schien stärker zu schaukeln und lauter zu rattern als auf der finnischen Seite. Die Strecke führte durch einen Wald und in ein Tal, neben den Gleisen schlängelte sich ein kleiner Fluss. Am Hang hatte ein Waldbrand gewütet. Die verkohlten Bäume ragten schwarz in die Höhe. Dann wurde das Gelände flacher, neben den Gleisen tauchten kleine Felder und einige Siedlungen auf. Die meisten der schäbigen Hütten waren schief, bei einer hatte man das Dach mit einer grellbunten Platte geflickt.

Vor Wyborg wurden die Häuser größer, standen enger beieinander, bildeten Dörfer. Dazwischen stachen neu gebaute Fabrikhallen ins Auge, mit hellen Wandelementen, auf dem Hof neue Kleintransporter.

Ich versuchte, nicht an Julija zu denken. Auf meinem Handy ging eine SMS ein, die mir jedoch nur mitteilte, dass der Netzbetreiber gewechselt hatte. Er hieß jetzt Megafon.

Wieder in Russland. Zu Hause, seufzte ich.

30

Die Endstation in Moskau trug immer noch den Namen Leningrader Bahnhof. Die Bahnsteige endeten in einer langen Wartehalle, die voll von Reisenden und den Gerüchen russischen Gedränges war. In den Duft fettiger Pasteten und frischer Früchte mischte sich schwerer, fast süßlicher Abortgestank, dann eroberte eine dichte Parfümwolke den Luftraum.

Draußen schlängelte ich mich durch die Kioskzone. Vor dem Bahnhof hingen Bier trinkende Müßiggänger herum, kleine Männer in Lederjacken boten Fahrdienste an. Ich schüttelte den Kopf und ging hinunter zur Metro.

Ich traf eine Viertelstunde zu früh beim »National« ein. Vor dem Hotel parkten schwarze Wagen in doppelter Reihe. In früheren Jahren waren es Wolgas und Tschaikas gewesen, jetzt Audis und Mercedes. Auch die Chauffeure trugen andere Uniformen als früher. In schwarzen oder dunkelgrauen Anzügen lehnten sie sich an die Kotflügel und rauchten.

Der Portier trug einen Zylinder und einen langen grünen Umhang. Er hieß mich höflich willkommen. Ich erklärte ihm, ich sei nur wegen einer Verabredung zum Frühstück hier, und fragte, ob ich meinen Koffer zur Aufbewahrung abgeben könne. Der Türsteher sagte, aus Sicherheitsgründen sei es eigentlich nicht erlaubt, Gepäckstücke von Passanten anzunehmen, aber ich sei ihm angekündigt worden. Er nahm meinen Koffer und brachte ihn in eine gläserne Kabine neben dem Eingang, gab mir keine Quittung und lehnte das Geld ab, das ich ihm anbot.

Ich schlug einige Minuten auf der Toilette tot. Im Spiegel starrte mich ein müde aussehender Viktor an, dabei war die Nacht ruhig verlaufen. Ich hatte fest geschlafen und war nicht einmal wach geworden, als der Zug in St. Petersburg und Twer hielt.

Das Restaurant lag im ersten Stock, am Ende langer, mit weichen Teppichen ausgelegter Gänge. An den Wänden hingen Fotografien von Politikern und Unterhaltungskünstlern, die im Hotel übernachtet hatten. In einer Art Foyer wurde eine Marketingveranstaltung vorbereitet. Junge Frauen in topflappengroßen Röcken balancierten auf schwindelerregend hohen Absätzen Weingläser zu den Tischen.

Der Oberkellner führte mich ungefragt an einen Tisch auf der Raucherseite. Der große Raum war leer bis auf einen jungen Kellner, der Teller und Tassen vom Nebentisch abräumte.

Ich wartete. Durch das wandbreite Fenster sah man über die Straße und den Platz hinweg auf die roten Backsteinmauern des Kremls und das Auferstehungstor, hinter dem sich der Rote Platz abzeichnete. Die Putzbrigade am Grab des Unbekannten Soldaten verlieh dem Bild eine altvertraute Färbung. Das Trüppchen der Omas und Opas in grauer Arbeitskleidung fegte ohne jede Eile, aber sorgfältig, die verwelkten Blumen zusammen, trug den Inhalt der Abfalleimer zu einem kleinen Gaz und kippte ihn auf dessen noch kleinere Ladefläche.

»*Dobroe utro*«, unterbrach eine tiefe Stimme meinen nostalgischen Moment.

Es waren drei Männer. Derjenige, der mich angesprochen hatte, war eher klein und schlank, erst um die dreißig.

Mir war bereits aufgefallen, dass ich eine Abneigung gegen Machthaber und Entscheidungsträger hatte, die jünger waren als ich. Ich versuchte, mir klarzumachen, dass ich selbst eben älter wurde. In wichtige Positionen stiegen ebenso wichtige Leute auf wie früher. Auch dass der Mann so klein war, gab mir zu denken. War geringe Körpergröße im heutigen Russland ein Vorteil? Medwedjew und Putin, bei denen Mutter Natur mit den Zentimetern gegeizt hatte, empfanden es womöglich als peinlich, von langen Kerls umgeben zu sein.

Ich behielt meine Schlussfolgerungen für mich und erwiderte den Gruß.

»Ich bin Dolgich«, sagte der Mann, nannte weder Vor- noch Vatersnamen. »Und Sie sind Viktor Gornostajew. Sie gestatten?«

Die Männer, die neben Dolgich standen, warteten meine Zustimmung nicht ab, sondern stellten sich links und rechts von mir in Positur und klopften mich sachkundig ab. Dann traten sie synchron zurück, nickten und entfernten sich.

»Ich habe keine Waffe«, lächelte ich.

»Das wusste ich«, sagte Dolgich freundlich. »Wir wollten uns nur vergewissern, dass du auch sonst nichts Schädliches an dir trägst. Aber jetzt wollen wir das Frühstück genießen. Es gibt hier ein vorzügliches Büfett, sehr zu empfehlen. Warme Pasteten und anderes Gebäck. Hervorragenden Speck. Kartoffelgratin. Würstchen. Pilze. Und der Junge presst frischen Fruchtsaft. Bitte sehr, Viktor Nikolajewitsch.«

Ich sagte, ich sei tatsächlich hungrig. Das entsprach der Wahrheit. Außerdem wollte ich zeigen, dass ich nicht etwa vor Angst den Appetit verloren hatte.

Wir aßen. Nach seiner zweiten Tasse Kaffee zündete sich Dolgich eine Zigarette an.

»Ich arbeite in der Administration. Erzähl mir alles.«

Ich betrachtete die Teekrümel, die sich auf dem Boden meiner Tasse sammelten. Auch sie verrieten mir nicht, welcher Administration Dolgich diente. Dem Kreml? Einem Ministerium? Der Armee? Oder war sein Arbeitgeber die *Federalnaja služba bezopasnosti*, allgemein bekannt als FSB?

Erzähl mir alles. Dolgich fragte nicht und befahl nicht, er verkündete eine Tatsache.

Vor Teppo Korhonen, der finnischen Zentralkripo oder der Supo konnte ich lächeln und schweigen oder mir aussuchen, was ich sagen wollte. Aber Dolgich war ein Kontakt, um den ich selbst gebeten hatte. Seine Zeit durfte ich nicht verschwenden, indem ich zauderte oder lavierte.

Und wenn nun alles nur ein Missverständnis oder eine Überreaktion ist?, dachte ich plötzlich erschrocken. Vielleicht hatte Wronskij in meinem Wagen nur eine kleine Drogenlieferung oder Schmuck versteckt. Dolgich würde mich auslachen und die ganze Kette büßen lassen, bis hin zur Petersburger Kasse und Onkel und der Botschaft. Und in dieser Kette wäre ich das letzte und schwächste Glied, man würde mich ausscheiden, ohne Publikumsabstimmung und für immer.

»Alles begann im Juni in Petrozawodsk«, sagte ich. »Oder eigentlich ... vor zwanzig Jahren. Ich kannte den Genossen Wronskij schon damals. Wir waren zusammen bei der Armee. Und damals hieß er Kasimirow. Arseni Kasimirow.«

Dolgich zündete sich die nächste Zigarette an. Er schien keine Eile zu haben. Plötzlich war ich mir meiner Geschichte sicher und wusste, dass sie ihn interessierte.

»Erzähl mir alles. In aller Ruhe. Wir können zwischendurch noch eine Runde essen«, lächelte Dolgich.

Ich saß auf dem Fensterbrett im vierzehnten Stock des Hotels »Vega«. Unten befanden sich ein Busparkplatz, ein flaches

Einkaufszentrum und eine Metrostation, vor der Sammeltaxis Passagiere einluden.

Das Hotel war dereinst für die Moskauer Olympiade gebaut worden, neben drei gleich großen Komplexen im Stadtteil Izmailowo. Es war kürzlich renoviert worden. Man hatte die alte Konstruktion stehen lassen, aber mit neuen Oberflächen überzogen, innen und außen, und das Resultat wirkte überraschend sauber.

Dolgich hatte sich ein wenig gewundert, weil ich nicht im »National« bleiben wollte. Er hatte zu verstehen gegeben, dass er die Übernachtung bezahlen würde, doch ich hatte gesagt, ich hätte bereits anderswo ein Zimmer reserviert. Wenn man die Mühe auf sich nehme, zehn Minuten mit der Metro zu fahren, zahle man nur einen Bruchteil dessen, was die teuren Hotels im Zentrum verlangten. Dolgich hatte Verständnis gezeigt, sowohl für meine Sparsamkeit als auch für meinen Wunsch, die Dankesschuld möglichst gering zu halten.

Überhaupt war er mir mit Anerkennung und Wohlwollen begegnet. Er betonte mehrfach, dass ich ihm und seinen Leuten einen großen Dienst erwiesen habe, und meinem Vaterland ebenfalls. Meinem ehemaligen, korrigierte ich. Dolgich sah mich lange an, in den noch glatten Augenwinkeln bildeten sich kleine Lachfältchen. Ich betrachtete sein Lächeln als Zeichen des Respekts vor meiner Kühnheit.

»Sorge dafür, dass Wronskij den Finnen nicht in die Hände fällt, und liefere die Röhren an die Leute von der Botschaft. Wronskij darf nicht gefasst werden. Das genügt«, sagte Dolgich beinahe befehlend. »Du brauchst ihn nicht zu töten, ich weiß, dass du so etwas nicht tust.« Er war über die Berichte in den Akten aus meiner Spezialausbildung informiert, kannte meine Psyche vermutlich besser als ich selbst.

Ich nickte. Harmlos, scheinbar beiläufig, fragte ich, was

mit den anderen sei. Was sollte ich mit Bekari und Julija, Wronskijs Helfern, tun? Dolgich sah mich wissend an und meinte, das dürfe ich selbst entscheiden.

Unser Frühstück dauerte fast zwei Stunden. Dann faltete Dolgich seine handtuchgroße Serviette sorgfältig zusammen, ohne nervösen Blick auf die Uhr, nickte zum Abschied und ging.

Ich wusste, dass er mich engagieren würde. Jederzeit. Und zwar ohne zu fragen, ob es mir recht sei.

Mir war auch klar, dass Dolgich mir keine neuen Informationen gegeben hatte. Ich wusste nichts über Wronskij, seine Operation oder seine Hintermänner. Ich konnte nicht sicher sein, ob das Projekt überhaupt existierte oder ob es nur ein Probeschuss war, um die eigenen Leute zu testen oder die Wachsamkeit der Finnen zu erkunden. Wenn Wronskij tatsächlich einen Anschlag plante, wusste ich nicht, wer sein Auftraggeber war.

Im Hintergrund konnten die jüdischen Geschäftsleute stehen. Möglicherweise war Wronskij ehrlich überzeugt, dass es sich so verhielt. Aber genauso gut konnte es sich bei den wahren Auftraggebern um Ikonen küssende Oligarchen, verwilderte Privatunternehmer aus dem Sicherheitsdienst oder ernste Männer aus dem Schatten der Zwiebeltürme des Kreml handeln. Womöglich gehörte Wronskij zur *Urpo*-Abteilung des FSB, die sich auf organisierte Kriminalität und Terrorismus konzentrierte. Offiziell war diese Abteilung aufgelöst worden, aber in irgendeiner Form arbeitete sie weiter, da war ich mir sicher.

In Russland gab es genug Intriganten, so war es immer schon gewesen. Und niemand hielt es für nötig, mir zu sagen, ob diese spezielle Intrige echt war und wer die Kette von der Rolle gelassen hatte.

Außerdem kam mir Dolgichs als Bitte um Hilfe getarnter Befehl durchaus gelegen. Er war eindeutig, ich brauchte – vielleicht – nichts allzu Kriminelles zu tun, und würde mit halbwegs trockenen Füßen aus der Schlammpfütze herauskommen. Vielleicht.

Ein paar Vielleichts zu viel.

Unten starteten Busse und fuhren qualmend ab. Die freien Flächen zwischen den Hotels wurden renoviert, zwei Pflasterer hockten auf den Knien und klopften die Platten fest. In der Mitte des Pflasters war eine Grasfläche angelegt, die in märchenhaft zartem Grün sprießte. Am Eingang zur Metro entdeckte ich mehrere Milizionäre. Sie hielten Leute an, überprüften bei Menschen, die dem Aussehen nach aus Kaukasien oder Fernost stammten, die Papiere, suchten nach illegal Beschäftigten, die sich ohne Genehmigung in Moskau niedergelassen hatten.

Noch an diesem Abend oder spätestens am nächsten Morgen wollte ich ins Marktviertel gehen. Dort fand sich vielleicht Importware für Alexej oder mich. Kartentaschen sowjetischer Offiziere, alte Gasmasken, Kokarden, Ordenszeichen, Karten aus der Kriegszeit ... für alles gab es Abnehmer, interessierte Sammler.

Und morgen, bevor mein Zug abfuhr, würde ich wie ein Tourist auf den Roten Platz gehen und mich in ein Straßencafé vor dem alten Warenhaus Gum setzen. Ich würde ein Glas unverschämt teuren italienischen Weißweins trinken und mich wundern.

Ich würde daran zurückdenken, wie ich bei der Parade zur Feier der Revolution auf diesem Platz gefroren hatte.

Lenin würde ich allerdings keinen Besuch abstatten.

Ich mochte keine Toten, auch dann nicht, wenn sie einbalsamiert waren.

31

Der Overall des Mannes war aus dunklem, glattem Stoff. Obwohl der Mann sich kaum von dem schwarzen Blechdach des Präsidentenpalastes abhob, tat er sein Bestes, sich gebückt und unauffällig zu bewegen. Er kroch ein Stück vorwärts, hielt an, überprüfte die Durchführungen der Ventilationsröhren, richtete den Strahl seiner Stablampe in alte Schornsteine und betrachtete mit einem Spiegel, der an einem Stock befestigt war, die Unterseite der Regenrinnen.

Zum Abschluss seiner Mission setzte sich der Mann auf die Dachleiter und ließ den Blick von der Esplanade zur Uferstraße und über den Markt wandern. Er winkte zur Hauptgeschäftsstelle des Konzerns Stora Enso hinüber. Auf dem flachen Dach des an einen riesigen Zuckerwürfel erinnernden Gebäudes erhob sich eine ähnliche dunkle Gestalt und winkte zurück.

Der Mann nahm seine Schirmmütze ab, auf der in weißer Schrift POLIZEI stand, und wischte sich den Schweiß vom Haaransatz. »Prävention erledigt. Das Palastdach und das Enso-Haus sind gecheckt. Wir kommen runter«, meldete er per Funk und stieg über die Leiter in den Innenhof des Präsidentenpalastes.

Der Supo-Ermittler Marko Varis und Kriminalhauptmeister Teppo Korhonen standen untätig an der zur Mariankatu gelegenen Seite des Gebäudes, neben der Hauptwache.

»Guck mal, die Gegend scheint bei Hundebesitzern sehr beliebt zu sein«, frotzelte Korhonen, als zwei Polizisten, die er kannte, in Zivilkleidung und mit einem Golden Retriever an der Leine vorbeischlenderten. Korhonen flüsterte Varis gut vernehmlich zu, die Jungs seien wirklich hübsch. Sie würden glatt als schwules Pärchen durchgehen, das seinen Köter mit Wauwau oder Baby anredet.

Varis befahl Korhonen, den Mund nicht so weit aufzureißen. Korhonen nickte wissend, zeigte dann mit dem Finger auf einen Fotografen, bei dem es sich um einen Kollegen von Varis handelte. »Für welche Zeitung mag der wohl arbeiten?«, fragte Korhonen unschuldig.

Der Fotograf richtete seine Kamera auf die von einem Schutzgitter zurückgehaltenen Demonstranten. Die Gruppe war aus Estland angereist, um gegen die Unterdrückung der dortigen russischen Minderheit zu protestieren, und auch aus Russland war eine Busladung nationalistisch gesinnter *Naŝi*-Jugendlicher gekommen. Varis wusste, dass unter den Demonstranten auch Finnlandrussen waren, machte aber keine Anstalten, Korhonen über die Sachlage aufzuklären.

»Warum hängen wir eigentlich hier herum?«, fragte Korhonen gelangweilt.

»Sei still. Er kommt«, zischelte Varis. Der dunkelhaarige Mann, der ihm bei der Besprechung in der Botschaft gegenübergesessen hatte, kam vom Marktplatz her und lächelte strahlend. Allein, stellte Varis fest. Der Mann gab beiden die Hand, wandte sich dann auf Russisch an Korhonen.

»Was sagt er? Woher weiß er, dass du Russisch kannst?«, fragte Varis.

Korhonen brachte ihn mit einer Handbewegung zum Schweigen, hörte zu und nickte zu den Worten des Russen.

Der Mann kam zum Ende, gab den beiden Finnen erneut die Hand und ging.

»Na?«, drängte Varis.

»Was na? Er hat mir eine Adresse in Hakunila genannt. Er sagt, Kärppä und Wronskij und dieser Kraftprotz und die Tussi sind da, alle miteinander.«

»Verdammt! Dann aber los. Die schnappen wir uns.« Vor Aufregung wurde Varis' Stimme heiser. »Meine Fresse, Korhonen, du bist ganz schön leichtgläubig. Hast deinem Viktor glatt abgekauft, dass er in Russland ist.«

»Vielleicht war er ja dort«, sagte Korhonen eher nachdenklich als streithaft.

Varis bestellte bereits einen Wagen, der sie abholen sollte, und organisierte Verstärkung.

»Mach dir nicht in die Hose«, dämpfte Korhonen seinen Eifer.

Leichtgläubig?, überlegte er. Das bist du selbst, mein lieber Varis, du fragst dich überhaupt nicht, warum die Russen uns da hinschicken. Leichtgläubig, ha! Außerdem ist es ganz und gar nicht leicht, gläubig zu sein. Nur Unglaube ist noch schwieriger.

Es waren eine ganze Menge Reihenhäuser, in strenger Formation, als hätte ein Riese Streichholzschachteln auf die Erde gestellt und mit einem Lineal die exakten Abstände bemessen. Das Gelände unter dem Hügel war schattig, eher eine feuchte Senke als ein sanftes Tal. Die Bewohner hoben immer wieder lobend hervor, wie friedlich es in der Siedlung war. Hier versoff keiner die Sozialhilfe, und der Verkehrslärm von der Umgehungsstraße zog hoch über den flachen Häusern seine Bahn.

Die mit Schutzhelmen und kugelsicheren Westen ausgerüsteten Polizisten waren an der Giebelseite des letzten Hauses ausgeschwärmt. Zwei bewachten den Eingang und zwei weitere Zweiertrupps hockten in den Büschen.

Varis und Korhonen warteten hinter der überdachten Parkbucht. Der Leiter des Einsatzkommandos kam zu ihnen. »Sie sitzen auf der Terrasse. Drei Männer und eine Frau«, berichtete er.

»Kärppä, Wronskij und die beiden anderen ...«, krächzte Varis heiser und räusperte sich.

»Bekari Kaladze und Julija Fedorowa. Die Anzahl stimmt«, ergänzte Korhonen.

»Okay, wie gehen wir vor? Normale Festnahme oder Sturmangriff?«, fragte der Einsatzleiter in alltäglichem Ton, ohne Angriffslust.

Korhonen setzte sich in Bewegung, ging auf das Reihenhaus zu.

Varis sprang ihm ein paar Schritte nach. »Verdammt noch mal, geh da nicht hin«, versuchte er den Kripomann zurückzuhalten.

»Ich guck bloß mal nach«, sagte Korhonen, ohne sich umzudrehen, und spazierte gemächlich weiter, als wäre er auf dem Saunapfad. Er blieb stehen und steckte sich übertrieben langsam eine Zigarette an. Aus der Nähe hätte man gesehen, dass seine Hände zitterten. Korhonen machte einige Lungenzüge, ging dann weiter zur Hecke und spähte in den kleinen Garten, der dahinterlag. Varis hatte den Eindruck, dass er etwas sagte. Dann drehte Korhonen sich um und winkte Varis herbei.

»Hüpf mal her, Varis, und guck dir das an. Da tagt ein Kaffeekränzchen«, sagte Korhonen. Als Varis sich näherte, zwängte sich Korhonen durch eine Lücke in der Weißdornhecke.

Der kleine Rasen war akkurat geschnitten, wie mit der Schere. Auf den Holzplatten der Terrasse standen eine Sitzgarnitur aus Plastik in Rattan-Optik, ein hölzerner Gartentisch und ein blauer Sonnenschirm. Der Tisch war mit Kaffeetassen, Butterbroten und Hefeteilchen gedeckt.

Korhonen pfiff ein paar Takte aus einem russischen Volkslied. »Der Club der Weisen«, begann er dann mit der Vorstellung. »Oksana Pelkonen und ihr Mann Esko, das Streifenhemd ist der Autohändler Ruuskanen, und der junge Mann hier ist der jüngste der Vogelsöhne, Matti Kiuru. Alte Bekannte allesamt.«

Varis sah das Grüppchen entgeistert an. Matti Kiuru trommelte mit den Fingern auf den Rand seines leeren Tellers, wie ein Formel-1-Fahrer, der auf das Startsignal wartet, auf sein Lenkrad klopft. Ruuskanen saß auf dem zweiten Stuhl und lächelte sein süßliches Autohändlerlächeln. Auf dem Sofa drückte Oksana Pelkonen die Finger ihres Mannes und bemühte sich, ihre Angst zu verbergen.

»Geh mal ins Haus, Kaisa, und guck nach, ob sich im Schlafzimmer Untermieter aufhalten. Aber die Wandverkleidung brauchst du nicht abzureißen. Kaum anzunehmen, dass Kärppä sich dahinter verkrochen hat«, schnaubte Korhonen. »Scheiße, hab ich nicht gleich gesagt, dass Kärppä als alter Partisan sich durch den Wald absetzt und längst verschwunden ist? Wir haben am falschen Bau gelauert.«

»Komm mir nicht schon wieder mit deiner Bewunderung für diesen Russen. Und wann merkst du Kohlkopf dir endlich, dass ich Marko heiße? Ich verstehe ja Spaß, aber musst du verdammt noch mal vor aller Ohren ...« Varis' Gesicht war zornrot.

Korhonen pfiff erneut, brach aber mitten im Takt ab. Sein Lächeln wirkte beinahe grausam.

»Du hast einen ostbottnischen Humor. Erst sitzt man eine Stunde schweigend da, und dann sagt einer, der Ylä-Filppula ist in den Brunnen gefallen. Wollen wir morgen hin und ihn rausholen, wenn wir mit der Heuernte fertig sind? Und dann lachen alle boshaft. Woher kommst du eigentlich, Varis?«

Varis verzog den Mund. Er gab keine Antwort.

»Offenbar *classified information*. Lass mich raten. Aus Helsinki?«, hakte Korhonen nach.

»Aus Espoo.«

»Nicht zu fassen! Ein gebürtiger Espooer«, sagte Korhonen staunend, als habe er einen seltenen behaarten Wurm entdeckt.

Matti Kiuru zeigte auf.

»Ich wollte gerade zur Kaserne, mein Urlaub ist zu Ende«, erklärte er. »Kann ich gehen? Tante Oksana muss morgen auch früh aufstehen. Da darf es sowieso nicht zu spät werden. Ruuskanen setzt mich in Santahamina ab und bringt meinen Audi dann zur Inspektion in seine Werkstatt.«

Korhonen lachte schallend.

»Hast du das Gedicht im Integrationskurs für Rückwanderer gelernt? Tante Oksana und Onkel Ruuskanen, über eure Familienforschung lachen ja die Hühner! Eine innige Teestunde in Hakunila. Wo habt ihr denn den Samowar gelassen?«

»Korhonen!«, brüllte Varis und stürmte durch die Weißdornhecke. Man hörte, wie er den Polizisten zurief, der Einsatz sei beendet.

Zwei kleine Jungen erschienen hinter der Hecke wie Trollzwillinge.

»Voll cool. Warum haben die Gewehre? Sind das da Verbrecher? Warum verhaftet ihr die nicht? Warum hat der eine dich angebrüllt?«, fragte der kleinere Junge mit heiserer Stimme, ohne eine Antwort abzuwarten. Er stopfte sich Bonbons aus einer Plastiktüte in den Mund, eins nach dem anderen, als füttere er eine gierige Maschine.

»Die Onkels haben nur ein bisschen geplaudert«, sagte Korhonen. »Verzieht euch, ihr Prachtknaben. Hier gibt's nichts mehr zu sehen.«

»Scheiße, der Typ ist total daneben«, sagte der Heisere zu seinem Freund, der ein wenig älter wirkte und ein Skateboard trug.

»Komm, Eetu, gehen wir«, meinte der Ältere.

»Ein löblicher Vorschlag. Und es würde auch nichts schaden, wenn ihr nicht ganz so unflätig reden würdet«, tadelte Korhonen und unterdrückte ein Lächeln.

Die Jungen schlurften langsam auf den Hügel zu, wo graue Hochhäuser aufragten.

»Lass dir die Mähne wachsen und geh zum Hippie-Pipi-Festival«, rief der Kleinere zum Abschied.

»Ja, verpiss dich. Das kannst du besser, als uns zu verkackeiern!«, stimmte der Skateboardträger zu.

Korhonen sah den Jungen fast bewundernd nach und wandte sich dann an das Trüppchen auf der Terrasse.

»Mal ganz unter uns: Wo ist Kärppä? Und die Russentroika? Oder die Abchasen, Grusier oder was auch immer«, fragte er harmlos, als wolle er sich nur ein bisschen Milch ausborgen.

Ruuskanen sprach als Erster. »Du weißt ja, Korhonen, dass ich ein ganz normaler, ehrlicher Geschäftsmann bin«, erklärte er und stützte die Hände auf die Knie. »Man hat mich gekidnappt und zu wer weiß was gezwungen ...«

Matti Kiurus giftiger Blick brachte den Autohändler zum Schweigen.

»Ist noch was? Wir fahren jetzt los. Und die Gastgeber wollen schlafen gehen«, sagte Matti.

Korhonen schüttelte den Kopf, wünschte eine gute Nacht und ging zum Parkplatz vor dem oberen Reihenhaus. Er trällerte den Saarenmaa-Walzer.

»*Doch wo steht mein Auto, auf welchem der Höfe ...*«, sang er mit Georg-Ots-Stimme.

32

Ich saß auf dem Bretterzaun hinter dem Hügel in Hakunila, im Start- und Zielbereich der Loipen des Sportparks. Das Gelände war mir bekannt, ich war schon zum Skilaufen hier gewesen. Allerdings hatte ich in den letzten, extrem schneearmen Wintern von der einzigen Loipe, die man mit künstlichem Schnee gerettet hatte, genug bekommen und es vorgezogen, auf den längeren Strecken zu joggen. Die Steigungen waren hier natürlicher als auf den Laufpfaden in Helsinki.

Das Gras im Skistadion wuchs in Büscheln wie auf einer Naturwiese. An die winterlichen Wettkämpfe erinnerten nur die verblichene Skiwachsreklame an der Sprecherkabine und das abgebrochene Blatt eines Eishockeyschlägers. Jetzt war auf dem sandigen Spielfeld, das im Winter zur Eisbahn wurde, gerade ein lärmendes Fußballspiel der untersten Liga zu Ende gegangen, und die Tore zum Leichtathletikbereich wurden mit Ketten verschlossen.

Ich sah auf die Uhr. Bald mussten sie kommen.

Langsam und sorgfältig musterte ich die Umgebung. Der Sportpark versank in abendlicher Ruhe. Weiter weg, auf der Weide des Reitstalls, entdeckte ich zwei Pferde, und von den Skaterampen hinter dem Bach, der die offene Fläche durchschnitt, hallten hohle Rollgeräusche herüber.

Ich spähte über das jeweilige Objekt hinweg und an ihm vorbei, versuchte, den empfindlichen Zellen der Augen die

Chance zu geben, eine unerwartete Bewegung einzufangen. Das winzige Schwanken eines Menschen, der die Position wechselt. Den Rauchkringel von jemandem, der in seinem Versteck pafft. Das überraschende Auffliegen von Vögeln aus einem Gebüsch.

Nichts. Auch keine Männergruppen, die in aller Öffentlichkeit und ohne Eile ihre Dehnübungen machten. Der Parkplatz hatte sich geleert, und kein Hubschrauber knatterte über dem Gelände.

Die drei erreichten den Pfad, der an dem birkenbewachsenen Abhang entlangführte, ein wenig weiter südlich als geplant. Zuerst gingen sie im Gänsemarsch, aber auf der freien Fläche fanden sie nebeneinander Platz.

Wir hatten in Oksanas und Eskos Kleiderschränken nach passender Sportkleidung gesucht, damit Wronskij nicht im Anzug und Julija in Rock und Pumps ihre Kondition trainieren mussten. Bekaris Jeans und Anorak taugten für einen Abendspaziergang im Wald. Julija hatte im Spiegel überprüft, ob der Windanzug gut saß und die Joggingschuhe farblich passten, hatte dann schweigend zugehört, als ich sie anfuhr, für das Freiluftpublikum in Hakunila sei ihr Outfit gut genug.

Wronskij ging in der Mitte, mit wuseligen, kurzen Schritten. Bekari musste immer wieder innehalten und langsamer gehen, damit die beiden anderen nachkamen. Und Julija schritt an der anderen Seite dahin, den Kopf ein wenig gesenkt, als überprüfe sie den Boden vor sich. Ich hatte sie noch nie aus so großer Entfernung betrachtet, die Brust wurde mir eng, als ich dachte, sie ist auch von Weitem schön.

Sie war schön, präzisierte ich, um mich zur Konzentration zu zwingen. Ich musste handlungsfähig bleiben, Gefahren erkennen und richtig reagieren.

Ich sprang vom Zaun. Wronskij reichte mir das Navigationsgerät, bedankte sich nicht für die Leihgabe.

Ich hatte ihnen die Strecke auf der Karte im Telefonbuch gezeigt und im Garten hinter Oksanas und Eskos Haus auf die Stelle gedeutet, wo sie anfing. »Von da über den Weg an den Schrebergärten vorbei, dann den Hügel hinauf in den Wald und zum Joggingpfad, ihr schlagt einen großen Bogen und kommt schließlich hinter dem Reitstall auf den Pfad zurück. Die Pferde erkennt ihr schon am Geruch«, hatte ich erklärt.

»Ich bin nicht zum ersten Mal im Gelände unterwegs«, hatte Wronskij bemerkt, dann aber doch das Navigationsgerät angenommen, das ich ihm aufgedrängt hatte, als Ersatz für Kompass und Landkarte.

Wir gingen zu meinem Wagen. Ich hätte Konversation treiben können, mich erkundigen, ob die drei im Wald verdächtige Gestalten gesehen hatten und ob Matti und Ruuskanen wie vereinbart zum Kaffee gekommen waren. Doch ich blieb stumm.

Wir setzten uns in den Citroën. Ich drehte den Schlüssel um, das Vorglühsignal erlosch, und ich startete. Der Startmotor rotierte energisch, aber ansonsten tat sich nichts. Ich schaltete den Strom aus und wieder ein. Auf dem Armaturenbrett erschienen schreiend rote Alarmzeichen und Anweisungen. Ich verstand sie nicht und verfluchte in Gedanken die französischen Ingenieure und meine rudimentären Englischkenntnisse.

»Was ist los?«, fragte Wronskij erschrocken.

Ich stieg aus, verriegelte mit der Fernbedienung die Türen und öffnete sie nach einer Weile wieder.

»Computertricks«, sagte ich und machte einen neuen Versuch. Ein paar Sekunden Vorglühen, dann starten. Der Motor begann gleichmäßig zu tuckern.

Wronskij atmete erleichtert auf. Im Rückspiegel sah ich, dass Bekari ausdruckslos nach draußen starrte. Julijas dunkle Augen streiften mich, doch dann senkte sie den Kopf, sodass ich sie nicht mehr sehen konnte.

»Auf geht's«, sagte ich unnötigerweise.

Im Radio verlas ein Mann mit tiefer Stimme eine Nachricht über die Ankunft von Präsident Medwedjew.

»Soll ich Tee kochen?«, erkundigte sich Jelena Kolomainen, die Nachtschwester im Pflegeheim Abendstern, als frage sie einen sterbenden Patienten nach seinem letzten Wunsch. Sie war eine Kinderärztin aus Petrozawodsk, die Oksana an Marja vermittelt hatte. Nun pflegte Jelena alte Leute, nahm aber nebenbei Sprachunterricht und besuchte die Ergänzungskurse der medizinischen Fakultät, um auch in Finnland als Ärztin zugelassen zu werden.

Ich lehnte das Angebot dankend ab und sagte, wir wollten nur ein paar Stunden schlafen und dann weiterfahren. Vielleicht würden wir am Morgen in der Personalküche eine Tasse Tee trinken und ein Butterbrot essen.

»Weck uns rechtzeitig«, bat ich und fügte hinzu, schlafende Gäste im Aufenthalts- und Speisezimmer des Pflegeheims könnten die Bewohner und das Tagespersonal stören.

Jelena lachte so herzhaft, dass ihr goldener Backenzahn aufblitzte. Die alten Leute würden sich über Besucher freuen, und einige von ihnen würden mittags schon nicht mehr wissen, dass am Morgen Fremde im Haus gewesen waren, beruhigte sie mich. Und Oksana habe die Pflegerinnen vorgewarnt, alles zuverlässige Leute. Unsrige, betonte Jelena. Ich vergaß nicht, mich höflich zu erkundigen, ob sie Neuigkeiten von ihren Verwandten in Petrozawodsk hatte und wie es ihrer Mutter Nasti ging.

Wronskij legte sich aufs Sofa und schien gleich einzuschlafen. Julija und Bekari wechselten leise einige Worte, Julija fauchte etwas, und Bekari antwortete mit tiefer, strenger Stimme. Dann legte er sich dicht an der Wand auf den Fußboden und begann tief und gleichmäßig zu atmen. Ich dachte an meinen Vater. Ich nehme mein Ohr als Kissen und den Gürtel als Decke, hatte er gesagt, wenn er zu Hause auf der Holzbank ein Nickerchen gemacht hatte.

Julija wickelte sich auf dem zweiten Sofa in eine Decke. Ich stellte mir vor, wie sie eingerollt unter der Decke lag, niedlich wie ein Katzenjunges, und wieder drückte es mir das Herz zusammen.

Ich legte mir zwei Kissen ins Kreuz und beschloss, mich ein paar Stunden auszuruhen.

Im Moment konnte ich nichts tun. Unruhe und Nervosität, Grübeleien über die Zukunft halfen nichts.

Zudem wollte ich am nächsten Tag schlagkräftig sein, hellwach.

Und dafür genügte auch ein kurzer Tiefschlaf.

Oder ununterbrochenes Wachen. Das schärfte die Sinne, wusste ich dank meiner Ausbildung und aus Erfahrung.

Jedenfalls werde ich morgen in Bestform sein, beschloss ich. Es ging nicht anders.

Im Lauf der Nacht verwirrten sich meine Gedanken. Ich glitt in gnädige Unwissenheit, schrak inmitten des sanften Falls auf und rutschte dann weiter in den surrenden, leeren Schlaf.

»Was zum Teufel soll das?«, wetterte Marja.

Sie lehnte sich an die Spüle in der Personalküche, legte den Kopf schräg und versuchte, spöttisch und übertrieben verwundert auszusehen.

»Ich bin ja allerhand von dir gewöhnt, aber das geht zu weit. Du missbrauchst mein Pflegeheim als Absteige für eine Horde von irgendwelchen ... irgendwelchen ... seltsamen Typen!«

Wronskij hobelte sich eine Scheibe ab und beobachtete dabei verstohlen Marjas Getue. Bekari aß in aller Ruhe das zweite Brötchen, und Julija knabberte an einem winzigen Stück Brot, sah verwundert und schläfrig schön aus.

»Wir verschwinden gleich. Mach nicht so einen Aufstand«, sagte ich kühl.

»Ach nee, soll ich etwa vor Freude aus dem Häuschen sein? Wie fein, dass du Besucher mitbringst! Was macht es schon, dass wir frühen Morgen haben und das hier ein Pflegeheim ist und Pflegeheime kontrolliert werden und sich an die Vorschriften halten müssen. Scheiße, Viktor, du bist ein hoffnungsloser Fall«, ereiferte sich Marja.

Ich goss mir aus der Thermoskanne Kaffee nach und bot auch den anderen davon an. Oksana, die mit Marja gekommen war, hielt mir ihren Becher hin.

»Oksana Pelkonen!« Bei Marja fiel der Groschen. »Steckst du etwa auch mit drin? Aber natürlich!«

Oksana versuchte, unwissend und überrascht dreinzublicken, wirkte dadurch aber erst recht schuldbewusst.

»Viktor hat um Hilfe gebeten. Natürlich helfe ich, ich helfe. Frau Marja hat davon keinen Schaden. Immer repariert Viktor, transportiert, holt Waren. Was macht schon aus, ein paar alte Brotchen und ein bisschen Tee. Kein schmutziges Laken, nichts extra«, spielte Oksana die Sache herunter. »Ich höre mir das Gebrüllen nicht mehr an. Viktor stellt mich wieder ein. Ist der Weg auch kurzer. Zweimal die Woche hier nach Espoo, ans Ende vom Arsch. Oder wie heißt das? Wo die Welt dem Fuchs Gute Nacht sagt?«

»Am Ende der Welt oder am Arsch der Welt, beides geht«, warf ich ein. Marja sah mich an wie einen Vater, der zu spät zur Geburtstagsfeier seines Kindes erscheint.

»Egal ob Ende oder Arsch. Zwei Büsse, Zug, Zeit vergeht und ich kann nicht lesen oder stricken, immer sitzt daneben wer, der stinkt. Oder ich muss betteln, nimm mich im Auto mit, Frau Marja.« Nun ging Oksana von der Verteidigung zum Angriff über.

»Ich biete dir doch jedes Mal an, mitzufahren, und freue mich über deine Gesellschaft«, lenkte Marja ein. Sie merkte, dass Oksana weit über die Frontlinie vorgeprescht war. »Ich entlasse dich doch nicht. Aber du hast falsch gehandelt.«

»Herrin ist Herrin und Arbeiterin ist Arbeiterin. Aber ich habe auch mein Recht. Wenn ich wegwill, ich gehe weg.« Oksana hielt an ihrem gekränkten Stolz fest.

Ich stand auf.

»Lasst die Arbeitsmarktverhandlungen ruhen. Niemand kündigt oder wechselt den Arbeitsplatz. Marja, kommst du mal raus, ich muss mit dir reden.«

Es nieselte. Ich wartete unter dem Schutzdach vor der Tür. Marja kam bald nach, zog die Strickjacke enger um sich.

»Ich leihe mir deinen Golf. Der Citroën steht da vorn, ungefähr zweihundert Meter weiter. Hier ist der Schlüssel. Ich bringe deinen Wagen zurück, so schnell es geht«, erklärte ich.

»Der Citroën ist so schwer zu fahren. Zu groß«, wandte Marja ein.

»Der passt schon auf die Straße. Hör zu, ich mach das nicht aus Jux und Dollerei. Ich tue es nicht mal meinetwegen.«

Marja sah mich ernst an und spöttelte nicht.

»Wohin fährst du? Was ist eigentlich los?«

»Ich bringe die Leute in Sicherheit. Irgendwann erkläre ich dir alles, Ehrenwort.«

Marja forderte keine nähere Erklärung und fragte auch nicht, vor wem ich die drei schützte. Es wäre mir schwergefallen, diese Frage zu beantworten.

»Du erzählst nicht viel«, sagte Marja.

»Na, du doch genauso wenig. Du hast doch auch allerhand am Laufen.«

»Am Laufen? Was denn?«

»Mit diesem Ari. Zum Beispiel.«

Ich wusste, dass ich besser gesagt hätte, reden wir später darüber. Ich hätte mich darauf konzentrieren müssen, Wronskij in Sicherheit zu bringen, hätte meine ganze Energie und Aufmerksamkeit auf diese Aufgabe richten müssen.

So hatte man es mir beigebracht, aber ich schaffte es nicht. Und jetzt war die Katze aus dem Sack.

Marja holte eine Schachtel aus der Tasche ihrer Strickjacke und zündete sich eine Zigarette an. Mit einem Feuerzeug, registrierte ich.

»Du hast angefangen zu rauchen.«

»Ja. Das ist sicher meine größte Sünde«, schnaubte Marja.

»Nach größeren wage ich nicht zu fragen.«

Der Rauch versank in der feuchten Luft. Der Regen war tropfenlos dünn, zugleich aber dicht, als fiele Nebel vom Himmel.

»Wir haben nichts getan«, sagte Marja leise.

Noch nicht, hätte ich beinahe hinzugefügt, doch ich schwieg.

»Ich weiß nicht, was passiert, wenn es so weitergeht«, fuhr sie sachlich fort.

Sie schluchzte nicht, bebte nicht, aber sie weinte. Das war nicht ihre Art. Ganz und gar nicht.

»Weil du dir gar nichts aus mir machst«, sagte Marja, immer noch mit fester Stimme, doch sie musste sich die Nase putzen.

»Scheißdreck, ich hab dich doch lieb.«

Ich nahm Marja die Zigarette aus der Hand, warf sie unter die tropfende Dachrinne und versprach, sie gleich aufzuheben und ordnungsgemäß in den Mülleimer zu werfen. Dann umarmte ich Marja, fest und lange, küsste sie auf die Stirn und die nassen Wangen, sagte, du schmeckst nach Marlboro, küsste sie aber auch auf den Mund.

»Ich muss gehen«, sagte ich schließlich.

Marja nickte, trötete noch einmal ins Taschentuch.

»Wer ist die Frau?«, fragte sie.

Ich wartete eine Weile, als müsste ich überlegen, wen sie meinte.

»Ach, Julija. Die Assistentin von Wronskij.«

Und die Geliebte des anderen Mannes, Bekaris, hätte ich hinzufügen und Marja damit von dem aufkeimenden Misstrauen befreien können. Aber ich brachte die Worte nicht über die Lippen.

Marja sah mich an. Ich war sicher, dass sie wusste oder ahnte, was in meinem Kopf vor sich ging, dass sie es an meiner zu unschuldigen Stimme hörte, irgendeinen Geruch aufgeschnappt hatte oder eine winzige Bewegung meiner Finger zu der Anderen hin, einen Blick, der eine Hundertstelsekunde zu lange verweilte und von dem ich hoffte, dass ihn niemand bemerkte.

Ich küsste Marja noch einmal auf die Stirn und ging.

33

Ich fuhr einen Bogen über die Umgehungsstraße. Auf dem letzten Teil der Strecke hielt ich einige Minuten vor dem Baugroßmarkt in Suutarila, doch alle, die uns folgten, entpuppten sich als normale Mörtelkäufer. Ich fuhr kreuz und quer durch das Industriegebiet, und auf der letzten Straße ließ ich den Wagen an meiner Straße vorbeirollen und vergewisserte mich, dass in der Umgebung keine Aufpasser zu sehen waren. Am Tor der Farbfabrik wendete ich, befahl meinen Passagieren, sich zu ducken, und fuhr ruhig und langsam auf mein eigenes Grundstück.

Vor dem großen Tor zur Werkstatt hielt ich an und stieg aus, las ein wenig Abfall von der Erde auf und warf ihn in den Ascheneimer, tat, als überprüfte ich die Befestigung der Dachrinne und drückte erst dann auf den Knopf, der den Hebemechanismus des Tors in Bewegung setzte. Ich lenkte den Golf hinein.

In der Werkstatt arbeiteten nur zwei Männer. Sie sägten am anderen Ende der Halle Bretter, aus denen sie anschließend Gartenhäuschen bauen würden. Der Absatz war nicht überwältigend, aber ich wollte die beiden nicht entlassen, noch nicht. Ich winkte ihnen zu, befahl Wronskij und Bekari, zu warten, und führte Julija die Treppe hinauf ins Büro.

»Ich bin eine Weile weg. Ich lasse Wronskij in der Halle, Bekari kommt mit mir«, sagte ich.

Julija zuckte zusammen und sah mich furchtsam an.

»Mach dir keine Sorgen«, beruhigte ich sie. »Ich brauche nur ein bisschen Hilfe. Bekari kommt zurück, und dann helfe ich euch, das Land zu verlassen.«

Ich legte eine Hand auf Julijas Schulter, drückte sie, als wollte ich eine schmerzende Stelle massieren. Ich schwieg, dabei hätte ich am liebsten gerufen: »Weib, du bist verrückt. Was siehst du bloß in diesem tumben Analphabeten? Du bringst dich nur in Schwierigkeiten, schadest dir selbst.«

»Entschuldigung, Viktor. Ich bin verrückt. Ich kann nicht anders«, antwortete Julija auf meine unausgesprochene Frage.

»Aha.«

Ich ließ ihre Schulter los und ging. Die Bürotür schloss ich hinter mir ab, in einer Aufwallung von Misstrauen, das mich im nächsten Moment an meinen Computer denken ließ. Ich hatte keinen Klebezettel mit den Passwörtern am Bildschirm befestigt, aber Julija war möglicherweise fähig, sie zu umgehen. Doch ich sagte mir, dass sich auf meinem Rechner keine Staatsgeheimnisse befanden, und ging hinunter in die Halle.

Wronskij hatte die Hände auf den Rücken gelegt und marschierte auf und ab. Bekari saß auf dem Vordersitz des Wagens, die Beine hatte er nach draußen gestreckt.

Ich nahm mein Schlüsselbund aus der Tasche und öffnete das Vorhängeschloss an dem Container, der an der Rückwand der Halle stand. Dann zog ich die Luke auf und erklärte Wronskij, er dürfe eine Weile in diesem Zimmer hausen. Ich holte eine große Handlampe vom Werkzeugtisch und vergewisserte mich, dass sie funktionierte. Im Abfallkorb fand ich eine relativ saubere Limonadenflasche, schnüffelte daran und sagte, jedenfalls habe niemand hineingepinkelt. Ich spülte die Flasche unter dem Wasserhahn aus und füllte sie mit Wasser.

»Rein mit dir«, befahl ich Wronskij. »Da drin kannst du es aushalten, während Bekari und ich etwas erledigen. Hier hast du Wasser und eine Lampe, aber sei sparsam mit der Batterie.«

Wronskij kletterte widerstrebend in den Container, murmelte, enge Räume und Dunkelheit möge er überhaupt nicht. Ich schlug die Luke zu und schloss ab.

»Desensibilisierungstherapie«, sagte ich und ging zu meinem Wagen.

Ich öffnete die Tür zu meinem Haus.

»Du kennst dich ja aus, warst schon mal hier.«

Bekari machte sich nicht die Mühe, zu antworten. Ich wusste, dass er verstand, was ich sagte, obwohl er nicht gut Russisch konnte und es ungern sprach. Wahrscheinlich war er auch auf Georgisch nicht besonders redegewandt. Aber irgendwie hatte er Julija ... Ich unterbrach den Gedanken gewaltsam.

Das Haus war leer. Ich bedeutete Bekari, mir ins Kinderzimmer zu folgen. Dort drehte ich den Knauf auf dem Fuß von Annas Prinzessinnenbett ab und schickte Bekari ans andere Ende. Gemeinsam drehten wir das Bett um.

Die Metallröhren polterten auf den Fußboden, rollten in alle Richtungen davon wie die Kugeln in irgendeinem Spiel.

Wir stellten das Bett wieder auf die Beine. Ich suchte die Röhren, zählte zwei drei vier nach, ob ich auch wirklich alle hatte. Dann steckte ich drei der Röhren in die Tasche und drehte die vierte in der Hand.

»Vielleicht solltest du eine davon essen? Wenn du kräftig schluckst, landet sie im Magen. Und vielleicht kommt sie auch wieder raus«, sagte ich zu Bekari. Ich versuchte, auf seinem Gesicht Anzeichen von Furcht zu entdecken. Seine

Augen flackerten kurz, doch seine Miene blieb so gelangweilt wie zuvor.

Beinahe wünschte ich mir, dass Bekari mich beschimpft oder versucht hätte, mich zu schlagen. Dass er mich proviziert und mir Gelegenheit gegeben hätte, meine Wut an ihm auszulassen, meine neidische Eifersucht.

Aber das würde ja auch nichts ändern. Und im schlimmsten Fall würde Bekari mich besiegen.

Also steckte ich auch die vierte Röhre in die Tasche. Die Dinger waren schwer.

Ich gab Befehl zum Aufbruch.

Vor dem Haus kam uns Erkki entgegen. Die Träger seines Rucksacks waren ihm von den schmalen Schultern auf die Oberarme gerutscht. Unsere Haushaltshilfe Nina, eine Verwandte von Oksana Pelkonen, schob Anna in der Sportkarre hinter ihm her. Anna jubelte, als sie mich sah, ließ sich von Nina aus dem Wagen heben, kam hüpfend und stapsend zu mir und warf sich an mein Bein.

Ich hob sie hoch, und wir rieben die Nasenspitzen aneinander. Kichernd verneinte sie meine Frage, ob es schon Zeit für den Mittagsschlaf sei. Ich zählte singend auf, zuerst das Gesicht waschen, dann spielen, bald gibt's Essen und dann wird tuut-tuut geschlafen. Das Lied von der kleinen Lokomotive sang ich täglich, verdrehte jedes Mal die Worte, und Anna legte mir die Hand auf den Mund und kreischte: »Falsch, falsch.« Schließlich legte ich den Mund auf ihren Bauch und pustete wie in eine Trompete. Die Haut und die Wärme und der Kleinmädchengeruch waren durch das Hemd hindurch zu spüren. Ich setzte Anna ab, und Nina brachte sie ins Haus.

Erkki war an der Vortreppe stehen geblieben.

»Gehst du jetzt erst zur Schule?«

»Ja. Fängt heute erst um elf an. Wir waren einkaufen. Ich dachte eigentlich, ich bleibe dann gleich in der Schule, aber es war noch zu früh. Noch keiner von meinen Freunden auf dem Hof«, erklärte Erkki.

»Es gibt also keine größeren Probleme?«

»Nein.« Es klang echt.

»Nur so generell blöd? Und zu viele Hausaufgaben?«

»Nein. Und das Essen ist ganz okay, und in letzter Zeit hat mich keiner gemobbt und der Computer funktioniert und ich hab auch Geld, falls Mutter mir erlaubt, zum Kiosk zu gehen«, nahm Erkki meine Fragen vorweg und grinste.

»Alles klar. Hast du heute Training?«

»Nee, aber ein Spiel.«

»Dann schießt du mindestens drei Tore.«

»Der Trainer stellt mich als Verteidiger auf.«

Ich hielt die Litanei zurück, die sich wie von selbst abspulen wollte: Man müsse auf den Trainer hören und ihn respektieren und in der Position spielen, die einem zugewiesen wird.

»Serjoscha«, sagte ich liebevoll. Bei dem russischen Namen horchte Bekari auf, und ich wechselte rasch zum Finnischen über. »Dann kämpfst du dich nach vorn und schießt zwei.«

»Ja. Aber wer ist der Mann da?«, fragte Erkki.

»Ein Geschäftspartner. Oder Kunde. Na, irgendein Mann eben.«

»Aha.«

Erkki trat gegen ein Grasbüschel. Ich wollte es ihm schon verbieten, schwieg aber und wartete.

»Mutter bringt mich sicher zum Spiel. Sie hat gesagt, sie kommt zugucken, wenn sie es schafft«, sagte Erkki.

Ich hörte den versteckten Vorwurf heraus.

»Ich bin jetzt ein paar Tage beschäftigt. Aber dann komme

ich auch zu deinen Spielen. Und zum Training. Als Hilfstrainer. Dann sage ich zu eurem Coach, jetzt trainieren wir mal das Physische, Kraft und Schnelligkeit. Und kommen Sie mir nicht damit, die Jungs wären zu klein«, sagte ich. Ich fand einen Vorwand, auch Erkki ein paar Mal mit durchgestreckten Armen hochzustemmen, ihn scheinbar fallen zu lassen und beim Auffangen an mich zu drücken.

Erkki kämpfte sich frei, sagte lachend, er müsse jetzt los.

Erst im Auto fiel mir auf, dass er Marja Mutter genannt hatte, zweimal.

Ich fuhr den Golf wieder tief in die Halle hinein. An der Tür standen zwei Reisetaschen, die der Autohändler Ruuskanen gebracht hatte. Als ich die eine öffnete, sah ich Frauenkleidung und einen Schminkbeutel. Ich dachte an Julija im spitzenbesetzten Slip. Abrupt schloss ich die Tasche und befahl Bekari, zu warten.

Julija saß in meinem Büro auf dem Sofa, die Beine züchtig geschlossen und schräg gestellt.

»Hier sind deine Sachen. Du hast fünf Minuten Zeit, dir was Ordentliches anzuziehen, das Gesicht zu bemalen und runterzukommen. Dann geht ihr. Du und Bekari«, präzisierte ich.

Ich lief die Treppe wieder hinunter. An der Wand hing eine Lochplatte mit Werkzeug und leeren Haken. Von einem der Haken schnappte ich mir einen Autoschlüssel. Als Schlüsselanhänger diente ein gut zehn Zentimeter langes Stück Sperrholz mit der Aufschrift Hiace.

Der alte Toyota-Kleintransporter stand hinter der Halle. Er hockte auf seinen schlappen Reifen, als würde er gleich im Asphalt versinken. Ich musste den Dieselmotor lange vorglühen lassen, doch dann sprang er brav an. Anfangs produzierte er blauschwarze, dicke Abgaswolken, aber nach einer Weile erholte er sich und lief sauberer.

Ich legte den Gang ein. Die Kupplung ruckelte und das Lenkrad war schief, die Streben zeigten auf halb zwei, wenn der Wagen geradeaus fuhr. Ich lenkte auch den Kleintransporter in die Halle, zog die Seitentür auf und befahl Bekari, mir beim Ausräumen zu helfen. Im Laderaum lagen Überreste von irgendeinem Renovierungsauftrag. Wir holten fast leere Mörtelsäcke heraus, zwei angebrochene Packungen Kacheln, fast ausgemistetes Werkzeug, Handschuhe, denen das Gegenstück fehlte, und eine funkelnagelneue Schaufel.

Ich sagte zu Bekari, jetzt sei der Wagen sauber genug. Wieder spielte ich mit einer der Röhren herum und überlegte laut, ob ich sie vielleicht in den Benzintank werfen solle. Bekari kaute auf den Lippen, sah aber immer noch gelangweilt aus.

Julija kam. Sie hatte Oksanas Sportanzug gegen einen dunklen Hosenanzug getauscht und es geschafft, mit wenig Aufwand gepflegt zu wirken.

»Hier ist ein Auto für die Herrschaften. Es hält bis zum Hafen durch und auch noch eine kleine Strecke auf der anderen Seite, in Tallinn. Ihr braucht es nicht zurückzugeben. Und hier habt ihr fünfhundert Euro.« Ich wandte mich an beide, gab das Geld aber Julija.

»Ihr fahrt direkt zum Anleger von Tallink. Da fahren alle naselang Schiffe ab. Ihr müsstet ohne Probleme nach Estland kommen. Sie suchen Wronskij, nicht euch.«

Julija machte eine Bewegung, als wolle sie auf mich zugehen. Ich wandte mich ab und suchte in den Sachen, die wir ausgeräumt hatten, nach Brauchbarem, prüfte das Blatt einer Eisensäge und klopfte Mörtelreste aus einem Eimer. Die Türen des alten Toyota schlugen zu, der Motor sprang an und der Wagen fuhr rückwärts aus der Halle, hinterließ wieder ein bläuliches Wölkchen.

Ich ging nicht ans Tor, um ihm nachzublicken. Ich wollte weder Julijas Winken sehen noch Bekaris Arm auf ihrer Schulter.

Mit einem einzigen Anruf hätte ich dafür sorgen können, dass sie in Estland gefasst wurden und Schwierigkeiten bekamen. Gegebenenfalls nur Bekari.

Doch ich ließ sie gehen. Großartig fühlte ich mich dennoch nicht.

Ich klopfte an den Stahlcontainer.

»Ja?«, wagte Wronskij nach einer Weile zu fragen.

»Ich bin's. Bekari und Julija sind weg. Ich besorge dir jetzt Papiere und Geld. Du wartest hier, ohne Mucks. Wenn du irgendwas hörst, keine Angst, das sind bloß Ratten«, foppte ich.

Im Container war es eine Weile still.

»Besorg mir auch eine Waffe«, bat Wronskij dann.

»Wird gemacht«, versprach ich.

34

Eines Tages werden die Spuren auf dem Fußboden jemandem auffallen, dachte ich besorgt, als ich den Aktenschrank im Büro in Hakaniemi wieder von der Wand rückte. Ich sollte meine Papiere anderswo verstecken. Ich riss den an der Rückseite angeklebten Umschlag ab, öffnete ihn und wählte einen auf den Namen Vadim Baikow ausgestellten russischen Pass. Mir blieb keine Zeit, in Atelierarbeit einen eigenen Ausweis für Wronskij anfertigen zu lassen. Baikows Alter kam hin, und das Foto war so verblichen, dass Wronskij mit diesem Pass ins Flugzeug kommen würde, jedenfalls wenn er eine Brille aufsetzte. Und danach war er auf sich selbst gestellt oder würde von anderen Hilfe bekommen.

Ich schaltete den Computer ein. Der Virenschutz klapperte langsam die Dateien ab und ließ Körnchen durch eine Sanduhr rinnen. Ich sah auf die Uhr. Erst halb eins. Also hatte ich keine Eile. Ich wollte Wronskijs und meinen Abflug in die Stoßzeit der Geschäftsreisenden legen, auf den frühen Abend.

Korhonen hatte mir eine Mail geschickt, unter seiner privaten Adresse. Er teilte mir mit, er sei sehr, sehr besorgt, und zwar nicht nur um mich. Es bestehe die Gefahr, dass auch er selbst sich den Arsch verbrenne. Die Supo lasse ihn bereits über den Saunaofen hängen, sodass ihm der zischende Dampf zwischen die Pobacken fahre. Normalerweise hätte ich über Korhonens Metaphern gegrinst und in meiner Antwort angedeutet, sie zeugten von latenten homosexuellen Neigungen oder davon, dass seine Entwicklung in der Analphase stehen geblieben sei. Doch ich wusste, dass er es diesmal ernst meinte und Angst hatte.

Die Sache wird erledigt, antwortete ich und wusste, dass der Trost anorektisch war.

Im Internet kaufte ich ein Ticket nach Stockholm, Abflug 18.10 Uhr. Wenn die Buchungen kontrolliert wurden, würde man mir schnell auf die Spur kommen. Aber mich durfte man finden, das spielte keine Rolle.

22 Minuten später war ich wieder in der Halle. Korhonen saß auf der Werkbank und säuberte sich mit einem Messer die Nägel. Dann wollte er es an die Wand werfen, sodass es mit der Spitze stecken blieb, aber es traf mit dem Griff voran auf und fiel polternd zu Boden.

»Musst du alles kaputt machen? Das gibt hässliche Spuren auf der Platte«, motzte ich, hob dann aber das Messer auf und zeigte Korhonen, wie es ging. »Man muss den Arm gerade nach unten halten«, dozierte ich. »Den Griff zwischen den Fingern und die Klinge am Handgelenk entlang nach oben. Ein gleichmäßiger Schwung von unten herauf, bis der Arm gerade ausgestreckt ist, das Messer dreht sich im Flug und landet mit der Klinge voran im Ziel.«

»Weiß ich doch. Bei der Armee haben wir andauernd Messer in die Bäume geworfen«, beteuerte Korhonen, unternahm noch ein halbes Dutzend Versuche und schaffte es endlich. Er drehte sich um und sah mich forschend an.

»Ich bin mal kurz vorbeigekommen, für den Fall, dass sich die Spione blicken lassen.«

»Ich sehe keine«, antwortete ich.

Korhonen nahm eine kleine Zimmermannsaxt vom Tisch und tat, als wolle er nun damit werfen. Ich seufzte und schüttelte den Kopf. Daraufhin begnügte Korhonen sich damit, das Beil in der Luft rotieren zu lassen, packte es am Griff und warf es erneut hoch. Ich äußerte die Befürchtung, dieser akrobatische Trick könne böse Folgen haben, für Korhonen selbst oder für den Fußboden und die sorgfältig geschmiedete Klinge.

»Das sind kleine Risiken«, hielt Korhonen dagegen, legte die Axt aber weg. »Schwer zu sagen, wer tiefer in der Scheiße steckt, du oder ich.«

»Ich habe deine Mail gelesen. Aber Wronskij ist nicht hier. Also kann ich ihn dir nicht aushändigen«, sagte ich und gab zu verstehen, dass es keinen Grund für längere Verhandlungen gab.

Korhonen schwieg, stützte sich mit gestrecktem Körper an der Werkbank ab und dehnte sorgfältig die Wadenmuskeln. Er hielt sich immer noch gerade und wirkte kräftig, wie ein ehemaliger Schwimmer oder Turner. Seine Muskeln waren nicht durch Gewichtheben aufgepumpt, sondern einem Training zu verdanken, das auf Körperbeherrschung abzielte. Das Gesicht sah allerdings nicht aus, als sei es durch Bodenturnen oder durch Butterflys im Schwimmbecken erfrischt. Die Haut dunkelte ins Graue, und die Lachfältchen hatten sich zu besorgten Tränensäcken gedehnt. Korhonen schien in ein paar Monaten um Jahre gealtert zu sein.

Ich hätte gern gesagt, ganz ruhig, Teppo, alles geht gut aus. Das Gipfeltreffen ist bald vorbei, dann rotiert auch die Supo nicht mehr so heftig. Und ich erledige die Sache so, dass alle zufrieden sein können.

Ich schwieg.

Korhonen schüttelte den Kopf. »Die setzen mich raus.

Neue Zeiten wehen. Man darf keine Scheinkäufe von Drogen mehr tätigen oder Ganoven zu einer Tat aufstacheln. Damit man sie nur ja nicht mit unfairen Mitteln schnappt. Und Informanten darf man nicht mehr bezahlen, weder in Geld noch in Naturalien.«

»Du schaffst das schon«, versicherte ich wenig überzeugend.

»Ja, ja. Ein fünfzigjähriger, zu Depressionen neigender Mann, spezielle Begabung Fraternisieren mit Ganoven und rudimentäres Russisch. Singt einen halben Ton zu tief. Sonstiges: passabler Hochspringer, in Klammern Rollstil. Bei Rekrutierungsmessen wetteifern die Firmen nicht unbedingt um unsereins. Um das Glück perfekt zu machen, ist die Wohnung noch nicht abbezahlt, meine Frau arbeitet als Therapeutin im öffentlichen Gesundheitswesen, und die Kinder stehen auf Tattoos und künstlerische Berufe.«

Korhonen rieb sich mit beiden Händen das Gesicht, schnaubte prustend und marschierte hinaus. An der Tür blieb er plötzlich stehen.

»Du bekommst Besuch. Denk an Jesus, behalte die Hose oben und lass die finnische Fahne wehen«, rief er und wirkte auf einmal frischer. »*In Stadt und Land, ihr Arbeitsleute, wir sind die stärkste der Partei'n. Die Müßiggänger schiebt beiseite! Diese Welt muss unser sein*«, sang er im Hinausgehen fröhlich, dann rief er draußen den Neuankömmlingen einen Gruß zu.

Konstantin Telepnew, der zweite Gesandtschaftssekretär, schritt würdevoll in die Halle.

»Ein wenig seltsam, der Polizist, der gerade hier herausgekommen ist«, charakterisierte er Korhonen, ohne fragenden Unterton. Ich verzichtete darauf, Korhonens Gemütslage und sein Verhalten zu analysieren.

Diesmal hatte der Oberst einen leichten hellgrauen Anzug

gewählt. Seine Krawatte war hellviolett, und das Einstecktuch griff die Farbe eine Nuance dunkler auf.

»Alles in Ordnung«, vermutete Telepnew, wieder ohne Fragezeichen.

»Ja«, bestätigte ich, erklärte nichts.

Telepnew kaute auf seiner Unterlippe und brummte nachdenklich vor sich hin.

»Wir möchten trotzdem helfen und sicherstellen, dass Wronskij das Land ohne Schwierigkeiten verlassen kann. Natürlich hätten wir die Sache selbst erledigen können, aber es ist besser, wenn wir nicht offen involviert sind. Wir haben einige Papiere und sonstiges Zubehör mitgebracht. Zur Unterstützung«, erklärte Telepnew und nickte seinem Fahrer zu.

Als Chauffeur fungierte diesmal ein blonder junger Mann in dunkler Hose, aber ohne Jackett, mit aufgerollten Hemdsärmeln. Er reichte mir einen beutelförmigen braunen Umschlag. Am Arm hatte er eine kleine, saubere Tätowierung, die, wenn mich meine Augen nicht täuschten, Putin darstellte. Mit Rücksicht auf die Haut des jungen Mannes hoffte ich, dass es in Russland nicht allzu bald zu radikalen Neueinschätzungen der zeitgeschichtlichen Ereignisse kam.

Ich leerte den Umschlag auf die Werkbank. Ein französischer Pass, mit Wronskijs Konterfei, aber auf den Namen René Dessel. Eine Kreditkarte auf denselben Namen. Eine Brille mit breitem Gestell, die Gläser vermutlich Stärke null. Quittungen aus Finnland. Einige Visitenkarten von Helsinkier Firmen. Notizzettel, in irgendeiner Brief- oder Jackentasche zerknittert. Ein Handy.

»Darauf sind französische Nummern gespeichert«, sagte Telepnew.

Ich brachte es über mich, nicht zu witzeln, die Ziffern als solche seien arabisch. Stattdessen dankte ich dem Oberst für seine sorgfältige Arbeit. Ich sagte, ich hätte mich auch schon selbst darauf eingestellt, Wronskij mit einer neuen Identität auszustatten, aber diese Papiere seien besser.

»Spricht er Französisch?«, fragte ich.

»Ja.« Telepnews Mundwinkel hoben sich um etwa drei Millimeter. Das angedeutete Lächeln besagte, ihr wisst nicht alles voneinander, aber wir wissen es. Telepnew verabschiedete sich mit einer kleinen, ruckartigen Verbeugung.

»Du gehst zum Schalter einer Fluggesellschaft und kaufst ein Ticket für irgendein Ziel in Europa. Meinethalben mit Rückflug, aber du kommst nicht zurück. Du kannst fliegen, wohin du willst, auf keinen Fall aber gegen sechs Uhr nach Schweden. Und um fünf treffen wir uns neben dem Schlipsladen«, instruierte ich Wronskij noch einmal.

Er nickte. »Und die Waffe?«, erkundigte er sich beinahe fordernd. Beim ersten Mal hatte seine Bitte gleichzeitig bedingungslos und flehentlich geklungen.

Ich versicherte ihm, darum würde ich mich als Nächstes kümmern. Wronskij drückte die Tür des Wagens zu und ging durch die automatisch aufgleitenden Türen ins Flughafengebäude. Er sah aus wie ein Berufsreisender, ein moderner europäischer Handelsvertreter oder Beamter, der immer einen korrekten Anzug trägt und sein kleines Gepäck mit an Bord nimmt.

Ich fuhr aus der Kurzzeitparkbucht vor der Abflughalle, drehte eine Runde, bis ich erneut an die Einfahrt zum Flughafen gelangte, und wählte das Parkhaus P3. Dort parkte ich den Wagen auf einem der für Hertz reservierten Stellplätze und ging in die Nähe der Glasröhre, in der sich die Rolltreppe befand. Vadim Tschernow erwartete mich bereits, klopfte bedeutungsvoll auf sein Handgelenk.

»Du bist pünktlich, gut. Ich darf die Zigarettenpause nicht zu lange ausdehnen«, sagte er.

»Du bist doch Nichtraucher.«

»Ja. Aber der Vorarbeiter weiß das nicht mehr oder denkt nicht darüber nach. Der passt nur auf, wie viele Minuten ich Pause mache«, erklärte Tschernow leicht verbittert.

In der Arbeitskleidung der Putzfirma glich er einem traurigen Clown. Er war fast sechzig, hatte an der Moskauer Universität Marxismus-Leninismus studiert, auf der reinsten theoretischen Ebene. Weder in Russland noch in Finnland war dieses Expertenwissen gefragt.

»So ist es im Kapitalismus«, seufzte Tschernow, als habe er meine Gedanken gelesen.

Ich gab ihm die kleine, in Stoff gewickelte FN-Pistole und wiederholte noch einmal, wo er sie verstecken sollte. Dann bot ich ihm fünfhundert Euro an, doch Tschernow sagte, ich solle ihn später bezahlen.

»Wenn ich erwischt werde, ist es besser, keine solchen Summen in der Tasche zu haben«, erklärte er.

»Du vertraust mir.«

»Ja.«

»Denk dran, dass du mich jederzeit um Hilfe bitten kannst.«

Tschernow überlegte kurz. »Vielleicht könntest du mir tatsächlich helfen. Ich bin beim Autokauf übers Ohr gehauen worden. Wenn du mir einen kleinen Preisnachlass aushandeln würdest. Eine angemessene Summe, ich will niemanden berauben.«

Ich meinte, es werde mir sicher gelingen, einen Vergleichsvorschlag zu erarbeiten, den jeder ehrbare Händler gern annehmen würde. Und ein unehrenhafter hätte keine andere Wahl, als zuzustimmen. Vorausgesetzt, Tschernow habe den

Wagen nicht bei Ruuskanen gekauft. Nein, versicherte er, der betrügerische Händler habe kein breit gestreiftes Hemd mit bunter Krawatte getragen und auch nicht unter seiner Leibesfülle geächzt. Das fragliche Geschäft befinde sich an der äußeren Umgehungsstraße in Voutila. Ein Leichtbaubüro, das Grundstück dahinter voller Autos, der Verkäufer ein geschniegelter junger Bursche. Ich versprach, mir die genauen Koordinaten und Kennzeichen später zu notieren.

»Wie bringst du die Waffe eigentlich durch die Sicherheitskontrolle?«, fragte ich noch.

Tschernow zuckte mit den Achseln. »Ich lege sie in die Bohnermaschine. Auf uns achten die nicht«, sagte er, wieder in diesem traurigen Ton.

35

Ich sah auf die Uhr. Erst halb drei. Der Tagesplan war mir sehr voll erschienen. Zu viele Aufgaben für einen einzigen Tag. Aber manchmal führte Zeitdruck zu manischer Geschäftigkeit und Handlungszwang. Dann klappte alles.

Jetzt hatte ich zwei Stunden freie Zeit. Ich hatte nicht vor, das Tempo zu drosseln, Mittagsschlaf zu halten oder gemütlich Kaffee zu trinken. Von der Halle und meinem Büro hielt ich mich besser fern. Aber Marjas Wagen könnte ich zurückbringen.

Marja. Und ihr Freund. Ari. Der Scheißkerl. *Gowno*.

Ari würde gleich Besuch bekommen.

Ich fand die Firma in Pitäjänmäki. Sie residierte in einem neuen Gebäude mit reichlich Glas und Stahlträgern. Ich parkte den Golf gut sichtbar auf einem Platz, der für den Wagen mit dem Kennzeichen VOY-736 reserviert war. Der Empfangsschalter befand sich am Ende einer hektargroßen leeren Fläche. Ich sagte zu der jungen Frau, die dort saß, ich würde gern mit Ari Heinonen sprechen. Sie gab mir ein Formular, auf dem ich die Uhrzeit und den Namen M. Takala eintrug, Marjas Namen. Die Frau griff zum Telefon, Besuch für dich, Ari … Takala … okay, danke.

»Wenn Sie einen Moment warten«, sagte die junge Frau und vergaß mich mitten im Satz.

Der gläserne Aufzug brachte einen Mann nach unten. Ich

erriet, dass er Ari war, und schätzte ihn als relativ klein ein. Die Taillengegend wirkte schlaff, sein Nacken war so kräftig, dass der Hemdkragen spannte. Der breite Schlips schob sich unter dem Kinn hervor wie ein Hanfseil. Die dunklen Haare waren über der Stirn hochgekämmt und mit Gel fixiert.

Ari kam mit energischen Schritten näher, wurde aber langsamer, als er mich sah und begriff. Wir gaben uns die Hand. Er roch ein wenig zu süßlich und sauber, nach einem Duft, wie man ihn auf der Männertoilette eines Luxushotels antrifft.

»So sieht der Romeo also aus«, sagte ich.

»Viktor, es klingt vielleicht abgedroschen, aber die Sache ist nicht ganz so, wie sie aussieht«, beteuerte Ari und schwenkte sein Handy. Ich schnappte es mir und brach die Abdeckung ab.

»Dieses Telefönchen schweigt jetzt, ist das klar?« Ich warf die Handyteile hin, sie schlidderten über die glatten Bodenfliesen. Ari sah mir in die Augen, nicht erschrocken, sondern eher enttäuscht. Er verschränkte die Arme vor der Brust. Sie wirkten kraftvoll, und auf den Handrücken traten die Adern hervor.

Er betreibt Kraftsport, dachte ich. Aber in einer anderen Riege als ich. Die Gewichte in Leningrad waren schwerer als die hiesigen, ich putschte meinen Adrenalinspiegel in die Höhe.

Quer durch die Eingangshalle gingen zwei eilige Männer. Der eine stakste, als fürchte er, auf seinen Ledersohlen auszurutschen. Die beiden sahen Ari und mich ein wenig zu lange an.

Endlich entschloss sich der eine, besorgt zu sein. »Etwas nicht in Ordnung?«

»Ein kleines Eifersuchtsdrama. Ari ist mein Liebster, er gehört keinem anderen«, sagte ich und kraulte Ari im Nacken.

Aris ruhige Gelassenheit blieb, er schickte die Männer weg, sagte, es handle sich nur um eine kleine Frotzelei.

»Wenn du dich da mal nicht täuschst«, verschärfte ich den Ton und ließ weitere Drohungen vom Stapel. »Warte nur ab, bis ich die Geschichte richtig in Umlauf bringe. Die Leute begreifen gar nicht, was für eine praktische Einrichtung zum Beispiel Facebook ist. Es ist ein Kinderspiel, dein Konto zu knacken. Oder das von einem deiner Freunde. Dann setze ich dir Gruppenmitgliedschaften und Horden von Freunden rein, dass die Gay Pride Parade im Vergleich dazu ein Bibelkreis ist. Deine Kumpels sagen, toll, Mann, dass du dich so mutig geoutet hast. Aber zum Bier laden sie dich nicht mehr ein. Und im Winter fragt dich keiner, ob du zum Skilaufen mitkommst.«

Ich stand so dicht vor Ari, dass ich jede einzelne seiner schwarzen Wimpern sehen konnte. Er schüttelte langsam den Kopf.

»Du verstehst es nicht. Okay, du kannst mir drohen, aber das Ganze ist Marjas Sache. Ihre und deine, vor allem.«

Er machte eine kleine Pause, sprach dann weiter wie zu einem Begriffsstutzigen.

»Es ist Marjas ureigene Sache, sie entscheidet. Ich will mich nicht rechtfertigen, ich sage es nur, damit du es weißt: Ich bin Marja ein Freund gewesen. Einer, der zuhört, der spricht.«

Ari schüttelte mich ab, sagte Tschüss, sammelte seine Handyhälften und ging.

Die erste Niederlage an diesem Tag, dachte ich. Ich musste sie akzeptieren.

Zu meiner Überraschung stand der Citroën im Carport. Marja saß am Küchentisch, warf mir über die Schulter einen Blick zu und blätterte dann weiter in ihren Papieren. Oksana stand auf und füllte ihr Glas mit Wasser, machte ein übertrieben entsetztes Gesicht und zeigte mit dem Finger auf Marja, hielt die andere Hand ans Ohr wie ein Telefon.

»Schneid keine Grimassen, Oksana«, sagte Marja, ohne sich umzublicken.

Oksana setzte sich hastig hin und machte sich klein.

»Ich habe diesen Ari besucht«, sagte ich. »Scheint ein anständiger Kerl zu sein.«

Ich überlegte, was schlimmer gewesen wäre – dass Marjas Freund sich als toller Typ mit dem Aussehen von George Clooney entpuppt hätte oder als albern lachendes Pickelgesicht.

»Ich weiß«, gab Marja zurück. »Dass du dort den Höhlenmenschen gespielt hast und dass er ein anständiger Kerl ist. Mein lieber Freund, sprich mit mir, wenn du was auf dem Herzen hast, aber lass Unschuldige aus dem Spiel.«

»Na, so ganz unschuldig ist er nicht«, entfuhr es mir.

»Nein. Aber du auch nicht.«

Ich bemühte mich, ruhig zu bleiben.

»Wir alle sind Sünder.«

»Sagte der Atheist. Im Brustton der Erfahrung.«

»Sünde ist ein Wort der normalen Alltagssprache.«

»Schau an, der Migrant lehrt die gebürtige Finnin Finnisch.«

Ich wartete schweigend. Die Uhr an der Wand tickte die Sekunden ab. Die Tür zur Terrasse stand offen. Das Auto, das auf der Straße vorbeifuhr, war eher zu ahnen, als zu hören. Oksana schniefte.

»Marja, ich möchte nicht, dass du mit einem anderen

zusammen bist«, versuchte ich sie milder zu stimmen, einen samtweichen Stimmenteppich zu knüpfen.

»Aha. Natürlich willst du das nicht.«

»Marja, ich möchte, dass wir die Sache klären. Alles. Du und ich. Und du musst auch reden. Mir sagen, was du willst. Sprich mit mir. Reden ist wichtig, für beide«, drängte ich.

Marja sah mich ernst an, doch ihr Blick war voller Wärme. Wie bei einem Fuchsjungen.

»Reden ist Gold, Schweigen ist Silber«, sagte Oksana und betrachtete uns liebevoll, den Kopf schräg gelegt.

»So heißt das nicht …«, riefen wir beide gleichzeitig.

Marja musste lachen.

»Jetzt ist die ganze schöne Wut für die Katz«, prustete sie, wischte sich mit dem Handrücken die Tränen vom Gesicht.

Ich zog Marja hoch und umarmte sie, atmete den Geruch ihrer kräftigen schwarzen Haare ein.

»Ich muss los«, sagte ich.

Marja nickte.

»Dein Wagen steht vor dem Haus. Ich fahre mit dem Taxi zum Flughafen. Morgen bin ich wieder hier. Falls etwas dazwischenkommt, melde ich mich.«

Ich holte eine Schultertasche aus dem Schrank im Flur und stopfte ein paar Socken und Unterhosen, Zahnbürste und Rasierzeug hinein. Dann gab ich Marja den Schlüssel zu ihrem Golf.

»Ich stecke ein bisschen in der Klemme. Nein, nein, ich habe nichts Böses getan«, beteuerte ich hastig, als ich sah, dass Marja die Lippen streng aufeinanderpresste. »Aber ich muss ein paar Leuten helfen. Wenn du nichts von mir hörst, frag Korhonen. Den verrückten Polizisten.«

Marja nickte. Oksana zwinkerte mir unter Einbeziehung der ganzen Gesichtshälfte zu und hob den Daumen.

Ich bestellte ein Taxi und überlegte mir, dass es gut war, allein zu sein, wenn auch nur für einen Tag in Stockholm. Um darüber nachzudenken, ob ich mich nach jemandem sehnte. Und nach wem.

Wronskij stand vor dem Krawattenladen und betrachtete die Schlipse und Tücher. Mit der Brille sah er immerhin ein wenig verändert aus. Als ich an ihm vorbeiging, wandte er sich langsam um und folgte mir. Ich ging auf die Behindertentoilette und verriegelte die Tür. Eine halbe Minute später wurde angeklopft. Ich ließ Wronskij ein.

»So können wir uns nicht länger treffen«, witzelte er. Auf seiner Stirn standen Schweißtropfen.

Ich dachte bei mir, dass ich neuerdings viel zu oft am Waschbecken Verhandlungen führte. Vielleicht sollte ich mein Büro gleich in eine halbwegs gelüftete Herrentoilette verlegen.

Unter Wronskijs aufmerksamem Blick drehte ich den Spülknopf am Wasserkasten des Klos ab und hob den Deckel. Das Stoffbündel war mit Tesafilm an der Innenseite befestigt. Ich löste es ab und gab Wronskij die Pistole, meinte entschuldigend, es sei nur eine Zweiundzwanziger, doch sie müsse genügen. Wronskij sagte, er wisse die Waffe und meine Hilfe zu schätzen, er wolle nicht undankbar sein.

Er nahm meine Hand, drückte sie lange, umarmte mich dann und küsste mich auf beide Wangen. Ich erwiderte die Küsse, sagte mir dabei halb amüsiert, na verdammt, da umarmst du einen Schwulen auf der Toilette.

»Du bist ein Freund«, erklärte Wronskij.

Ich schüttelte den Kopf. »Nein. Aber ich konnte dich nicht im Stich lassen.«

Wronskij lächelte. »Immer noch der Alte. Du wärst ein

guter Vorzeigearbeiter geworden. Wenn du ein bisschen älter wärst, hättest du dich bestimmt zum Bau der BAM gemeldet.«

Ich erzählte ihm nicht, dass ich die Komsomolzen beneidet hatte, die auserwählt worden waren, die Gleise der Baikal-Amur-Magistrale zu verlegen. Die Bilder in den Nachrichten waren mir atemberaubend feierlich erschienen. Die Arbeitsbrigaden von Bondar und Warsawskij trafen aufeinander, und das Gleisjoch, das den östlichen und den westlichen Bauabschnitt verband, wurde mit goldenen Nägeln befestigt. Und ich erinnerte mich auch daran, wie meine Mutter spöttisch geschnaubt hatte, die ganze Bahn mitsamt den Zügen werde im Sumpf versinken, wenn der gefrorene Boden auftaue.

»Vielleicht hätte ich tatsächlich mitgemacht. Irgendwer muss es ja tun, immer«, lächelte ich zurück.

Wir gingen hinaus. Der Mann im Rollstuhl, der vor der Toilette wartete, zuckte zusammen, als er sah, dass wir zu zweit waren. Ich ging zum Gate für die Maschine nach Stockholm, blickte nicht zurück.

Martti Ahtisaari saß im Sessel und las die Financial Times. Er hatte die pelzgefütterten Pantoffeln abgestreift und die Füße auf den Hocker gelegt. Der Expräsident zog seine Zehen zusammen und erforschte sein Gemüt.

Ziemlich wenig Beachtung hat sie gefunden, die Ehrung durch die Russen, dachte er verärgert. Aber irgendein Kolumnist in Finnland und eine internationale Wochenzeitschrift werden demnächst sicher ausführlicher darüber berichten, dämpfte er seinen Unwillen. Sie werden die Auszeichnung richtig zu deuten wissen, als Ausdruck einer Neuorientierung der russischen Politik. Obendrein ist sie eine stillschweigende Anerkennung des Kosovo-Friedensvertrags. Und es gibt mehr als einen Hinweis auf baldige Friedenssondierungen im Georgien-Konflikt.

»Na, wir werden sehen, woher der Wind weht«, sagte er leise, und das »S« pfiff wie ein Wasserkessel.

Und in der Weltpolitik ist nichts persönlich. Obwohl es einen fuchst. »Sogar als Nobelpreisträger«, murmelte er.

»Was hast du gesagt, Martti?« Eeva Ahtisaari spähte aus der Küche zu ihm hinüber.

»Ach, nichts. Medwedjew scheint ein ganz netter Mann zu sein.« Beinahe hätte Ahtisaari den russischen Präsidenten als »Jungen« bezeichnet. »Ich habe auf Russisch mit ihm gescherzt, mich für die Souvenirs aus Moskau bedankt. Vor Jahren bin ich ihm ja schon einmal begegnet, aber ich habe vorgegeben, mich nicht daran zu erinnern. Manchmal muss man das diplomatische Spiel auch andersherum spielen«, erklärte er und nahm die nächste Zeitung vom Stapel.

Die finnische Presse beweihräucherte den uneingeschränkten Erfolg des Staatsbesuchs. Die Gasleitung durch die Ostsee macht Fortschritte. Die Lösung der Zollfrage beim Holzimport verzögert sich, aber im Moment scheint Finnland mit seinem eigenen Holz auszukommen. Rezession, Rezession ... Ahtisaari war das ständige Gerede über die Ökonomie satt. Ich habe zu Vanhanen und Halonen gesagt, ich habe das Fundament gelegt, jetzt macht ihr weiter, so tat er die langweilige Innenpolitik ab. Die einen tun, die anderen sagen, was zu tun ist. Und ich bin eher ein Kosmopolit, gestand er sich ein, war einen Moment lang beinahe gerührt über seine Demut.

»Alle Konflikte sind lösbar«, sagte er zusammenfassend, sprach schon wieder, ohne es zu wollen, seine Gedanken laut aus. »Hör mal, Eeva ...«, sagte er dann, wollte seiner Frau von dem lächerlichen Geschwätz der Sicherheitspolizei erzählen.

Man hatte ihn vor einem Agenten gewarnt und vor einem drohenden Anschlag, der sich möglicherweise gegen einen der Teilnehmer an dem Gipfeltreffen in der Finlandia-Halle richtete. Gegen Medwedjew. Oder gegen ihn, Ahtisaari selbst. Die Vorstellung war erschreckend und zugleich schmeichelhaft.

Ach was, Eeva würde sich nur unnötig aufregen, dachte er.

»Ja, Martti?« Eeva Ahtisaari kam aus der Küche, trocknete sich die Hände.

»Ich denke gerade an diese verflixte Aceh-Reise.«

»Aha. Na, bis dahin ist ja noch Zeit«, beschwichtigte die Frau, spürte die Spannung in der Stimme ihres Mannes. So war er immer vor wichtigen Verhandlungen und Treffen. »Marko hat angerufen«, sagte sie, um ihn abzulenken.

»Marko? Wie geht's ihm?«

36

Ich wurde unmittelbar hinter der Passkontrolle erwartet. Das überraschte mich nicht. Als der Grenzschützer in seiner grünen Uniform erstarrte und mich anstierte, obwohl ich noch meterweit vom Kontrollpunkt entfernt war, wusste ich, dass das Empfangskomitee nicht weit war. Der Mann war völlig durcheinander, er hieß mich willkommen, bevor er auch nur einen Blick auf meinen Ausweis geworfen hatte.

Die Polizisten standen in schräger Reihe hinter den Glaskäfigen der Grenzbeamten, die Hände im Schritt verschränkt wie Fußballer in der Freistoßmauer. Anfang und Ende der Kette bildeten Marko Varis von der Supo und Teppo Korhonen von der Kriminalpolizei. Zwischen ihnen hatten sich zwei schlanke Männer postiert, die ich als Supo-Leute einschätzte.

»Wie, nur vier? Was macht ihr denn, wenn ich mich zur Wehr setze?«, lächelte ich die Garde an und gab den Männern der Reihe nach die Hand, sagte Guten Tag und bestellte Grüße aus Stockholm, stellte mich den beiden jungen Beamten vor. Der eine schüttelte mir stumm und mit versteinertem Gesicht die Hand, der andere murmelte verlegen, er heiße Kolehmainen.

Varis wies mit ausgestreckter Hand die Richtung und erklärte, wir würden leihweise die Räumlichkeiten des Zolls benutzen.

»Keinen Zirkus, bitte. Wir müssen dich kontrollieren, gründlich. Und dein Gepäck auch«, sagte Varis leise.

Im Nebenraum standen zwei Stühle und ein flacher, mit Laminat beschichteter Tisch, auf dem ich meine Schultertasche und die Plastiktüte abstellte.

»Ich habe den Kindern ein bisschen Toblerone mitgebracht. Welche magst du übrigens lieber, die Standardversion oder die Sorte, wo Nüsse und Beeren drin sind?«, fragte ich Kolehmainen, der zögernd meine Tasche öffnete. »Und Leberauflauf mit oder ohne Rosinen? Ich persönlich bevorzuge die Rosinen ohne Leberauflauf. Aber im Hefezopf kann ich Rosinen nicht ausstehen. Die Geschmäcker sind eben verschieden«, quasselte ich.

»Ausziehen!«, befahl Varis.

»Alles?«

»Ja.«

»Verdammt nochmal, das ist nicht nötig. Ich hab nichts. Die Fummelei mit den Gummihandschuhen ist total überflüssig«, protestierte ich.

»Wir fummeln dir nicht im Arsch rum. Visuelle Untersuchung, und dann haben wir noch den Metalldetektor. Der wird uns verraten, ob du was verschluckt oder am anderen Ende reingesteckt hast«, erklärte Varis wie ein Wohltäter.

Ich zog mich aus und stand nackt da, während Kolehmainen langsam meine Achseln und meinen Schritt inspizierte. »Aus rein hygienischen Gründen«, meinte er verlegen, als ich missbilligend auf seine Latexhandschuhe deutete.

Korhonen saß auf dem Tisch und schlenkerte mit den Beinen. »Pass auf, dass du dich nicht hinreißen lässt«, kicherte er, als Kolehmainen mit einem Stift mein Glied anhob.

»Na, ich muss doch nachsehen, ob er da was angeklebt hat«, empörte sich Kolehmainen.

»Ich meine ja auch Kärppä. Ich habe mir immer schon Gedanken über seine wahre Orientierung gemacht. Er ist so sensibel«, frotzelte Korhonen. Varis befahl ihm, das Maul nicht so weit aufzureißen oder am besten gleich ganz zu halten.

Kolehmainen nahm ein längliches gelbes Messgerät, schickte die anderen in die entfernteste Ecke des Zimmers und legte selbst den Gürtel, die Uhr und schließlich auch die Hose ab. »Ich habe das Ding so kalibriert, dass es auch winzige Metallmengen aufspürt. An meiner Jeans sind Metallnieten ... da fängt das Gerät an zu rattern«, erklärte er leicht verschämt, als er in Socken und Unterhose vor mir stand.

Der junge Polizist ließ das Messgerät langsam über meinen Körper wandern. Schon beim Gesicht piepste es. Kolehmainen meinte, das könne an den Plomben liegen, doch er beließ es nicht bei der Vermutung, sondern prüfte die Sache nach. Er befahl mir, den Mund aufzumachen, hob meine Lippen an und dehnte meine Kiefer wie ein Pferdebeschauer. An meiner linken Wade gab das Gerät erneut Laut. Ich bat darum, mir doch bitte nicht das Knie aufzuschneiden, das ein sowjetischer Sportarzt mit einem Geflecht aus Stahlfasern verstärkt habe. Korhonen bestätigte, diese Geschichte schon vor ewigen Zeiten gehört zu haben, und fügte hinzu, ich hätte sogar eine Rostschutzplakette am Hintern.

»Sauber«, verkündete Kolehmainen und packte das Messgerät sorgfältig in einen Stoffbeutel. Erst dann zog er sich wieder an.

»Ein Profi«, sagte ich anerkennend zu Varis und riet ihm, den Jungen zu befördern. Varis schien mein Lob beinahe zu schätzen.

»Im Gepäck ist auch nichts.« Der zweite junge Polizist,

der bisher geschwiegen hatte, packte meine Kleider und die süßen Mitbringsel in die Plastiktüte und die Schultertasche zurück.

»Du hast deine Sache auch gut gemacht«, verteilte ich mein Lob gleichmäßig, wie man es bei Kindern tut. »Na, ich geh dann mal. Reisen macht müde.«

Varis schüttelte den Kopf. »Nicht so hastig, wir haben ziemlich viel zu bereden.«

Ich erinnerte ihn an meine mickrigen Menschenrechte und daran, dass mir, wenn ich mich nicht täuschte, keine kriminellen Handlungen vorgeworfen wurden. Jedenfalls habe man mir davon nichts gesagt. Stattdessen habe man es eilig gehabt, meine Körperhöhlungen einer Tiefenbohrung zu unterziehen.

Varis sagte, ich bräuchte gar nicht erst die Paragraphen zu bemühen, denn der Schutz meiner individuellen Rechte sei so garantiert wie der eines Citykaninchens. Wir hätten eine lange Vernehmung vor uns. Ich nickte versöhnlich, dann unterhalten wir uns eben, warum nicht. Aber vielleicht sei es nicht nötig, dass die ganze Kompanie teure Überstunden machte. Auch Benzin könnten wir sparen. Das Plauderstündchen müsse ja nicht unbedingt in den Räumen der Supo stattfinden, und es genüge wohl, wenn die Polizei durch Varis und Korhonen vertreten werde. Letzterer lasse sich ja ohnehin nicht wegschicken.

Varis lachte nicht, stimmte aber zu. »Also fahren wir zu dir nach Hause.«

»Lieber ins Büro. Da habe ich was für euch«, versprach ich.

Varis nickte. Wir gingen hinaus. Im Parkverbot standen ein Škoda und ein kleiner Toyota, würfelförmig wie ein aufgeblasenes Haushaltsgerät. Beide hatten ein abnehmbares Blaulicht auf dem Dach und ein Schild auf dem Armaturenbrett, das bezeugte, dass es sich um Polizeifahrzeuge im Einsatz handelte.

Korhonen setzte sich ans Steuer des Toyotas, und ich nahm ohne Aufforderung auf der Rückbank Platz. Varis zwängte sich auf den Beifahrersitz. Der Wagen roch wie das verhältnismäßig neue Fahrzeug einer Mittelschichtsmutter. Nur der Krimskrams in den Vertiefungen der Mittelkonsole fehlte, und auf dem Fußboden flogen keine von den Kindern plattgedrückten Saftpackungen oder Bonbonpapierchen herum.

Ich legte die Arme auf die Rücklehne und streckte mich. Korhonen fluchte über ein Taxi, das sich vor ihn zwängte, und dehnte sein negatives Urteil auf die gesamte finnische Straßenverkehrskultur aus. Varis bedachte Korhonen und durch den Rückspiegel auch mich mit bösen Blicken.

Ich hatte mir zurechtgelegt, was ich erzählen würde. Ich wollte damit anfangen, dass in Petrozawodsk ein Mann zu mir gesagt hatte, er heiße Wronskij, dass ich ihn aber von früher kannte, das war Jahre her, und er trug einen anderen Namen.

»Und wenn sie nicht gestorben sind …« Korhonen kommentierte meine Geschichte als Erster. Varis hatte konzentriert zugehört, und auch Korhonen hatte es überraschend gut geschafft, den Mund zu halten.

Varis stand auf und tigerte in meinem Büro auf und ab, dehnte dabei den Rücken. Auch ich hievte mich vom Sofa, umrundete den Schreibtisch und eroberte meinen Direktorenledersessel zurück. Er war aufdringlich warm, nachdem Varis darauf gebrütet hatte.

»Schwerer Landesverrat. Spionage. Verrat geheimer Sicherheitsvorkehrungen. Landesverräterische Zusammenarbeit. Obendrein noch die normalen Tatbestände aus dem

Bereich der Gewaltverbrechen«, wiederholte Varis seine Liste. »Dafür könntest du lange sitzen.«

»Ja-a«, sagte ich gedehnt. »Aber ich setze mich höchstens auf einen Schaukelstuhl. Niemand ist verletzt worden, es ist nichts passiert. Ich habe euch Geschichten erzählt, aber ihr habt keinen blassen Schimmer, wie es sich wirklich zugetragen hat. Keine Beweise. Und von den anderen erzählt euch keiner so viel wie ich. Oder wie habt ihr die Zusammenarbeit mit FSB, GRU und den Kollegen von der russischen Botschaft erlebt?«

»Glaubst du etwa, du kommst einfach so davon, Kärppä?«, krächzte Varis.

»Genau das glaube ich«, sagte ich.

Auf dem Schreibtisch stand eine Schale mit harten Lutschbonbons. Ich kippte die Süßigkeiten auf die Schreibunterlage und nahm die vier Metallröhren, die unter den Bonbons gelegen hatten, in die Hand. Sie füllten die Handfläche, fühlten sich fest und schwer, sogar warm an. Ich ließ sie hüpfen. Varis und Korhonen hielten den Blick auf meine Hand geheftet, als wäre ich ein Tischtennisspieler, der sich anschickt, zum Satzball im olympischen Finale aufzuschlagen.

»Ich bin ein netter Mann. Man muss immer etwas anzubieten haben, falls zum Beispiel Kinder zu Besuch kommen. Vielleicht könnte ich eins von diesen Dingern der Supo geben, damit sie sich nicht grämt. Oder auch nicht.«

Ich warf Korhonen eine Röhre zu.

»Korhonen und ich brauchen jedenfalls eine Lebensversicherung. Oder eine Arbeitsplatzgarantie«, sagte ich.

Korhonen fing die Röhre im Flug auf, schloss die Hand darum, pustete auf die geschlossene Faust und öffnete sie. Die Röhre war verschwunden.

»It's magic«, sagte er mit übertrieben verblüffter Miene.

Varis rannte auf Korhonen zu wie ein Kind, das beim Ballspiel übergangen wurde. Korhonen schüttelte die Metallröhre aus dem Ärmel und warf sie zu mir zurück. Ich steckte sie kurzerhand in die Tasche.

Stotternd setzte Varis zu neuen Drohungen an, doch ich stoppte ihn, indem ich wiederholte, die Supo habe nichts in der Hand, nicht den kleinsten Stummel eines stichhaltigen Falles. Und von meiner Seite aus sei das Bild fertig gezeichnet, der Stift ins Mäppchen gelegt und das Zeichenblatt in den Papierkorb geworfen. Wenn die Supo mir weiterhin zusetze, werde sich bestimmt ein Reporter finden, der für eine Sensationsstory zu haben sei. ›Supo vertuscht Attentatsplan.‹ ›Anschlag auf Präsident Medwedjew.‹ Oder auf Ahtisaari, wer weiß das so genau, aber Schlagzeilen dieser Art könne ich mir vorstellen.

Varis schmollte stumm wie ein kleiner Junge, der Schimpfe bekommt. Dann schob er sich näher heran, stützte sich mit beiden Händen auf meinen Schreibtisch.

»Aber auch du hast keine Beweise für die ganze Sache. Irgendwelche komischen Röhren, die du auf einem Schrotthaufen gefunden hast«, sagte er wegwerfend. »Die Supo vertritt offiziell den Standpunkt, dass nichts vorgefallen ist. Derartiges bringen wir nie an die Öffentlichkeit. Wenn Reporter anfragen, sagen wir ihnen, dass psychisch gestörte Menschen alle möglichen Fantasien entwickeln. Die überprüfen wir und vergewissern uns, dass nichts dahintersteckt, das ist ganz normale Routine.« Varis wurde direkt fröhlich, weil er wieder ein kleiner Herr der Lage war und die üblichen Floskeln herunterbeten konnte.

Auch ich stand auf und stützte mich auf die Tischplatte. Ich schob mein Gesicht ganz nah an Varis' Antlitz heran. »Ich wiederhole: Eine der Röhren behalte ich zu meiner

Sicherheit. Und dieses Gespräch. Jedes Wort ist aufgezeichnet.«

Varis zwinkerte ungläubig, sah sich dann im Raum um, als suche er nach versteckten Mikrofonen.

Ich nickte.

»Ja. Mein Freund Ponomarjow hat eine Abhöranlage installiert. Heutzutage gibt es richtig praktische Geräte. Mit drahtloser Verbindung. Du kannst nicht herausfinden, wo die Aufzeichnung ist.«

Korhonen, der immer noch auf dem Sofa saß, räusperte sich. »Das kann stimmen. Ich kenne den Typen. Hat eine Fernsehreparatur in Pihlajamäki. Der ist wirklich geschickt. Repariert sogar alte Videogeräte. Als mein Panasonic kaputt war, hat Ponomarjow irgendwelche kleinen Plastikspulen ausgewechselt. Der Importeur hatte mir gesagt, nee, das repariert Ihnen keiner, dafür gibt's gar keine Ersatzteile mehr. Aber dieser Ponomarjow hatte Ersatzteile für zig Modelle auf Lager«, meinte er lobend.

»Korhonen, verdammt!«, schnauzte Varis ihn an.

Der Türsummer ertönte und das Signallicht auf dem Schreibtisch leuchtete auf. Wir sahen uns an.

37

Ich überlegte mir, wie der Gesandtschaftssekretär Oberst Konstantin Telepnew morgens die Kleidung für den Tag zusammenstellte. Wählte er zuerst das Hemd und den passenden Schlips und dann Farbe und Schnitt von Hose und Jackett? Fragen wollte ich ihn nicht.

Heute hatte Telepnew sich für einen dunkelblauen Anzug mit haarfeinen gelben Streifen entschieden. Er trat mit einer höflichen Verbeugung ein und wunderte sich nicht über die Anwesenheit von Varis und Korhonen, sondern beeilte sich, die beiden zu begrüßen, und stellte sich vor, auf Finnisch. Varis murmelte seinen Namen. Korhonen dagegen erklärte dröhnend, er sei der Teppo Korhonen, und fügte auf Russisch hinzu, er sei sehr erfreut über die Bekanntschaft.

Hinter Telepnew folgte ein jüngerer Mann, der an der Tür stehen blieb und sich damit begnügte, einen guten Abend zu wünschen. Meiner Einschätzung nach war er kein einfacher Chauffeur, sondern stand in der Hierarchie einige Stufen höher. Er trug einen dunkelblauen Anzug und eine Aktentasche, hatte einen kleinen Spitzbart und sein Schädel war blank rasiert.

»Ich möchte nicht stören. Sie hatten ein interessantes Gesprächnis oder Besprechung«, formulierte Telepnew.

Ich sagte, wir hätten den ernsten Teil der Unterredung gerade beendet.

»Na dann ... kommen wir direkt zur Sache. Die sind wohl für uns. Wenn Sie gestatten«, sagte Telepnew und streckte die Hand nach den Röhren aus. Varis packte ihn mit beiden Händen am Arm. Der Russe sah den Supo-Mann an, signalisierte Verwunderung und Entrüstung, indem er die Augenbrauen eine Spur anhob.

Varis hing stur an seinem Arm. »Moment, Moment mal. Entschuldigen Sie, Herr Telepnew«, protestierte er.

»Oberst Telepnew«, sagte der Russe in einem Tonfall, der die Raumtemperatur um zwei Grad sinken ließ.

»Diese Röhren bekommen die finnischen Behörden«, beharrte Varis mit überraschender Hartnäckigkeit und Kühnheit. Sein Kinn unterstrich seine Weigerung mit einem heftigen Schwung von links nach rechts, so wie ein Kind im Trotzalter, das seinen Brei nicht essen will.

»Röhren ... ich verstehe nicht«, kühlte Telepnew die Atmosphäre weiter ab und löste sich aus Varis' Griff. Er schnappte die Röhren und reichte sie seinem Assistenten, der sie in seiner Aktentasche verstaute. »Es gibt keine Röhren.« Telepnew breitete die Arme aus. »Wenn Sie irgendwelche Forderungen haben, empfehle ich die normale Kooperation, ein Schreiben an die Botschaft, vielleicht eine diplomatische Note ... ah, das kostet Zeit, macht Mühe, bringt aber kein Ergebnis.« Er setzte ein fast mitleidsvolles Lächeln auf.

Dann wandte er sich an mich. »Eine fehlt«, sagte er barsch auf Russisch.

»Die habe ich. Aber sie ist eine Garantie, eine Versicherung. Gegen die finnische Polizei«, erklärte ich.

Varis starrte uns verständnislos an. Korhonen verengte die Augen, als könne er so besser hören und verstehen. Telepnew legte mir einen Arm um die Schulter und führte mich ans

Fenster. Auf dem asphaltierten Hof standen der Wagen der Polizei und der Volvo der Botschaft.

»Das kann ich nicht empfehlen. Es ist ... wirklich gefährlich. Für die Gesundheit, meine ich«, erklärte Telepnew.

»Polonium?«, fragte ich und bemühte mich, das Wort so auszusprechen, dass es in Varis' Ohren unbekannt klang.

»Wir wollen nicht ins Detail gehen. Ich bin kein Chemiker, kein Physiker. Es ist ein gefährlicher, strahlender Stoff. Genug, um ... viele Menschen zu töten«, sagte Telepnew. »Du gibst das Ding mir. Und die finnische Sicherheitspolizei braucht nichts davon zu wissen.«

Ich überlegte. Ich dachte an die Metallzigarre in meiner Hosentasche, gleich neben den Hoden. An Annas unschuldigen Schlaf und die strahlende Röhre im Fuß ihres Betts. An Alexejs erschrockene Reaktion, trotz des beruhigend geringen Ausschlags seines Geigerzählers. Weder ich noch die Supo brauchten den tatsächlichen Sachverhalt oder die Wahrheit zu kennen, es genügte, uns in dem Glauben zu lassen.

Eine gute Lüge ist besser als eine schlechte Wahrheit. Diese Weisheit stammte allerdings nicht von meiner Mutter.

Ich steckte die Hand sorglos in die Hosentasche und schloss sie um die furchterregende Röhre. Nach einigen nichtssagenden Floskeln schüttelte ich Telepnew die Hand und ließ die Röhre auf seine Handfläche gleiten. Telepnew steckte sie ebenso unauffällig in die Tasche.

»Ah, Viktor ist ein harter Unterhändler.« Nun sprach Telepnew wieder Finnisch. »Ich spreche theoretisch: Wenn es eine Röhre gäbe, befände sie sich im Besitz des Bürgers Gornostajew. Unsere Buchführung sagt, sie ist bei uns, weil wir dem Bürger Gornostajew vertrauen«, schloss er.

Varis sah ihn misstrauisch an. Ich wusste, dass er gleichzeitig versuchte, zu begreifen, was Telepnew tat und wollte, und sich zurechtlegte, was er selbst bei der Supo über den Fall berichten sollte. Meiner Vermutung nach würde er bald zu der Einsicht gelangen, dass niemand zu Schaden gekommen war; der Angriff war abgewehrt worden oder man war ihm ausgewichen. Nun galt es, nach vorn zu schauen. Die Kontakte und die Dankesschuld konnten nützlich sein.

»Na gut. Aber vielleicht können wir auch in Zukunft vertrauensvoll miteinander reden.« Varis sah abwechselnd Oberst Telepnew und mich an.

»Natürlich, natürlich, Freunden helfe ich immer«, versicherte Telepnew. »Und Viktor auch.«

Ich helfe Freunden, schmeckte ich den Gedanken ab.

»Wie geht es Wronskij?«, fragte ich.

Telepnew wandte mir das Gesicht zu. Sein Lächeln reichte nur bis zu den Backenknochen.

»Er ist in Sicherheit«, sagte er vieldeutig. Ich wusste, dass weitere Fragen fruchtlos waren.

Ich öffnete die längliche Schatulle aus dunklem Holz. Der Orden lag auf dunkelrotem Stoff. Ein fünfzackiger Stern, überraschend klein. Das Metall glänzte in sattem, dunklem Gelb. Das Band war rot, weiß und blau gestreift.

Telepnew hatte mich überrascht. Er hatte mit feierlicher Miene verkündet, jetzt sei der richtige Moment für eine kleine Feier, hatte dann korrigierend hinzugefügt, die Auszeichnung sei allerdings nicht klein. Der Chauffeur hatte seine Aktentasche geöffnet, und Telepnew hatte ihr eine mit einem Band verschlossene Urkundenmappe und die Ordensschatulle entnommen.

»Russland dankt.« Oberst Konstantin Telepnew, seines Zeichens zweiter Gesandtschaftssekretär, schlug die Hacken seiner italienischen Schuhe zusammen und überreichte mir die Mappe und die Schatulle. Wir umarmten uns und tauschten Wangenküsse. Über die Schulter des Obersten sah ich, dass auch Korhonen ehrfurchtsvoll ernst war und seine spöttische Ader vergaß. Varis sah mich an, wie eine alte Mutter ihren verkaterten Sohn ansieht, tadelnd und verzeihend zugleich.

Am oberen Rand der Urkunde stand handschriftlich, in dekorativen Buchstaben: *Viktor Nikolajewitsch Gornostajew*. Die gedruckten Zeilen darunter bestätigten, dass mir der Orden Nummer 969 eines Helden der Russischen Föderation verliehen worden war.

Die Unterschrift war präzise und leserlich. Fedor Ladygin, General. Zuunterst folgte das runde Symbol des militärischen Aufklärungsdienstes GRU, eine schwarze Fledermaus auf blauem Grund, und die Auflösung der Abkürzung: *Glawnoje Razwedywatelnoje Uprawlenje*.

Ich holte eine Flasche Standard Platinum und ein Tablett mit einigen kleinen Gläsern aus dem Aktenschrank und goss den Wodka ein.

»*Nasdarowje*. Zum Wohl.«

Telepnew, Korhonen und selbst Varis erwiderten den Trinkspruch. Wir stießen an. Der Wodka biss in der Speiseröhre wie ein junger Hund, der einem im Vorbeilaufen nach den Waden schnappt.

Telepnew brachte den nächsten Toast aus: »Um ein altes Gedicht zu zitieren: ›oh du kräftiger, guter Recke, oh du ruhmreicher, heiligrussischer Held‹.«

»Amen«, sagte Korhonen.

Ich goss nach, wir tranken.

Ich dachte bei mir, dass auch Varis gar nicht so übel war.

»Viktor ist ein Kraftpaket. Und wir beide, Kaisa und ich,

sind auch nicht schlecht«, prahlte Korhonen beinahe gerührt »Als kleiner Polizist hat man selten Gelegenheit, einen internationalen Attentatsplan zu vereiteln.«

»Scheiß-Korhonen!«, rief Varis aufgebracht.

Ich befahl den Jungs, zu schweigen.

Jetzt war ich an der Reihe, zu verbieten und zu kommandieren. Immerhin war ich der Hausherr.

Ich wusste, dass der Heldenorden die höchste Auszeichnung in Russland war und dass er nur an russische Staatsbürger verliehen wurde.

Oberst Telepnew lächelte huldvoll. Auch er wusste es.

38

Manchmal wünschte ich mir, ich wäre Raucher. Meine Warterei hätte unverfänglicher gewirkt, wenn ich mir eine Zigarette angesteckt und in aller Ruhe gepafft hätte. Ich stand auf dem Parkplatz hinter der Neste-Tankstelle in Tohmajärvi, an die Motorhaube des Citroën gelehnt, und fand mich zu auffällig: Worauf wartet der Kerl eigentlich?

Die Kassiererin, die zusammengepresste Pappkartons zum Container brachte, warf mir allerdings nur einen kurzen Blick zu. Ich sah auf die Uhr. Ich war zu früh dran, einige Minuten vor dem Zeitpunkt, den ich mit dem Skiläufer vereinbart hatte.

Mein Handy vibrierte. *Gleich da*, teilte der Skiläufer mit. Kurz darauf kurvte ein modischer City-Jeep auf den Parkplatz, kam einen Meter vor mir und der Stoßstange meines Wagens nickend zum Stehen.

Der Skiläufer stieg aus, ließ den Motor aber laufen. Er trug eine weite, wadenlange Hose, ein enges T-Shirt und eine gelbliche Sonnenbrille, die er hochgeschoben hatte.

»Überflüssige SMS. Schick mir doch gleich noch eine, hallo, ich steh vor dir«, begrüßte ich ihn barsch.

Der Skiläufer nahm die Sonnenbrille ab, kaute auf dem Bügel herum und wirkte verlegen. »Na, hast du das Zeug?«, fragte er. Unter der städtischen Sprechweise schimmerte ein ländlicher Dialekt durch.

»Nein. Es ist unterwegs.«

Der Skiläufer kletterte in seinen Wagen und stellte den Motor ab. Er trank Wasser aus einer Plastikflasche, ließ sich von seinem hohen Sitz herab und warf die leere Flasche in einen metallenen Müllcontainer, an dessen Vorderseite *Sondermüll* stand. Ich merkte an, das ökologische Gleichgewicht in Tohmajärvi komme jetzt erheblich ins Schwanken, zumindest werde es Störungen beim Recycling geben. Eine Plastikflasche sei energetischer Abfall, das müsse er doch wissen. Der Skiläufer sah mich unsicher an, suchte in meinem Gesicht nach unterdrücktem Lachen oder wenigstens einem kleinen Lächeln als Signal dafür, dass ich einen Witz gemacht hatte. Ich blieb ernst.

Ein alter weißer Mercedes-Kleintransporter erlöste den Skiläufer von seinem grünen Schuldgefühl. Der Motor lief stotternd. Mit großem Kraftaufwand rollte der Fahrer das Fenster herunter. Ich dachte mir, dass es leichter wäre, die Tür zu öffnen und einfach auszusteigen. Doch ich behielt den guten Rat für mich.

»Viktor Nikolajewitsch?«, fragte der Mercedesfahrer, ein bereits ergrauter, untersetzter Mann mit Wurstfingern. Seine Miene war müde und irgendwie im Voraus enttäuscht, als sorge er sich bereits jetzt über die Probleme des morgigen Tages oder den Nachtfrost im nächsten Frühjahr.

Ich bestätigte, der sei ich. Dann winkte ich den Skiläufer heran und sagte auf Finnisch und Russisch, der Bote habe vielleicht eine Ware für diesen Mann. Ich wollte das Zeug nicht anfassen, ich war kein Zwischenhändler.

Der Mann im Kleintransporter nahm eine Packung in der Größe einer Pralinenschachtel vom Boden. Sie war in durchsichtige Plastikfolie gepackt und enthielt acht kleinere Pappschachteln.

»Und das ist also dieses ... Darbepoietin?«, vergewisserte sich der Skiläufer. Er wirkte übereifrig, als könne er es kaum erwarten, sich die erste Spritze zu setzen.

»Na, das steht jedenfalls drauf«, sagte ich barsch. Ich mochte weder den Skiläufer noch den Hormonhandel. »Das Geld«, mahnte ich.

»Ach ja, richtig.« Der Skiläufer erwachte aus seiner Verzückung. Er trug die Packung zu seinem Wagen, legte sie auf die Rückbank, überlegte es sich dann aber anders und versteckte die Hormone in einem herausziehbaren Kasten unter dem Fahrersitz.

»Hier.« Er hielt mir einen Umschlag hin.

»Nicht an mich«, erinnerte ich ihn, und er gab dem Fahrer des Kleintransporters den Umschlag. Der Grauhaarige rollte das Fenster hoch und setzte sorgsam zurück, nahm am Kreisverkehr die Straße zur Grenze.

Ich riet dem Skiläufer, ebenfalls gleich abzufahren, aber in eine andere Richtung. »Und achte auf die richtige Dosierung«, spielte ich den Pharmazeuten.

»Ja, ja. Er hat das Geld gar nicht nachgezählt«, wunderte sich der Skiläufer.

»Nein. Wenn etwas fehlt, kommt er es sich holen. Nun fahr schon los, ich will hier nicht länger rumstehen. Und ruf mich nicht mehr an. Abgemacht.« Es war kein Vorschlag, sondern ein Befehl.

»Okay, okay ... danke. Und tschüss.«

Der Skiläufer verzog sich in seinen Wagen und brauste forsch davon.

Ich wartete noch eine Weile. Eine Zigarettenlänge, dachte ich wieder.

Auf dem Parkplatz hielt ein Wagen. Ein Mann mittleren Alters stieg aus und ging in das Tankstellengebäude. Die

Frau blieb sitzen. Sie war dunkelhaarig und schön und deutlich jünger als der Mann. Eine nach Tohmajärvi verheiratete Russin, dachte ich und spürte ein Stechen in der Brust, als ich mich an Julija erinnerte. Und an Bekari. Die Frau musterte mich prüfend, blätterte dann weiter in ihrer Illustrierten.

Bald darauf kam der Mann mit Pizzakartons zurück. Er grüßte mich, als wären wir alte Bekannte.

»Schönes Wetter. Morgen soll es sogar fast heiß werden. Aber die Nächte sind schon ziemlich kühl«, sagte er.

Ich stimmte ihm zu.

»Wie macht sich der Citroën? Es heißt ja, dass die ziemlich störanfällig sind. Gerade ist ein neues Modell herausgekommen, sieht ganz schön tückisch aus«, plapperte der Mann weiter.

Ich sagte, ich hätte keine Probleme mit dem Wagen, bisher jedenfalls nicht. Der Mann wünschte noch einen schönen Tag, erklärte, die Pizza werde kalt, als müsste er sich entschuldigen, weil er kein längeres Gespräch mit mir führte. Die Frau hielt es nicht für nötig, mich noch einmal anzusehen.

Mein Handy vibrierte erneut. Ich dachte, der Skiläufer wolle mir berichten, er sei schon fünf Kilometer gefahren und komme immer besser voran. Doch die SMS kam von Matti Kiuru.

Renovierung bei Teija fertig. Den Richtfestkaffee muss ich noch mit ihr trinken, sagt sie. Ich tue ... Ach ja, ich gehe zur Offiziersschule.

Ich lächelte und tippte eine Antwort. *Ein Mann muss tun, was ein Mann tun muss. Eine Frau darf man nicht im Stich lassen. Und ihren Hunger nicht ungestillt. Major VK gratuliert.*

Dann setzte ich mich ins Auto. Ich dachte daran, wie

Mutter uns als Kinder zu Hause in Sortavala zum Waschen schickte, gerade um diese Uhrzeit, an einem Abend wie diesem. Auf der Treppe vor dem Haus stand eine Schüssel mit Wasser, das in der Wärme des Tages lauwarm geworden war. Zuerst wuschen wir uns das Gesicht und die Arme, und zum Schluss schrubbten wir die beim Spielen schwarz gewordenen Füße sauber. Das Handtuch war hart und glatt, und in der Stube standen Beeren mit Milch und Roggenbrot bereit.

An der Kreuzung musste ich warten. Ein halbes Dutzend Motorräder fuhr nach Osten, auf dem Rücken der Lederwesten prangte das Wappenkreuz. Von der Grenze her kamen ein bis oben mit Holz beladener Laster und zwei leere, scheppernde Autotransporter.

Ich dachte daran, dass ich in zwei Stunden in Sortavala sein könnte, auf Mutters alten weißen Laken, in der kühlen Schlafkammer. Dort war schließlich mein Zuhause.

In Helsinki waren Marja und Anna und Sergej. Und das Haus und die Werkhalle.

Ich bog ab, folgte den Lastern. Sollte ich noch anrufen? Schliefen die Kinder schon?

Ich rief mir das Liedchen in Erinnerung, das ich für Anna gereimt hatte. Sie würde vor Vergnügen glucksen. Oder das Handy auf den Tisch legen und sich wichtigeren Dingen widmen.

Ich stellte das Radio aus und sang halblaut.

Das kleine Kätzchen
leckt sich das Tätzchen,
fängt eine Laus,
dann eine Maus
und läuft ganz stolz durchs Haus.

*Die Schiffskatz
frisst eine Ratz
mit lautem Schmatz,
von Kopf bis Zeh.
Der Bauch tut ihr so weh,
oh je, oh je.*

»*Der famose Finne in der Form seines Lebens.*« **DIE WELT**

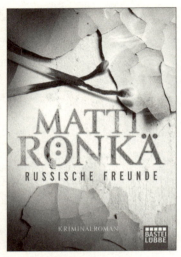

Matti Rönkä
RUSSISCHE FREUNDE
Kriminalroman
Aus dem Finnischen
von Gabriele
Schrey-Vasara
192 Seiten
ISBN 978-3-404-16027-3

Viktor Kärppä ist cool, smart – und hat eine Spezialausbildung bei der Russischen Armee hinter sich. Nun lebt er friedlich in Helsinki. Bis das Haus, das er mit seiner Lebensgefährtin Marja eingerichtet hat, niederbrennt. Ursache: Brandstiftung. Kärppä hat sich in Russland offenbar jemanden ganz Großes zum Feind gemacht. Er muss dorthin reisen und sich in die Höhle des Löwen begeben ...

Ausgezeichnet mit dem Finnischen und dem Nordischen Krimipreis

Bastei Lübbe Taschenbuch

»Ein Kabinettstückchen an hintersinniger Krimi-Lust. Sozusagen ein Mords-Vergnügen.«
FRANKFURTER RUNDSCHAU

Arto Paasilinna
DIE GIFTKÖCHIN
Roman
Aus dem Finnischen
von Regine Pirschel
224 Seiten
ISBN 978-3-404-92054-9

»Gift: Stoff, der, wenn er in die Säftebahn eines Menschen oder Tieres gelangt, schon in kleiner Menge die Tätigkeit einzelner Organe schädigt und dadurch krankhafte Zustände oder den Tod verursacht.«
Was tun, wenn man als ältere Dame von drei jungen Männern verfolgt wird, die einem nach dem Leben trachten? Linnea Ravaska hat endlich genug davon, sich von ihrem zwielichtigen Neffen tyrannisieren zu lassen. Sie beschließt, sich zu wehren, und zwar bis zum bitteren Ende ...

Bastei Lübbe Taschenbuch

Nur einer ist besser als der teuerste Lügendetektor. Sein Name ist Geiger

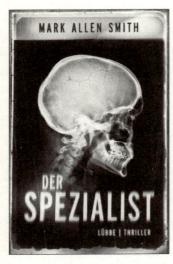

Mark Allen Smith
DER SPEZIALIST
Thriller
Aus dem amerikanischen
Englisch
von Dietmar Schmidt
352 Seiten
ISBN 978-3-7857-6060-4

Sie brauchen eine Information? Sie kennen die Person, die diese Information hat, aber sie hüllt sich in Schweigen? Lassen Sie das meine Sorge sein. Ich hole immer die Wahrheit aus meiner Zielperson heraus. Denn ich bin ein Spezialist. Dabei befolge ich stets meinen Kodex.
Eines Tages bekam ich den Auftrag, gegen meinen Kodex zu verstoßen. Die Folgen waren schrecklich. Für meinen Auftraggeber.
Mein Name ist Geiger.
Ich spiele Violine.
Und foltere Menschen.

Lübbe Paperback